아버지의 오토바이

아버지의 오토바이

초판 1쇄 발행 2009년 6월 22일   초판 3쇄 발행 2012년 5월 30일

지은이 조두진   펴낸이 연준혁

기획 설완식

출판4분사 팀장 김남철
디자인 하은혜   제작 이재승

펴낸곳 (주)위즈덤하우스 출판등록 2000년 5월 23일 제13-1071호
주소 (410-380) 경기도 고양시 일산동구 장항동 846번지 센트럴프라자 6층
전화 031) 936-4000 팩스 031) 903-3891
전자우편 yedam1@wisdomhouse.co.kr 홈페이지 www.wisdomhouse.co.kr
출력 엔터   종이 화인페이퍼   인쇄·제본 (주)현문

값 10,000원   ⓒ 조두진, 2009   ISBN 978-89-5913-386-4 03810

국립중앙도서관 출판시도서목록(CIP)

아버지의 오토바이 : 조두진 장편소설 / 지은이 : 조두진. --
고양 : 위즈덤하우스, 2009
p. ; cm
ISBN 978-89-5913-386-4 03810 : ₩10000
한국 현대 소설[韓國現代小說]
813.6-KDC4
895.735-DDC21   CIP2009001679

아버지의
오토바이

조두진 장편소설

WISDOM HOUSE 예담

차례

프롤로그

    자동차가 드문 지방도로 아래 배수로에서 한 남자가 죽은 채 발견됐다. 부검을 해봐야 정확한 사인을 알 수 있겠지만, 주검을 지방도로 아래 배수관에 은폐하려 했다는 점에서 살인의 냄새가 짙었다. 여러 차례 타격당한 듯 주검은 외상이 심했다. 자동차에서 떨어져 나온 플라스틱 조각과 사망자가 타고가던 오토바이 조각으로 추정되는 파편들이 도로에 흩어져 있었다. 사망자의 오토바이는 도로 위쪽 숲에서 발견됐다. 무거운 오토바이를 도로 위 숲으로 끌어올린 것으로 볼 때 단독 범행은 아닌 듯했다.

    야간 뺑소니 사건으로 볼 수도 있었다. 그러나 단순 뺑소니로 보기에는 수상한 점이 많았다. 우선 시신을 지방도로 아래 푹 파인 배수관에 유기했다는 점, 신분증을 없애 사망자의 신분을 감추려 했다는 점, 그 시간에 주로 가게를 지키던 사망자가 늦은 시각에 오토바이를 타고 나갔다는 점이 예사롭지 않았다. 단순 뺑소니 사고라면 경황이 없어 도망치기 바빴을 텐데 시신과 오토바이를 유기하고, 신분증을 없앤 것으로 보아 작심한 사건 같았다.

사망자의 신원은 금방 파악됐다. 엄시헌. 이 소읍에서 술집 겸 도박장을 삼십 년 가까이 운영해온 예순여덟 살의 남자로, 이 일대 주민은 누구나 알 만한 사람이었다. 술집과 도박장을 운영하다 보니 엄시헌은 크고 작은 사건에 휘말려 여러 차례 경찰 조사를 받았고, 몇 차례 고소고발 사건의 중심에 서기도 했지만, 별 혐의 없이 풀려난 것으로 밝혀졌다. 지은 죄가 없었다기보다 그가 경찰과 맺은 인연이 끈끈했다. 이곳 경찰서장을 거쳐 간 사람들 중에 사망한 엄 씨와 친분을 맺지 않은 사람이 없었다. 엄시헌은 명절 때 빼놓지 않고 떡값을 돌렸고 말단 순경의 경조사까지 일일이 챙겼다. 그런 인연 덕분에 엄 씨는 여하한 사건에 휘말리고도 잘도 빠져나갔다.

엄시헌에게 원한을 가진 사람은 많았다. 죽여버리겠다고 악을 썼던 사람도 여럿 있었다. 엄시헌의 술집이자 도박장에서 재산 날리고, 인생 망친 사람은 한둘이 아니었다. 그러나 그들이 범인일 가능성은 낮았다. 최근에는 비교적 도박장이 한산했고, 원한을 가진 사람들은 이미 오래전에 고향을 떠나고 없었다. 지난해 연말 이곳 김천 경찰서로 전근 온 박 형사는 이 사건이 뺑소니를 위장한 살인일 가능성이 높다고 판단했다. 사망자는 상식 이상의 사망보험에 가입해 있었다. 뺑소니로 보험금을 타내고, 그 재산까지 모조리 차지할 수 있는 사람이 누구일까. 박 형사는 엄시헌의 법정 상속인을 조사했다.

사망자의 법정 상속인으로는 엄종석, 엄종세 두 아들이 있었다. 큰아들 엄종석은 여러 가지 질병으로 벌써 이십오 년 가까이 병원 신세를 지고 있었다. 자세한 내용은 확인해봐야 알겠지만 박 형사와 통화한 담당 의사는 엄종석은 자신이 누군지조차 분간하기 힘든 상태라고 했다. 박 형사의 흥미를 자극한 사람은 둘째 아들 엄종세였다. 그는 대기업 부장 출신으로 몇 달 전 퇴사한 것으로 돼 있었다. 내막을 알아보니 자발적 퇴사가 아니라 일종의 해고였고 몇 달째 직업 없이 노는 상태였다. 게다가 그는 어쩌면 회사로부터 프로젝트 실패에 따른 거액의 손해배상 피소 위기에 몰릴 수도 있는 상황이었다. 회사의 경리 담당자는 아직 어떤 결정을 내리지는 않았지만, 손해배상 소송 가능성이 있다고 확인해주었다.

박 형사는 정확한 사인을 파악하기 위해 부검을 요청했다. 더

불어 최근 사망자와 다툼을 벌였다고 알려진 몇몇 사람과 둘째 아들 엄종세, 맏아들 엄종석, 또 최근까지 엄시헌과 가깝게 지낸 장기풍의 행방을 추적했다.

아들 엄종세

아버지의 부음을 받은 것은 이른 아침이었다. 나이로 볼 때, 또 자세히 모르지만 건강상태로 볼 때 아버지의 죽음이 의외이기는 했다. 그러나 꽃은 피고 지고, 사람은 나고 죽는 법이다. 엄종세는 슬프거나 울컥한 기분에 젖지 않았다. 어떤 면에서 아버지의 죽음은 자신이 치워야 할 다 먹은 밥상에 불과했다.

실직한 그에게 바쁜 일은 없었다. 일이 없는 정도가 아니라 하루하루 지루하고 불편했다. 회사 일로 외국출장 중이거나 프로젝트를 추진 중이었다면 갑작스러운 아버지의 죽음이 난감하고 성가신 일이었을 것이다. 그러나 할 일이 없어져버린 지금 그에게 아버지의 장례는 자동차 정기검사 같은 거였다. 잊고 지내지만 시간이 되면 거쳐야 하는 의례적인 절차 같은 것 말이다. 엄종세는 기계적으로 아버지의 죽음을 맞이했다. 다만 마음에 걸리는 것은 아침 일찍 전화를 낸 형사의 목소리였다. 그 목소리에 의심이 배어 있었다. 일상을 범죄와 범법자들 사이에서 보내다 보니 습관적으로 그러는 것인지, 특별히 자신에게 어떤 혐의를 두고 있기 때문인지 분간할 수 없었다.

"사망한 엄시헌 씨가 마지막으로 통화한 사람이 엄 선생이더군요. 무슨 이야기를 나누셨습니까?"

뒤의 엄 선생은 엄종세 자신을 지칭하는 말이었다.

"아버지와 제가 통화를 하다니요?"

최근에 아버지와 통화한 적이 없었다. 그래서 엄종세는, 통화한 기억이 없는데요?, 하고 대수롭지 않게 대꾸했다. 그러나 형사는 어젯밤, 그러니까 엄시헌 씨가 사망하기 두 시간 전에 생애 마지막으로 통화한 사람이 바로 당신이라고 말했다.

엄종세는 근래에 기억력이 많이 떨어졌음을 종종 느꼈다. 회사를 그만두고 긴장이 풀렸기 때문일까? 할 일 없이, 그렇고 그런 날들을 지내다 보니 굳이 기억할 만한 일이 없기 때문일까? 회사에 다니던 시절이나 지금이나 매일 똑같은 스물네 시간을 쓰고 있는데도 뭐 하나 기억에 남는 일이 없었다. 어제나 그저께 일을 까맣게 잊어버리는 경우도 최근에는 자주 발생했다. 어제 누구를 만났는지조차 기억나지 않는 때도 있었다. 특히 술을 많이 마신 다음 날엔 더했다. 머리통은 하루종일 지끈지끈 쑤셔대는데도 전날 밤 누구와 마셨는지 기억나지 않는 날도 있었다. 비록 잠시 동안의 끊김이지만 그런 일은 잦았다. 그렇더라도 아버지와 나눈 전화통화를 기억 못할 리는 없었다. 일 년에 대여섯 번, 그것도 명절 언저리나 아버지의 생신 언저리에 통화하는 게 고작이었다. 아버지와 하는 전화통화는 그만큼 드문 일이었고 통화를 했다면 기억하지 못할 리 없었다. 그래도 미심쩍은 마음에 엄종세는 휴대폰의 통화기록을 살폈다. 아버지의 전화번호는 찍혀 있지 않았다.

"자세한 이야기는 경찰서에 나와서 하시죠."

형사는 비교적 거액의 돈이 아버지의 통장에 들어 있다고 했다. 더불어 아버지와 마지막으로 통화한 사람이 바로 엄종세 자신이라고 했다. 엄종세는 뭔가 잘못 되어가고 있다는 생각이 들었지만 별 문제는 없을 것이라고 생각했다. 오해는 풀리기 마련이다. 그렇지만 나오는 한숨은 어쩔 수 없었다. 왠지 일이 꼬인다는 느낌, 무엇인가 제대로 풀리지 않는다는 느낌이었다.

엄종세는 전화를 끊고 담배를 물었다. 자는 줄 알았던 아내의 한숨소리가 높았다. 아내는 엄종세가 집 안에서 담배 피우는 것을 못마땅해했다. 어쩌다가 엄종세가 담배를 물기라도 하면 신경질 조로 창문을 확확 열어젖히곤 했다. 그는 담배를 문 채 봄이라

고 하지만 아직 쌀쌀한 베란다로 나갔다. 찬 기운에 몸에 소름이
돋았다.

새삼 생각해보니 아버지와 함께 한 추억이 별로 없었다. 가끔
아버지와 관련해 떠오르는 일들이 있기는 했지만 대부분 우울한
기억이었다. 서울로 이사 오기 전 엄종세가 애지중지 키운 돼지
를 잡은 사람이 아버지였다. 동네 어른들이 돼지의 네 다리를 묶
어놓고 목에 칼을 쑤셔 넣어 피를 뽑을 때, 아버지는 이웃에서 커
다란 솥을 빌려왔다. 돼지를 삶을 솥이었다. 어른이 된 후에도 커
다란 솥을 돼지 앞에 내려놓던 아버지의 차가운 뒷모습이 떠오르
면 우울해지곤 했다. 마땅히 동네 어른들을 몰아내고 돼지를 구
해줬어야 할 아버지가 배반의 앞자리에 섰던 것이다.

담배 연기를 길게 내뿜었다. 아직 해는 뜨지 않았고 아파트촌
의 여명은 창백했다. 맞은편 아파트에 하나둘 불이 켜지고 있었
다. 이 아침 서둘러 어디론가 떠나기로 약속된 사람들의 집이었
다. 약속이 있다는 것은 행복한 일이다. 다만 한 시간 뒤의 약속일
지라도 약속이 있는 사람에게는 미래가 있다는 느낌이 들었다.
만나야 할 사람도 해야 할 일도 없는 사람, 그래서 아무런 약속이
없는 사람은 쓸모없는 사람이라는 느낌마저 들었다. 저절로 한숨
이 나왔다.

서울로 이사 오기 전 엄종세의 가족은 경상남도의 산골마을에

살았다. 남강이 마을을 휘감아 흐르는 동네였다. 강가의 모래는 고왔다. 들이 넓었고 동네 뒤의 산은 낮고 풍요로웠다. 뒷산 당산나무 아래에 낮부터 모여 노는 동네 조무래기들의 떠드는 소리가 해질 때까지 끊이지 않았다. 해가 지고 땅거미가 내릴 무렵이면 아이들은 풀어놓고 먹이던 소를 찾아 집으로 내려오곤 했다.

고향에서 지낸 세월은 짧았다. 엄종세가 국민학교 이 학년이 되고 얼마 지나지 않아 그의 가족은 고향을 떠나 서울로 이사했다. 서울로 이사 온 후 한동안 아버지는 여러 직장을 다녔다. 철공소에서 용접을 했고, 리어카에 배추와 상추 따위를 싣고 마포 일대의 재래시장을 다니기도 했다. 남대문 시장 난전에서 좌판을 열기도 했다. 좌판에서 팔았던 물건의 종류는 많았다. 배추를 팔았고, 상추를 팔았고, 여자들 장신구도 팔았다. 이런저런 물건을 팔며 다니던 아버지는 점점 집에 들르는 날이 줄었다. 그리고 언제부터인가 거의 집에 들르지 않았다.

엄종세가 아버지에 관해 또렷하게 기억하는 것은 겨울바람 냄새였다. 겨울밤, 아버지는 점퍼 속에 시리도록 차가운 바람을 잔뜩 품고 돌아와 따뜻한 방안에 부려놓았다. 겨울밤 서늘한 기운에 종세가 실눈을 뜨면 수염을 제때 깎지 않아 덥수룩한 아버지의 턱이 보이곤 했다. 늦은 밤에 집에 들른 아버지는 잠든 종세를 무릎에 안은 채 앉아 있곤 했다. 아침에 일어나면 아버지는 떠나고 없었다.

　종세는 가끔 어머니의 말을 받들어 아버지에게 편지를 썼고 장문의 답 편지를 받곤 했다. 종세의 편지는 보고 싶다는 말이 거의 전부였지만, 아버지는 시시콜콜한 내용을 몇 장씩이나 써서 보냈다. 그래서 아버지가 보내오는 편지봉투는 언제나 두툼했다. 편지를 주고받았을 뿐 종세가 아버지를 만날 기회는 드물었다. 자라는 동안 종세는 아버지를 그리워하고 미워하고 서운해하며 잊었다. 그리고 오늘 이른 아침 불쑥 낯선 형사에게서 아버지의 사망 소식을 받았다.

　서재로 들어온 엄종세는 서랍을 뒤적거렸다.

　'사진이…… 어디에 있을까…….'

　빈소에 놓을 아버지 영정사진이 있어야 했다. 어른이 된 후로 아버지와 사진을 찍은 기억이 없었다. 그렇더라도 한두 장쯤은 있을 것이다. 엄종세는 여전히 잠옷 차림으로 오랫동안 열어본 적이 없는 서랍장을 열고, 앨범을 모조리 꺼내놓았다. 여섯 권이나 되는 앨범을 모조리 살폈지만 아버지의 사진은 없었다. 아직 앨범에 정리해 넣지 못한 아이들 사진을 공연히 뒤적거리기도 했다. 거기 아버지 사진이 있을 리 없었다.

　'그때 사진 한 장쯤 찍어놓았어야 했는데…….'

　몇 해 전 엄종세는 아버지에게 전화를 낸 적이 있다. 명절도 아니고, 어버이날도 아니고, 아버지의 생신도 아니었다. 그가 특별한 일 없이 아버지에게 먼저 전화를 내는 일은 드물었다. 그날 아버지께 전화를 낸 것은 아이들의 앨범을 뒤적거리다가, 문득 사진 속에 자신의 모습이 좀처럼 등장하지 않는다는 사실을 알았기 때문이다.

놀이공원에서 찍은 사진에도 집에서 찍은 사진에도 자기 모습은 별로 보이지 않았다. 가족사진 속에 자신이 등장하지 않는 것은 사진을 찍는 자리에 가족과 함께 갈 수 없었기 때문이었다. 휴일이라고 늘 쉴 수 있는 직장이 아니었다. 함께 놀이공원엘 가더라도 사진 찍는 역할을 자신이 맡았기 때문에 함께 사진을 찍을 기회는 더욱 드물었다. 종세는 자신이 부재하는 가족사진을 들여다보다가, 아이들이 자라서 가족사진 속에 아버지가 없는 이유를 생각하려면 몇 살쯤 돼야 할까 생각했다. 그런 생각을 하다가 새삼 자신의 어린 시절 사진 속에도 아버지가 없음을 깨달았다. 국민학교 시절 소풍날 찍은 사진에도, 운동회 때 찍은 사진에도, 서울대공원에서 찍은 사진에도 아버지는 없었다. 엄종세는 그런 아버지를 원망하거나 잊고 살았다.

생각해보면 아버지는 사진을 찍을 만한 곳에 오지 않았다. 서울대공원에도 올 수 없었고, 국민학교 시절 소풍에도, 운동회에도 올 수 없었다. 그 시간에 아버지는 공사장에서 벽돌을 지거나 함바집에서 요리를 하고 술을 팔았을 것이다. 엄종세는 제 아이들의 사진을 보다가 사진 속에 아버지가 부재하는 이유를 새삼 깨달았다. 그래서 그날 아버지에게 불쑥 전화를 냈던 것이다. 그다지 다감한 목소리는 아니었다.

다감한 목소리……. 이 별것도 아닌 것이 평범한 남자에게는, 적어도 엄종세에게는 어색하고 힘든 무엇이었다. 아버지 역시 마음을 다감하게 드러내는 편은 아니었다. 그런 아버지를 달가워하지 않았다. 무덤덤하고 재미없는 아버지가 되지는 않겠다고 다짐 비슷한 것을 하기도 했다. 그런데 어찌 된 일인지 나이를 먹을수록 말수가 줄어들고, 무뚝뚝한 사람처럼 비치기도 했다.

전화를 받는 아버지의 목소리는 놀랐다는 듯 다소 고음이었다. 짧지만 어색한 침묵이 흘렀고 이어진 대화는 높낮이 없이 마른 이야기였다. 엄종세는 자주 연락드리겠습니다, 하고 약속했지만 자주 연락하지 못했다. 죄송한 마음을 갖고 있었지만, 죄송하다는 말을 하지도 않았다. 속에 든 말을 다 꺼내지 않는 것은 아버지의 성품이었고 어느새 엄종세도 그런 아버지를 닮아 있었다. 아버지의 말투나 삶의 방식을 닮고 싶지 않았는데, 불현듯 아버지와 비슷한 태도를 보이는 자신이 놀랍기도 했다. 아버지는 늘 그랬듯, 애들은 잘 있지? 애 엄마도 잘 있고? 언제나, 무엇이든 조심해라……, 하는 말로 전화를 끊었다.

서랍을 뒤적거리다가 마침내 통째로 엎어 내용물을 쏟아냈지만 아버지의 사진을 찾을 수는 없었다. 난감했다. 어째서 아버지 사진이 이렇게 없다는 말일까. 서랍과 앨범을 모조리 뒤져 찾아낸 아버지 사진은 엄종세가 중학교 시절 서울 집 화단을 배경으로 찍은 흑백사진이 전부였다. 그것도 아버지 독사진이 아니어서 영정사진으로 쓸 만한 것은 아니었다. 사진은 투명한 비닐봉투 안에 담겨 있었지만 이십오륙 년이 지나는 동안 누렇게 변해 있었다. 그러고 보니 아버지와 사진을 함께 찍은 것은 그때가 마지막이었다.

　사진 속 엄종세는 여름 교복을 입고 검은 비닐봉지를 들고 있었다. 가족사진이라고 할 수 있지만 사진 속에 형은 없었다. 형은 그때 벌써 병원에 입원해 있는 날이 많았고 집에는 가끔 다녀가는 정도였다. 한 장은 어머니와 엄종세 자신이 나란히 찍은 사진이고, 또 한 장은 아버지가 한 손으로 자신의 어깨를 감싸고 있는 사진이었다. 찍을 때 어머니의 손이 흔들렸는지 사진이 흐릿했다. 당시 카메라는 요즘처럼 손 떨림 보정장치가 없었다. 카메라를 처음 만져본 어머니의 손은 아마 부들부들 떨렸을 것이다. 서울에 자신들의 집을 마련한 후 낮에 엄종세가 아버지를 만난 것은 그때가 처음이었다. 여름 방학이 눈앞이었고 햇볕이 유난히 뜨거웠다. 엄종세가 땀을 뻘뻘 흘리며 대문 안으로 들어서자, 마당 한

쪽의 수돗가에서 세수를 하던 아버지가 수건으로 물기를 닦으며 일어섰다.

"많이 컸구나."

"애들은 원래 빨리 크는 법이에요."

종세의 대답은 시큰둥했다. 사춘기인 데다 아버지에 대한 아쉬움이 배어 있던 때였다. 어머니가 그게 무슨 말버릇이냐며 나무랐고 아버지는 씁쓸한 미소를 지었다. 아버지의 씁쓸한 미소는 종세의 시큰둥한 태도 때문만은 아니었을 것이다. 아버지는 하루가 다르게 변하는 자식의 모습을 세세하게 볼 수 없다는 사실을 씁쓸해했을 것이다. 종세의 성장과정 중에 아버지가 눈으로 확인할 수 있었던 순간은 극히 일부에 지나지 않았다.

"사진을 많이 찍어두라고. 뭐 유원지 같은 델 갈 필요는 없을 거야. 그냥 집에서 막 찍어둬. 자는 모습이라든가, 공부하는 모습이라든가, 밥 먹는 모습도 좋아. 그냥 뭐든 막 찍으라고. 다른 것을 다 아끼더라도 필름 값을 아끼지는 마."

아버지는 카메라 한 대와 검은 봉지에 담은 필름 여러 통을 어머니에게 건넸다. 겉이 검은 가죽 케이스로 씌워진 소니 카메라였다. 필름이 든 검은 비닐봉지는 종세가 받아 들었다. 어머니는 처음 만져본 카메라가 신기한 듯 요모조모 뜯어보았다. 아버지는 어머니에게 카메라 사용법을 설명했다. 그리고 종세와 어머니를 화단 앞에 나란히 서게 하고 사용법을 설명하며 사진을 찍었다. 자신이 그 카메라를 살 때 들은 내용을 그대로 전하는 것 같았다. 충분히 숙지하고, 유연하게 설명한다기보다 기계적인 설명에 가까웠다. 만약 어머니나 종세가 카메라 사용법에 대해 어떤 질문을 했더라면 아버지는 아마 대답하지 못했을 것이다. 그러나 틀림없이 며칠 안에 그 답을 알아 전해주었을 것이다. 아버지는 그런 사람이었다.

"새것은 아니야. 그래도 새것이나 다름없어. 좋은 거야. 소니라고 적혀 있지? 이게 일제라는 말이야. 카메라는 일본제가 제일 좋다고 하더라."

아버지는 먼저 어머니와 종세의 사진을 찍은 후 카메라를 어머니에게 건넸다. 어머니에게 사용법을 가르친다는 차원에서, 또 종세와 둘이 함께 나란히 서서 사진을 찍어야 한다는 이유였다. 종세는 필름이 든 검은 봉지를 든 채 시큰둥한 표정을 지었고, 아버지는 팔로 종세의 어깨를 감쌌다. 사진 속 아버지의 얼굴은 여전히 굳어 있었다.

"사진을 다 찍었으면 이걸 눌러. 그러면 필름이 다시 감겨. 사진관에 필름을 맡기기만 하면 알아서 사진을 뽑아준다. 사진이 나오면 나한테도 빠짐없이 보내라."

아버지는 필름을 아끼지 말고, 될 수 있는 한 많이 사진을 찍으라고 했다. 그리고 그 사진을 한 장도 빼놓지 말고 보내달라고 했다. 아버지는 무시로 사진을 찍으라고 했지만 엄종세는 사진을 찍지 않았다. 그 시절 사진은 일상의 기록이 아니라 특별한 일을 기념하는 이벤트였다.

학창시절 엄종세가 일상에서 혼자 사진을 찍을 일은 없었다. 그렇다고 어쩌다가 친구들과 어울려 삐딱한 표정을 지으며 찍은 사진을 아버지에게 보낼 수도 없었다. 카메라 앞에 서서 셔터를 눌러대고, 필름을 맡기고 찾는 일은 별일이 아니었지만, 종세는 그렇게 하지 않았다. 아버지는 사진을 자주 많이 찍어 보내라고 신신당부했지만 엄종세는 그렇게 하지 못했다.

몇 해 전 아버지께 전화를 냈을 때 마땅히 "아버지, 옛날에 사진을 많이 찍어 보내드리지 못해서 죄송합니다" 하고 말했어야 했지만, 말하지 못했다. 전화를 끊으면서도 그는 아버지와 나란히 서서 사진을 찍을 기회는 앞으로도 있을 것이라고 믿었다. 그렇게 하루, 한 달 두 달, 한 해 두 해가 오고 갔다. 그리고 지금 엄종세에게는 영정으로 쓸 아버지의 사진조차 없었다.

엄종세는 아침을 먹는 둥 마는 둥 서둘러 경북 김천으로 출발했다. 없는 사진을 찾는다고 나올 리 없었다. 어쩌면 아버지 쪽에 쓸 만한 사진이 있을지도 모른다고 스스로 위로하면서도 난감한 기분을 지울 수 없었다.

자동차 안에서 엄종세는 아침 일찍 전화를 걸어온 형사의 말을 되새겼다. 최근 두 달간 아버지와 일곱 번이나 통화했다는 말은 무슨 말일까? 아무리 생각해도 근래에 아버지와 통화한 기억은 없었다. 지난 설 때 자신이 걸었던 전화를 뺀다면 가장 최근에 아버지와 나눈 통화는 지난해 가을이었다. 베트남 프로젝트가 실패로 끝난 후였다. 아버지는 먼저 전화를 내놓고도 마치 실수로 전화를 낸 사람처럼 머뭇거렸다.

"별일 없지?"

"네, 별일 없어요. 아버지는 어떠세요?"

"나야, 늘 잘 있지. 애들은 어디 아픈 데는 없고?"

"그럼요."

"그래, 그러면 됐다. 늘 조심해라."

아버지는 언제나 그런 식이었다. 그런데 돌아가셨다니……. 게다가 난데없는 통화라니……. 빈소에 놓을 영정사진 한 장 없다는 사실과 난데없는 아버지와의 통화 이야기가 김천으로 가는 내내 마음에 걸렸다.

장기풍을 만나다

박 형사가 생각하는 용의자들 가운데 맨 먼저 경찰서로 출두한 사람은 장기풍이었다. 지난밤 마신 술이 깨지 않은 것인지 아침부터 술을 마신 것인지 입을 열 때마다 술 냄새가 났다. 앞니가 없어 바람 빠지는 소리를 해댔기 때문에 그의 말은 왠지 더 신뢰가 가지 않았다. 박 형사는 '실내금연'이라는 안내문이 붙은 벽을 바로 등뒤에 두고 담배를 물었다. 마주 앉은 영감의 목소리는 가래가 끼어 갈라지는 데다 말을 할 때마다 역겨운 술 냄새가 풍겨 짜증이 났다. 그럼에도 장기풍의 말투에서 박 형사는 본능적으로 그가 흐릿한 인물이 아님을 직감했다. 늘 술에 취해 생각 없이 사는 듯한 몰골을 하고 있지만 주도면밀한 인물임이 분명했다.

"그러니까 우리가 만난 게 이십오륙 년 전이지요."

새마을 운동이 한창이던 시절이었다. 장기풍과 엄시헌은 경북 김천의 제방공사장에서 만났다. 굵직굵직한 공사가 끝날 때마다 인부들이 차례로 김천을 떠났다. 그러나 두 사람은 눌러앉았고, 엄시헌이 대여섯 살 많았지만 두 사람은 막역하게 지냈다고 했다.

공사장에서 두 사람은 막노동 인부로 일했다. 공사현장의 잡부인데 기술 없는 사람들이 흔히 하는 잡일이었다. 공사현장에서는 장기풍이나 엄시헌 같은 잡부를 디모도라고도 불렀다. 그들은 벽돌공이나 미장이, 목수 뒤를 따라다니면서 허드렛일을 도왔다. 기술자들이 일할 수 있도록 아시바*를 치거나, 벽돌을 나르고, 시멘트를 나르고, 모래를 날랐다. 기술 없이 오직 힘으로 일하는 사람들이었다. 엄시헌은 서울 마포에서 오야지(왕초) 홍씨를 따라 김천 제방공사장으로 온 사람이었다. 김천에 오기 석 달쯤 전에 마포에서 오야지 홍씨를 만났고 줄곧 함께 일했다고 했다.

처음 만났을 때 장기풍은 엄시헌을 좀 우스운 인간이라고 생각했다. 미남인 데다 키가 크고 말투가 곱살해 노동판에 어울리는 사람 같아 보이지는 않았다. 말하자면 왠지 고까운 인간이란 생

---

* 건축물의 외벽에 철제나 나무를 엮어 만든 일종의 안전발판으로, 현장 인부들은 이 발판을 타고 다니며 각종 작업을 한다.

각에 마음에 들지 않았다. 말끔하게 생겨먹은 놈이 잠시 공사판에 들어왔구나 싶은 생각도 했다. 노동판에 한 며칠 얼쩡거리고는 세상 밑바닥까지 다 맛본 것처럼 허세부리는 놈이거니 생각했다. 그런데 장기풍의 평가와 달리 오야지 홍씨의 엄시헌에 대한 신뢰는 대단했다. 물론 장기풍보다 서너 달 먼저 일을 시작한 때문이겠지만 그것만으로는 설명이 부족했다. 오야지들 눈에 잡부는 그저 바람처럼 오고가는 사람이었다. 아침에 공사현장에 나와서 일을 하면 일당을 계산해주었고, 안 나오면 일당이 없었다. 오늘 나온 잡부가 내일도 나온다는 보장은 없었다. 잡부는 떠도는 인생이었다. 그들은 온다 간다 말없이 오고 갔다. 하루 이틀 일하고 떠나는 사람도 부지기수였다. 그럼에도 엄시헌을 대하는 오야지의 태도는 남달랐다. 엄시헌의 남다른 성실함 때문이었다.

김천의 제방공사장은 넓었다. 다리 한두 개 건설하는 공사가 아니었다. 몇 킬로미터에 이르는 물길을 파고 깎고 콘크리트 치고, 제방을 건설했다. 얼마나 많은 사람들이 얼마나 많은 종류의 일을 하는지 알 수 없었다. 포클레인과 불도저 소리가 요란했다. 기술자도 많았고 엄시헌이나 장기풍처럼 기술 없이 몸으로만 때우는 잡부도 많았다. 떠나는 사람도 많았고 오는 사람도 많았다. 일당 몇 백 원 차이에 자신이 따르는 오야지를 하루 만에 바꾸는 일꾼들도 있었다. 그래서 처음에는 오야지들끼리 다툼이 잦았고 나중에 오야지들은 잡부들의 일당을 엇비슷하게 맞췄다.

　공사현장 사람들은 해가 뜨면 일을 시작했고 해가 지면 일을 마쳤다. 막노동 일꾼들은 게으른 팔로 느릿느릿 곡괭이를 휘둘렀는데, 그래도 땅은 헤집어졌고, 콘크리트가 그 자리를 메웠다. 낮에 게으르게 삽질하던 일꾼들은 해가 지면 근면하게 막걸리를 들이켰다. 공사장에서 느릿느릿 움직이던 그들의 손은 화투패를 쥐면 제비처럼 민첩했다. 공사장에서 종일 한마디도 하지 않았지만 술집에서는 입을 다물지 않았다. 공사판 옆에서 밥과 술을 파는 함바[飯場]집에는 싸움도 많았고 그만큼 화해도 많았다. 싸움을 할 때도, 화해를 할 때도 그들은 술을 마셨다. 날씨가 나빠 일이 없는 날엔 시간이 남았기에 함바집에 죽치고 앉았고, 일이 많은 날엔 피로했기에 함바집에서 목을 적셔야 했다. 그래서 함바집은 늘 일꾼들로 북적거렸다. 막노동꾼들은 날이 밝으면 공사장으로 갔고, 해가 지면 함바집으로 갔다. 그들은 낮에 공사장에서 번 돈을 밤에 술집에서 썼다.

　엄시헌은 한 번에 벽돌 백 장씩을 등에 지고 날랐다. 웬만큼 힘을 쓴다는 인부도 한 번에 팔십 장이나 구십 장을 지는 게 고작이었다. 벽돌 백 장을 질 힘이 없어서가 아니라 인부들은 그렇게 부지런 떨지 않았다. 한 번에 벽돌 백 장을 짊어지든, 팔십 장을 짊어지든 해가 뜨고 지면 똑같은 일당을 받았다. 사람들은 엄시헌이 일을 잘한다고 말했다. 차라리 엄시헌이 정직하다고 해야 옳을 것이다.

일꾼들은 해가 떨어지기 무섭게 함바집으로 달려갔지만 엄시헌은 곧장 숙소로 갔다. 일꾼들이 낮 동안 번 돈의 대부분을 밤에 썼지만 엄시헌은 쓰지 않았다. 일꾼들은 종일 담배를 물고 살았지만 엄시헌은 담배를 피우지 않았다. 엄시헌은 새참으로 막걸리가 나올 때면 연거푸 세 잔씩 마셨지만 제 돈으로 술을 마시지는 않았다.

십오 일마다 날짜를 어기지 않고 돈이 나왔다. 공사판에서는 이 돈을 간조라고 했는데, 봉급이었다. 일꾼들은 아침과 저녁을 제 돈으로 사 먹어야 했지만 점심은 자신이 속한 회사에서 주었다. 잠은 각자가 속한 회사 막사에서 공짜로 잤다. 일꾼들은 외상 술값을 떼고 받은 얼마 안 되는 돈으로 간조날을 축하하며 폭음했다. 그래서 간조 다음 날 공사장은 한산했다. 밤새 술을 마신 사람들, 밤새 화투패를 잡았던 인부들은 숙소에서 나오지 않았다. 그들은 해가 서산으로 기울 때까지 막사에서 아픈 머리를 싸안고 뒤척거리다가 해가 지면 함바집으로 어슬렁어슬렁 걸어가 해장했다. 일꾼들은 간조를 받고 사흘만 지나면 외상술을 마셔야 했다. 그들은 언제나 빈손이었다.

엄시헌은 십오 일마다 받은 돈을 고스란히 집으로 부쳤다. 아침과 저녁 값을 빼면 그는 한푼도 쓰지 않았다. 그는 봄옷과 여름옷, 가을옷과 겨울옷을 구별 없이 입었다. 그는 늦은 봄까지 겨울옷을 입었고, 가을이 붉게 익어서 떨어질 때까지 푸른 여름옷을 걸치고 있었다. 간죠날 점심시간에 엄시헌은 읍내 우체국으로 달려갔다. 우체국 수납대에 팔꿈치를 괴고 서서 집으로 돈을 부칠 때 그의 얼굴은 아이처럼 해맑았다. 돈을 부치고 받아든 전표를 꼼꼼하게 확인하고 돌아서는 엄시헌의 얼굴은 다른 사람 같았다. 엄시헌은 좀처럼 웃지 않았지만 간죠날 저녁에는 달랐다. 누가 시답잖은 농담을 해도 그는 연방 미소짓곤 했다. 공사장 일꾼들은 진작부터 엄시헌을 돈만 밝히는 노랑이라고 규정했다.

"술 한잔 안 내는 인간, 공짜 술만 밝히는 작자, 사내도 아니여……."

일꾼들은 각자의 열린 입으로 거침없이 욕했다. 엄시헌을 좋아하는 사람은 오야지 홍씨뿐이었다. 엄시헌은 술에 취해 자빠져 자느라 간죠 다음 날 결근하는 사람이 아니었다. 공사현장에서 잡부의 결근은 치명적이었다. 입찰로 계약을 따낸 건설회사 입장에서는 공사기간이 길어질수록 손해였다. 오야지들이 아무리 어르고 달래도 간죠 다음 날 인부들을 출근시키기는 힘들었다. 그러나 엄시헌에게는 간죠날 저녁에 따로 당부의 말을 보탤 필요가 없었다.

엄시헌은 공사장 일꾼들이 뒤에서 구시렁대는 소리를 개의치 않았다. 그는 말을 많이 하지 않았고 일꾼들과 어울리려 애쓰지도 않았다. 스스로 좋은 사람이라고 생각하지도 않았고 나쁜 사람이라고 생각하지도 않았다. 동료들에게서 좋은 사람이라는 평가를 듣고 싶어 하지도 않았다. 엄시헌은 세상을 동정하지 않았고 누군가의 동정을 구하지도 않았다. 그가 오야지 홍씨 밑에서 일했던 일 년 남짓한 세월 동안 자주 했던 말은 "세상에는 돈 쓸 일이 많아요"와 "의사들도 고칠 수 없는 병이 많아요"였다.

엄시헌을 마뜩지 않게 여겼던 장기풍도 그의 성실만큼은 높이 샀다. 자신이야 요령껏 쉬면서 해가 뜨고 지기만 기다리는 사람이지만 다른 사람이 땀 흘려 일하는 모습은 보기 좋았다. 일당제 잡부들은 해가 떴다가 질 때까지 버티기만 하면 그만이었다. 부지런하거나 게으르거나 간에 시간만 보내면 일당이 나왔다. 그래서 공사현장의 일꾼들은 느릿느릿 일했다. 모르기는 해도 엄시헌은 보통 일꾼들의 두 배를 일했을 것이다. 장기풍은 엄시헌의 성실을 높이 평가했지만 그렇다고 그를 좋아하지는 않았다. 제 돈을 내고 술 한잔 사 마시지 않는 놈, 새참으로 공짜 술이 나오면 연거푸 처마시는 꼴이 도무지 사내답지 않았다. 게다가 담배도 피우지 않았다. 몇 푼 아끼겠다고 담배까지 끊는 인간이라면 상종할 필요도 없다고 생각했다. 죽을병에 걸리지 않은 다음에야 담배를 끊는 사내라면 인간미라고는 없는 게 분명했다. 무엇보다 장기풍이 참을 수 없었던 것은 엄시헌의 비굴한 태도였다.

벽돌 잡부인 엄시헌은 틈만 나면 벽돌 기술자 옆에 붙어 앉아 웃음을 흘렸다. 흙손* 든 젊은 벽돌 기술자가 담배 심부름 시키면 엄시헌은 공사장 바깥의 함바집으로 달려가서 담배를 사 오고, 불도 붙여주었다. 기술자 유세가 대단한 세월이기는 했지만 그 꼴을 눈뜨고 보기 역겨웠다. 장기풍은 비록 잡부였지만 치사하게 살고 싶지는 않았다. 공사장에서 잡부라고 인생에서도 잡부라고 생각하지는 않았다. 계급이 일병이지 인간이 일병이냐, 하는 게 그의 인생지론이었다. 장기풍은 명색 월남에서 특등 사수로 복무했던 사람이었다. 벽돌 쌓는 기술을 어디 총 쏘는 기술에 댈 것인가. 그는 스스로 세월을 잘못 만난 사람이라고 위로했다. 더불어 좋은 세월이 올 것이라고 기대했다. 장기풍은 벽돌을 지어 나르고 틈이 날 때마다 그늘에 드러누워 담배를 피웠다. 그는 땅바닥에 시멘트 포대를 여러 장 깔고 그 위에 비스듬히 드러누워 말했다.

"엄 형, 그 쉬엄쉬엄 합시다."

엄시헌은 대답 대신 살짝 이를 드러내며 웃었다. 그는 할 말이

---

* 건축공사장에서 미장 바름을 할 때 모르타르, 흙, 회반죽, 시멘트를 벽면이나 바닥 면에 문질러 반반하게 하는 데 사용하는 도구. 일종의 작은 삽으로 쇠, 스테인리스강, 나무로 만든 것이 있다.

없을 때, 대답하고 싶지 않을 때 흔히 그렇게 웃곤 했다. 엄시헌이 기술자 옆에 붙어 앉아 요것조것 묻기라도 하면 장기풍은 은근히 부아가 치밀었다.

"그 뭐 하는 거요? 꼴같잖게……."

장기풍은 자주 혀를 찼다. 아무리 그래도 엄시헌은 기술자 옆을 떠나지 않고 기술자가 던지는 한마디 한마디에 귀를 기울였다. 기술자들 대접이 좋았던 것은 그들이 기술을 독점했기 때문이다. 그래서 그들은 기술을 가르쳐주지 않았다. 기술이 밥줄이니 가르쳐주는 사람이 오히려 이상했다. 기술자 곤조라는 말은 그래서 나온 말이었다. 기술자 곤조를 싸잡아 욕할 수는 없었다. 기술자들도 처음에는 모두 그렇게 배웠다.

"요즘 말로 치면 저작권이나 신기술 특허랑 비슷하다 이 말입니다."

"기술자 곤조야 나도 아는 사람입니다. 계속 하세요."

박 형사는 떠듬떠듬, 독수리 타법으로 컴퓨터 자판을 두들기느라 눈을 자판에 붙박은 채 대꾸했다.

"그런데 무슨 이야기를 하라는 겁니까?"

"그냥 죽은 엄시헌에 대해 뭐든 생각나는 대로 이야기하면 됩니다."

"내 마음대로, 생각나는 대로 말입니까?"

"예. 그냥 생각나는 대로 말씀하세요. 정리는 내가 알아서 할 테니."

"뭐, 그럽시다."

기술을 배우고 싶은 사람들은 기술자 뒤를 졸졸 따라다니며 몇 년 어깨너머로 배워야 했다. 혼자 벽돌도 쌓아보고, 먹줄도 잡아보고 그러면서 한 오륙 년 지나면 자연스럽게 기술자로 성장했다. 엄시헌은 그렇게 세월을 기다릴 수 없었다. 그는 벽돌 쌓는 요령 한두 마디를 듣기 위해 기술자 옆에 붙어 앉아서 꼴사나운 짓을 가리지 않고 했다. 그렇게 몇 달이 지나자 먹줄도 잡고, 흙손을 들고 야트막한 담을 쌓기도 했다. 그래도 정식 기술자가 되려면 갈 길이 멀었다.

엄시헌은 제 돈을 내고 막걸리 한잔 안 마시는 수전노였지만 젊은 기술자를 모셔다가 함바집에서 막걸리를 사곤 했다. 막걸리 몇 잔에 흥이 오른 기술자는 한껏 호기를 부렸다. 그는 엄시헌보다 열 살쯤 아래였다.

"엄 씨, 그런 게 바로 기술이야, 기술! 알아? 잘 배워둬."

"아이고, 예에, 예, 그저 고맙습니다."

엄시헌은 분명히 간도 쓸개도 없는 인간이었을 것이다. 배알이 손톱만큼이라도 있는 사람이라면 안 가르쳐주려는 기술을 배우겠다고 그렇게 안달했을 리 없다. 그래도 그 젊은 기술자는 좀 나았다. 온갖 거드름을 피우기는 했지만 잡부 엄시헌에게 먹줄도 잡게 하고, 나지막하지만 제법 담 같은 것도 쌓아보게 해줬으니까. 다른 기술자들이라면 손톱도 들어가지 않았을 것이다. 잡부가 함부로 기술자들이 잡는 흙손에 손을 댔다가는 난리가 났다. 하물며 하루 일과를 마치고 연장을 씻을 때도 흙손만큼은 기술자들이 직접 씻었다. 흙손 씻는 일이 어려워서가 아니다. 그것은 기술자들 나름의 자부심이었다. 공사현장에서 기술은 오야지도 함부로 가르쳐주라, 마라 할 수 있는 그런 문제가 아니었다. 아무리 오야지라도 '네 밥그릇을 저 사람한테도 좀 나눠줘라' 하고 말할 수는 없지 않겠는가.

"그러다가 한 두어 달 흘렀나. 점심을 먹고 쉬는 중이었는데……. 다들 바닥에 드러누워 쉬거나 담배를 피우며 쉬고 있었어요. 엄 형님은 그때 아직 시멘트는 바르지 않고 벽돌만 쌓아 올려놓은 벽에 비스듬히 기대고 서서 물끄러미 앞을 보고 있었어요. 그때 누가 물었습니다. 그게 누구였더라, 아마 오야지 홍씨였던 거 같은데, 기억이 가물가물 합니다.

'이봐라, 너그 세상에서 제일 참기 힘든 고통이 뭔지 아나?'

참기 힘든 고통? 공사판 노가다들한테는 안 어울리는 말이기는 합니다. 아무튼 사람들이 하나씩 대답을 했어요. 누구는 잠 못 자는 게 제일 고통스럽다고 했고, 누구는 또 뭐 팔다리 잘리는 거라고 했지. 나는 이거 없는 인생이라고 농담을 했지요. (장기풍은 '이거'라고 말하면서 왼손 새끼손가락을 들어 보였다.) 엄 형님 차례가 됐는데, 대답을 않더라고요. 사람들 눈이 엄 형님한테 집중됐지요. 자기한테로 시선이 모아지니까 머쓱했는지 잠시 머뭇거리더니, '식구들이 굶는 거요'라고 합디다.

아마 햇빛이 형님의 눈을 찔렀을 겁니다. 눈을 찡그린 엄 형님 표정이 참 서글퍼 보이더라고요. 그런데 뭐라고 해야 할까요. 그 눈이 만 가지 사연을 다 안은 사람의 눈이었어요. 나는 지금도 햇빛에 부딪힌 엄 형님의 눈빛과 그 눈가에 맺히던 잔주름을 잊을 수가 없습니다. 참 희한한 일입니다. 밥 좀 굶는 게 뭐 그리 대수라고……. 그런데 엄 형님의 그 한마디에, 그 말이 딱 맞는 말이구나, 싶은 생각이 들지 뭡니까. 사내가 제일 참기 어려운 고통은 처자식들이 굶는 걸 보는 거구나 하는 확신 같은 거 말입니다. 참 이상한 일이지요. 그 뭐 별것도 아닌 말이 그렇게 와 닿을 수가 없었어요."

"그럴 수도 있겠군요."

"박 형사님, 사람이 말입니다. 사흘쯤 굶어도 안 죽지만, 사흘쯤 잠을 못 자면 죽는다는 것쯤이야 누가 모르겠어요. 우리가 아무리 먼지 풀풀 날리는 공사장에서 뒹구는 인생이지만 그 정도야

36

몰랐겠어요? 우리도 그 정도는 아는 사람이란 말입니다. 그런데 나는 엄 형님이 그렇게 말하는 순간에 진짜로 알았습니다. 배고 픈 게 세상에서 제일 큰 고통이라는 걸 말입니다. 그리고 엄 형님 이 젊은 기술자 옆에 붙어 앉아 굽실거리면서 기술을 배우는 이 유도 알겠더라고요. 글쎄, 그때 우리가 얼마를 받았더라, 기억이 가물가물한데……. 아마 엄 형님이나 나 같은 잡부는 일당이 하 루 오천 원 정도였을 겁니다. 기술자들은 기술에 따라 하루에 이 만 원도 받고 삼만 원도 받았어요. 엄청난 차이였어요. 엄 형님이 굽실거릴 만도 했어요. 일단 기술만 배우고 나면 대접이 확 달라 지니까. 엄 형님은 돈이 많이 필요한 사람이었어요. 자식들은 어 렸고, 큰아들은 몸이 그 모양이었으니까 말입니다. 나는 그때 엄 형님이 왜 그렇게 사는지 이해할 수 있겠더라고요. 그래서 그 뒤 로는 엄 형님이 기술자들한테 아무리 굽실거려도 싫은 내색을 안 했어요. 싫기는요. 오히려 거드름을 피워대는 그 벽돌 기술자 놈 을 콱 패주고 싶더라고요. 자기보다 열 살이나 많은 사람한테 반 말 찍찍 해대니 괜히 내가 다 미안했습니다."

장기풍이 문득 말을 중단하고 멍한 눈으로 박 형사를 바라보았 다. 장기풍이 말을 중단한 후에도 아직 남은 글자를 두들기느라 고개를 숙이고 있던 박 형사가 왜 그러느냐는 얼굴로 장기풍을 바라보았다.

엄종세는 아버지를 모신 병원으로 가는 대신 경찰서엘 먼저 들렀다. 전화를 낸 형사가 경찰서에 먼저 나와야 한다고 말했기 때문이다. 형사는 혼자 병원으로 간다고 해도 아버지 시신을 볼 수 없을 것이라고 덧붙였다.

스포츠형으로 짧게 깎은 형사의 머리카락엔 먼지가 앉은 듯 부슬부슬했다. 그는 손가락으로 습관처럼 머리카락 속을 벅벅 긁었다. 꼭히 가려워서 긁는 것 같지는 않았다. 육십대로 보이는 꾀죄죄한 노인이 책상을 가운데 두고 형사와 마주 앉아 있었다. 노인은 엄종세를 흘끔 쳐다보고 마른 웃음을 지었다. 그 웃음이 사람을 깔보는 듯한 느낌이 들어 불쾌했다.

박 형사가 물었고 노인은 답했다. 노인의 갈라지고 물기 없는 목소리가 듣기 불편했다. 엄종세를 알아본 박 형사가 "나중에 또 이야기합시다"는 말로 노인과 이야기를 중단하고 엄종세 쪽으로 돌아앉았다. 형사는 두 손가락만 사용하는 독수리 타법으로 노인의 이야기를 기록하느라 힘들었는지 허공에 대고 손을 털었다.

"사망한 엄시헌 씨와 사이는 어땠습니까?"

"뭐 다른 집이나 비슷했겠지요."

"엄 선생한테 아버지는 어떤 사람이었어요?"

"아버지와 관련해서는 특별한 기억이 없습니다. 나이 든 후로는 먹고살기 바빠 자주 만나지도 못했고요."

"어제 오후에는 뭘 했습니까? 별다른 의미를 두고 하는 말은 아닙니다."

박 형사는 그저 확인하는 차원이라고 했지만, 그 목소리는 전화통화 때와 마찬가지로 의심하는 투였다. 엄종세는 아침에 집을 나선 시각부터 집으로 들어오기까지 과정을 이야기했다. 교보문고가 나왔고 영풍문고가 나왔다. 김밥과 우동이 나왔고 일민 미술관이 나왔다. 그리고 자신의 실직과 김경한의 복직이 나왔다. 또한 실직 사실을 가족들에게 알리지 않았으며 그 때문에 심리적으로 또 경제적으로 고통을 겪고 있음도 드러났다. 박 형사의 눈이 잠깐 빛났다. 그는 마치 '내 이럴 줄 알았어' 하는 표정으로 살짝, 아주 살짝 웃었다. 형사가 살짝 웃었다고 느낀 것은 어쩌면 엄종세의 공연한 자의식인지도 모른다. 베트남 프로젝트가 뒤틀리기 시작할 때부터 자신감은 두려움으로, 확신은 의심으로 변했다. 엄종세는 자기도 모르는 사이 자신이 의심 많은 속 좁은 사람이 돼 있다는 생각에 언짢았다.

"어떻게 들릴지 모르겠지만 일단은 모두 용의 선상에 둘 수밖에 없습니다. 엄종세 씨, 당분간 여기 김천에 머무실 거죠?"

"어차피 장례를 치르는 동안은 머물 예정입니다."

집을 나설 때까지만 해도 아버지 시신을 서울로 옮겨 장례를 치를 생각이었다. 그러나 김천으로 오는 동안 생각이 변했다. 우선 경찰 수사가 끝나지 않았으니 시신을 인계받을 수 없을 게 분명했다. 게다가 회사를 그만둔 사람의 부친상에 찾아올 문상객이 얼마나 될 것인가. 서울에서 장례를 치를 경우 썰렁한 빈소를 아내에게 설명할 도리가 없었다. 전에 다니던 동화개발 직원들에게도 공연한 부담을 안기고 싶지 않았다. 이미 회사를 떠난 옛 동료의 아버지 장례식장에 기꺼운 마음으로 찾아오고 싶은 사람이 몇 명이나 있을까. 공연히 떠나고도 부담을 주거나 욕을 먹고 싶은 마음은 없었다. 무엇보다 썰렁한 빈소를 지켜야 하는 자기 처지를 김천이라는, 서울에서 멀리 떨어진 도시를 핑계로 위로하고 싶었다.

박 형사는 피로한 듯 깍지를 끼고 두 팔을 위로 치켜들었다가 뒤로 젖히며 큰숨을 뱉어냈다. 엄종세는 그 틈을 타 진작부터 하고 싶은 말을 꺼냈다.

"우선 아버지 시신을 확인하고 싶습니다만……."

"그러시죠. 대신 당분간 김천에 머물러야 합니다."

박 형사는 엄종세를 병원으로 안내해주겠다고 했다. 박 형사와 엄종세, 장기풍이 함께 경찰서를 나섰다. 주차장에서 자동차에 오르기 전 박 형사는 엄종세가 타고 온 차의 앞뒤를 살폈다.

"몇 년 식이죠? 꽤 오래된 듯한데 깨끗하네요?"

"구십구년 식입니다. 자동차를 많이 타는 편이 아니라서요."

박 형사는 엄종세의 자동차 앞 범퍼를 유심히 살폈다. 아침에 전화로 이미 교통사고를 위장한 살인사건으로 보고 있다는 말을 들은 터였다. 엄종세는 '왜요? 내가 범퍼라도 새로 갈았을까 봐요?' 하고 되묻고 싶었지만 참았다. 쓸데없는 말로 공연히 서로 나쁜 감정을 가질 필요는 없었다.

시 단위의 도시지만 변두리라 그런지 거리는 한산했다. 오가는 사람도, 자동차도 많지 않았다. 자동차들은 도로 여기저기에 아무렇게나 주차돼 있었고, 불법 주차를 단속하는 경찰은 보이지 않았다. 주차된 차들이 도로를 조금씩 물고 들어와 있기는 했지만 한산한 거리의 통행에는 방해되지 않았다. 한마디로 아버지가 살았던 도시는 느슨해 보였다.

노인은 자동차에 타자마자 피로한 듯 고개를 뒤로 젖히고 눈을 감았다. 낯선 사람들끼리 만나면 악수와 명함을 주고받고 자신을 소개하는 것이 보통이겠지만 두 사람은 인사를 나누지 않았다. 엄종세는 의자 속으로 꺼질 듯 깊숙이 앉은 노인을 흘끔 바라보았다. 가래가 낀 듯 갈라지고, 바람 빠지는 듯한 목소리를 가진 노인이지만 꽉 다문 입술과 길쭉한 눈매는 어딘가 강단이 있는 사람처럼 보였다.

뻣뻣하게 굳은 아버지의 주검은 행주로 물기를 꾹꾹 눌러가며 발라낸 생선살처럼 허옜다. 꼼꼼하게 사진을 찍고 깨끗이 닦은 상태라고 했다. 박 형사는 일단 뺑소니 교통사고로 인한 사망처럼 보인다고 했다.

"현재로서는 단순 교통사고인지, 살인인지 확인할 수 없습니다. 물론 먼저 살해된 후 교통사고로 위장됐을 가능성도 배제하지 않고 있습니다."

박 형사는 전화로 이미 밝힌 이야기를 다시 꺼냈다. 형사가 그런 말을 두 번이나 뱉으면서 자신의 얼굴을 뚫어지게 살피는 것 같아 엄종세는 불쾌했다. 그 의심하는 눈길을 맞받을까 생각하다가 슬그머니 눈길을 피했다. 한편으로는 아버지의 주검을 앞에 두고 형사와 신경전을 벌이는 꼴이 한심해 보이기도 했다.

"부검 결과, 외부충격 외에 별다른 의혹이 없으면 일단 장례를 치를 수 있을 겁니다."

엄종세는 무표정한 얼굴로 고개를 끄덕였다. 아버지의 주검을 바라보면서도 죽음은 실감나지 않았고 슬픈 마음이 들거나 눈물이 맺히지도 않았다. 병원 건물 밖으로 나온 박 형사는 타고 왔던 자동차에 오르면서 말했다.

"엄 선생, 멀리 가실 것 아니면 차는 당분간 경찰서에 두시죠?"

"왜…… 무슨 특별한 이유라도 있습니까?"

"보니까 범퍼 부분이 좀 찌그러진 것 같던데 살펴보려고요."

엄종세의 표정을 살피는 박 형사의 눈이 빛났다.

"설마 경찰서에서 따로 주차비를 받는 것은 아니겠지요? 비쌀 것 같은데……."

박 형사는 '이 자식, 터친 입이라고 잘도 지껄이는구나. 언제까지 그렇게 지껄이나 보자'고 말하고 싶은 듯 묘한 미소를 남기고 자동차에 들어가 앉았다. 자동차에 올라앉은 그는 고개를 돌리지 않았다. 오늘 처음 만나, 서로 인사도 나누지 않은 엄종세와 장기풍은 멀어지는 박 형사의 자동차 꽁무니를 바라보며 약속이라도 한 듯 담배를 꺼내 물었다.

노인이 꺼내 문 담배는 청자였다. 아직도 저런 담배가 나오나? 엄종세는 다소 의아하다는 눈으로 노인을 흘끔 보았다.

"자네 아버지가 말이야……."

멀어지는 박 형사의 자동차를 바라보던 엄종세는 그 소리에 장기풍을 바라보았다. 그러나 장기풍은 잠시 말을 끊고 담배연기를 깊숙이 빨아들였다가 뱉어냈다.

"독한 인간이었지."

병원을 빠져나간 박 형사의 자동차가 커브 길을 꺾어 사라지자 장기풍이 말문을 열었다. 여러 갈래로 갈라지는 그의 목소리를 듣고서야 엄종세는 그가 경찰서를 출발해 병원에 도착할 때까지,

또 아버지의 시신을 확인하고 박 형사가 떠날 때까지 한마디도 하지 않았음을 깨달았다.

"독한 인간이라니요?"

"말 그대로 독한 짓을 많이 했다, 이 말이야. 한마디로 지독한 양반이었지."

"아버지를 아십니까?"

"잘 알지. 자네 아버지와 나는 이십오 년 넘게 친구로 지냈으니까. 자네 아버지가 나보다 대여섯 살 많았을 거야. 그래도 뭐 우리는 친구였지. 내가 형님처럼 생각하는 양반이었어. 자네가 둘째지? 공부를 그렇게 잘한다면서? 돌아가신 엄 형님이 자네 자랑을 많이 하셨지……."

"예에? 제 나이가 몇인데요. 큰아이가 초등학교 일 학년입니다."

엄종세가 아직 어렸던 시절 어른들은 곧잘 그렇게 말했다. 공부를 잘하느냐, 어느 학교엘 다니느냐. 그러나 고등학교에 입학한 뒤로 공부나 학교에 대해서 묻는 사람은 없었다. 고향을 떠나 서울로 이사하고, 아버지가 집을 떠난 뒤 친척들을 만날 기회가 좀처럼 없었기 때문이기도 했고 이제는 공부 잘하느냐고 묻기에는 나이를 먹은 때문이기도 했다. 차라리 아이들에 대해 이야기를 주고받는 편이 훨씬 일상적이었고 자연스러웠다.

"그래? 벌써 그렇게 됐어? 그렇게 안 보이는데……. 그건 그렇고 돈 좀 있나? 밥을 좀 먹어야겠는데, 나는 아직 아침도 못 먹었는데……."

"식사요? 예에, 점심시간이네요. 같이 식사하시렵니까?"

"흐흐, 아버지보다는 자네가 낫군. 엄 형님이라면 어림도 없지. 노랑이였으니까. 삼십 년 세월 가깝게 지냈지만 내가 자네 아버지한테 밥 얻어먹어 본 것이 두세 번이나 될까. 그것도 밥값보다 훨씬 많은 일을 해준 다음이니까 공짜는 아니었지."

장기풍은 앞니가 없는 잇몸을 드러내며 웃었다. 밥 한끼를 얻어먹게 돼서 무척 행복하다는 얼굴이었다. 그가 실없이 웃었지만 결코 속없는 부류의 인간, 무지막지한 인간이 아님을 엄종세는 짐작할 수 있었다. 말투가 다소 거칠었지만 상스러운 낱말들을 걸러내고 보면 노인이 쓰는 낱말은 명확하고 적확한 편이었다. 대학을 졸업하고 처음 회사에 입사하던 시절까지만 해도 엄종세는 사람 보는 눈이 어두웠다. 물론 자신이 사람 하나는 정확하게 본다고 자부했지만 지나고 보면 사람 볼 줄 몰랐다고 해야 옳다. 몇 년 회사생활을 한 후에는 겪어본 사람, 술잔이라도 나누어본 사람은 그 성품을 짐작할 수 있었다. 그리고 동기들보다 빠른 승진과 회사의 핵심부처를 거치는 동안 엄종세는 겪어본 사람뿐만 아니라 겪어보지 않은 사람일지라도 몇 마디 이야기를 통해 그 인간됨을 짐작할 수 있었다. 좋게 말하자면 직관이고 나쁘게 말하면 경험에 대한 지나친 동일시일지도 모른다. 어쨌거나 노인이 실없는 사람처럼 보이지는 않았다.

장기풍과 엄종세는 중국 음식점에 마주 앉았다. 도심에서 좀 벗어난 곳이었고 음식점은 남루했다. 파리들이 천장에 새까맣게 붙어 있었다. 죽지 않고 겨울을 넘어온 파리들이었다. 굼뜬 파리 한 마리가 제 밥그릇에 붙었지만 노인은 쫓을 뿐 잡으려고 하지 않았다.

"에이 이놈의 파리, 요새는 계절도 없네."

엄종세는 아내에게 전화를 냈다. 아내는 아이들이 학원에서 돌아오면 곧바로 내려가겠노라고 했다.

"그런데 말이야. 자장면 나오기 전에 탕수육 작은 거 하나하고 배갈 한잔 마시면 안 될까? 술 한잔 없이 삼십 년 지기를 보낸다는 게 말이나 돼? 물론 내가 자네 아버지를 위해 일한 것을 생각하면, 자네가 배갈 한잔 정도 산다고 해서 아까울 건 없을 거야. 내가 자네 아버지 일을 많이 거들었거든."

"그러시죠."

장기풍은 큰 소리로 호기롭게 음식을 주문했다. 가게 주인이 대답도 하기 전에 술부터 내오라는 말이 꼬리처럼 달려갔다. 그는 아직 안주가 나오지도 않았는데 이과두주 한 병을 거의 다 비웠다. 작은 병이기는 하지만 알코올 도수가 오십 도가 넘는 독한 술이었다.

"이 술이 말야. 맛도 좋고 뒤끝도 좋고, 가격도 적당하고, 다 좋은데, 양이 적어서 지랄이란 말이지."

안주로 탕수육이 나왔을 때 장기풍은 이과두주 한 병을 더 주문했다. 이번에는 엄종세의 동의를 구하지 않았다. 낮술이라 얼굴이 벌겋게 달아올랐다. 장기풍은 이 없는 잇몸을 드러내며 연방 웃음을 흘렸다. 오랜 친구의 죽음을 술 한잔 없이 달랠 수는 없다더니 술기운과 더불어 찾아오는 행복감을 숨길 수 없는 모양이었다.

"내가 자네 아버지의 유일한 친구야. 주변에 사람들이 몇 있기는 하겠지만 다 오고가는 사람들이지. 아마 자네 아버지 빈소에 올 사람은 몇 안 될걸? 뭐 죽은 양반은 어떻게 생각하는지 몰라도 우리는 오래된 친구지. 한 삼십 년 가까이 된 친구라고. 자네 어머니 장례식 때도 갔었는데……. 나는 그때 자네를 봤는데, 기억 안 나나?"

엄종세는 노인을 기억하지 못했다. 어머니 장례식 때 오고간 사람들을 일일이 기억하기는 어려웠다. 술기운이 오르자 노인은 자신의 이름이 장기풍이며 해병대 청룡부대로 월남전에 참전했던 파월 용사라고 했다.

"사람들이 자주 물어. 장기풍? 그거 가명 아니냐고. 원래 이름이 기풍이야. 인동 장씨에, 베틀 기, 풍성할 풍. 장기풍이야. 내 입으로 말하기는 좀 그렇지만 이래뵈도 월남전에서 혁혁한 공을 올린 역전의 용사야. 파월 용사들은 누구나 다 인정하는 사실이지. 뭐 월남 하면 개나 소나 다 참전했다고 하는데, 우리는 식당 당번도, 헌병도 아니었어. 헌병 알지? 휴가나 외출 나온 군인들 등 처먹는 자식들 말야. 그런 놈들은 월남에 갔다왔어도 월남을 몰라요. 월남…… 진정한 사나이들이 생사를 넘나들었던 곳이지. 총을 들고 말이야. 나, 특등 사수였어. 청룡부대 제일 대대 삼 중대 소속으로 육십오 년 시월에 월남에 갔어. 꿰넌이라는 곳인데 혹시 들어봤어? 한창 전쟁이 치열할 때였지. 싸나이답게 앗사리하게 한번 살고 싶었거든. 뭐 결과적으로는 요 모양이 되고 말았지만……."

장기풍은 자신이 월남전 때문에 푸르던 청춘을 망쳤으며, 따라서 평소 자기 입으로 월남전 이야기는 좀처럼 안 한다고 했다. 그러나 오늘 월남전보다 더 치열하고 지독한 인생의 전장에서 청춘을 함께 보낸 삼십 년 지기를 떠나보내면서, 그 지기의 아들을 만나고 보니 월남전 생각이 갑자기 많이 난다고 말했다.

"정말이지 옆에서 우리 분대장 박 하사가 엎어져서 죽는 것을 내가 봤지. 박 하사는 말이야. 경상도 성주 사람인데 독자였어. 그러니까 죽으면 안 되는 사람이었지. 일찍 결혼도 했다고. 그때가 스물세 살인가 네 살인데 결혼하고 처자가 딸린 사람이었어. 독자니까 일찍 결혼했겠지. 그 부모 심정이 어땠을까. 청상과부로 살아갈 여자도 막막했을 거야. 사람 참 좋았지. 내가 총에 맞아 죽은 박 하사의 워커를 벗겨냈는데, 워커 안에 피가 흥건했어. 가슴과 발목에 총알을 맞았거든. 좋은 사람이었지. 미인박명이야. 그 왜 알지? 좋은 사람은 일찍 죽는다는 말 말이야. 정말 좋은 사람이었지. 죽지 말았어야 할 사람인데 죽어버렸어. 내가 해병대 정신으로 똘똘 뭉친 사람이지만 그때는 눈물이 나더라고. 정말 내 평생 우는 일은 없을 줄 알았는데, 박 하사 죽던 날은 많이 울었어. 지금도 그때를 생각하면 눈물이 나서……."

"다 지난 일이지요."

엄종세는 장기풍의 월남전 이야기를 듣고 싶지는 않았다.

"……."

엄종세의 싸늘한 말투에 장기풍은 머쓱했던지 입을 다물었다. 엄종세는 월남이라면 다시 생각하기도 싫었다. 장기풍이 월남이라고 부르는 나라는 자신이 운명을 걸고 덤볐던 베트남 프로젝트의 바로 그 나라였다. 자신을 지금 이 자리, 오고 갈 데 없는 처지로 몰아낸 바로 그 장소였다. 게다가 낯선 누군가의 청춘에 관한 소회를 듣고 앉아 있을 시간도 없었다. 그는 빨리 점심을 먹고 장례 문제를 처리하고 싶었다.

"자네 아버지가 여기 처음 가게를 열었을 때는 제방공사가 한

창이었지. 전국 어디나 마찬가지였지만 당시에는 이 동네에 홍수가 많았거든. 여름에 비만 왔다 하면 홍수야. 소고 돼지고 간에 막 쓸려 갔어. 사람도 별 수 없었어. 물가에 어정거리다가는 쓸려갔지. 애들이나 노인들이 말이지, 죽어서 퉁퉁 불어서 떠내려오기도 했다고. 그때 새마을 사업이 한창 뻗어나갔는데, 군청에서 제방공사를 시작했던 거야. 그거 알지. 새마을 노래 말야.

'새벽종이 울렸네, 새 아침이 밝았네, 너도 나도 일어나 새마을을 만드세, 살기 좋은 내 마을 우리 힘으로 만드세.'

정말이지 그때는 손에는 삽, 어깨엔 총을 메고 다니는 시절이었어. 우리도 한번 잘 살아보자고 낮밤을 가리지 않고 일하던 시절 말이야. 아침부터 저녁까지 전 국토에 삽과 곡괭이 든 남자와 여자들이 개미떼처럼 붙어 있었어. 초가집 허물고, 제방 쌓고, 신작로 내고, 집 마당으로 수도 끌어들이고, 하수로 파고 말야. 아마 자네 아버지가 이 동네로 굴러온 것도 그때쯤일 거야. 그게 삼십 년 전이야.”

“우선 식사부터 하세요.”

“글쎄, 들어봐!”

장기풍은 마치, 내 이야기가 재미없어? 하는 얼굴로 엄종세를 보았다. 두 번째로 말이 잘린 탓에 기분이 상한 듯했다. 아버지를 아는 사람, 게다가 낯선 곳에서 처음 만난 사람의 기분을 상하게 할 마음은 없었다.

"아무튼 제방공사장에서 우리는 둘 다 별 기술이 없는 잡부였어, 잡부."

"예에……."

"월남에서 미군들이 말이야……."

"아니, 먼저 식사부터 하세요. 자장면 다 굳겠습니다."

"아, 그렇지. 먹어야지. 자네도 들어."

장기풍은 소리내며 음식을 먹었다. 자장면의 마지막 면 한 올과 다소 짠 자장까지 젓가락으로 긁어서 후루룩 마시다시피 먹어치운 다음 물 컵을 입으로 가져갔다. 우물우물 입안을 헹궈서 그대로 꿀꺽 삼키는 모습이 더러워 보였다. 누런 데다 뿌리 부분은 검은 이를 이쑤시개로 이리저리 들쑤셨다. 고춧가루라도 찾아냈는지, 퉤 하고 입안에 있던 무엇인가를 바닥에 뱉었다. 그리고 다시 물을 머금어 입을 헹궜다.

"내가 어디까지 이야기했지? 그래 맞아, 잡부. 자네 아버지나나는 공사판 잡부였지."

엄종세는 동화개발 수습사원 시절 한 달 정도 전국의 공사현장을 돌아본 터라 현장 노동자들의 생리를 어느 정도는 알고 있었다. 인생이 재미없고 게으른 사람들이었다. 안전사고에 주의하라고 날마다 노래를 불렀지만 사고가 끊이지 않아 늘 사람 속을 썩였다. 수습사원 시절 그를 가장 괴롭힌 것은 공사 일정이 아니라 현장 인부들의 안전사고였다. 그가 아무리 애를 써도 어쩌지 못하는 부분이었고 안전사고가 발생할 때마다 현장의 거친 책임자들은 애매한 엄종세를 향해 혀를 차곤 했다.

'본사 직원들 정신상태가 저 모양이니……. 펜대나 굴릴 줄 알지, 일을 아나…….'

아버지가 공사현장에서 잡부로 일했다면 어떤 사람인지 대충 알 만하다고 지레 짐작했다.

"이제 나가시면 어디로 가실 건가요?"

엄종세는 장기풍의 말을 잘랐다. 식사를 마쳤으니 일어나고 싶었다. 아무리 밥상을 치우는 정도의 일이라고는 하지만 낯선 곳에서 장례를 치르자면 잡다하게 신경 써야 할 일이 많았다. 엄종세는 마음이 바빴지만 장기풍은 일어날 생각이 없어 보였다.

"가긴 내가 어딜 가?"

아버지의 가게

제방공사장에 한기철이라는 목수가 있었다. 전라도 어디서 온 사람인데 의리파였다. 한기철은 일꾼들에게 자주 술을 샀다. 솜씨 있는 목수였고 일당이 잡부들의 몇 배나 됐다. 일당이 많다고 누구나 한기철처럼 술을 사지는 않았다. 그는 천성이 호기로운 사람이었다. 한기철은 저녁 때 함바집에 들렀다가 누구라도 안면 있는 일꾼들이 앉아 있으면 가리지 않고 술을 샀다. 잡부들이라고 매일 얻어 마시기만 한 것은 아니었다. 한기철이 서너 번 막걸리를 사면 얻어 마셨던 사람들이 돌아가면서 한 번씩 샀다. 그런 규칙이 있었던 것은 아니다. 다만 매일 술은 마셔야겠고, 한기철의 호주머니라고 화수분은 아니었다. 그래서 한기철 주머니에 돈이 떨어지면 그날까지 얻어 마셨던 사람들이 한잔씩 냈다. 엄시헌은 한기철이 내는 술을 얻어 마시지 않았고, 사지도 않았다.

그날은 간죠가 며칠 남지 않았는데 점심 먹고 난 후부터 비가 주룩주룩 내렸다. 반나절 일을 공친 셈이니 일꾼들은 함바집에 죽치고 앉아 막걸리를 마셔댔다. 간죠가 며칠 뒤로 다가왔을 무렵이니 인부들 주머니는 비어 있었다. 그러니 그날 인부들이 마시는 술은 모두 외상이었다. 간죠날이 되면 틀림없이 받을 돈이기는 해도 외상술 내놓기 좋아하는 술집 주인은 없다. 하루 이틀도 아니고 벌써 며칠째 외상 술판이니 함바집 주인인 미스 정의 마음이 그랬을 것이다. 일꾼들 형편을 빤히 알고 있으니 안 팔 수도 없고, 팔자니 자금이 안 도는 형국이었다. 그때 엄시헌이 폭삭 젖은 몰골로 함바집에 들어왔다. 비가 내리고 공사가 중단된 틈을 타서 읍내에 나갔다 오는 모양이었다. 무슨 일인지 몰라도 엄시헌은 잔뜩 풀 죽은 모습이었다. 식사 때 말고는 함바집 근처에 얼씬도 않는 사람이 함바집에 들어오자 둘러앉아 있던 일꾼들이 의아하다는 눈길로 그를 보았다.

"어이 엄 형, 엄 형이 이 시간에 여기 웬일이여? 추적추적 비가 내리니 엄 형도 한잔 생각이 난 기여?"

한기철이 자리에서 일어나면서 엄시헌을 불렀다. 한기철은 그때 엄시헌에게 술을 얻어먹겠다는 마음은 없었다. 식사 때를 빼면 함바집에 얼씬도 않던 사람이 들어왔으니 반가운 마음에 불러 앉히려고 했다. 그래서 한기철은 엄시헌을 부르고, 함바집 미스 정을 불렀다.

"어이, 미스 정. 여기 엄시헌 선생이 술 한잔 낸답니다. 대포 한 말씩 내오시오!"

대놓고 타박은 안 했지만 외상술은 그만 마셨으면 하는 미스 정의 속내를 누구나 알고 있었다. 마침 저축왕 엄시헌이 한잔하 겠다고 들어왔으니 일꾼들은 한잔 얻어 마실 기대에 들떴다. 둘 러앉은 사람들이 우와~ 환호하면서 박수를 쳤다. 밖에는 비가 내리고 있었고 술을 마실 분위기는 무르익었다. 한기철은 엄시헌 과 그저 한잔하고 싶은 마음이었다. 그는 정이 많은 사람이었고, 몇 달 함께 일하면서도 막걸리 한잔 나눌 기회가 없었던 엄시헌 이 반가웠던 것이다. 그런데 일이 묘하게 꼬였다.

"술 취했으면 곱게 들어가 잠이나 자소."

착 가라앉은 엄시헌의 목소리가 싸늘했다. 들떠 있던 술자리 분위기에 찬물을 뒤집어씌운 꼴이었다. 한기철은 뭘 잘못 들었나, 이 사람이 왜 이런 반응을 보이는가 하는 얼굴로 엄시헌을 쳐다 보았다. 그렇다고 모른 척 입을 다무는 것이 더 어색했다. 얼어붙 은 분위기를 풀고 싶은 마음에 한기철이 덧붙였다.

"어이 엄 형, 왜 이래 싸늘해? 같이 고생하는 사람들한테 대포

쪼까 사는 게 고르치롬 힘든가아?"

어색한 분위기를 풀어보겠다고 한기철이 평소에 잘 안 쓰던 사투리를 일부러 썼다. 끝말이 다소 늘어지는 전라도 사투리였는데, 엄시헌은 그걸 빈정거리는 말로 받아들였다. 장기풍이 나중에 안 일이지만 그날 엄시헌은 아내에게서 편지를 받았는데, 나쁜 소식이었다. 큰아들 종석의 상태가 더 나빠졌던 모양이다.

"당신들 처마실 술을 내가 왜 사는데?"

술자리는 난장판이 됐다. 안 그래도 성미 급한 일꾼들이었다. 거기다 술 한잔 걸쳤겠다, 우르르 들고일어나 주먹을 내지르고, 의자를 집어 던지고 냄비를 차고 탁자를 엎었다. 그런데 다친 사람은 한 사람도 없었다. 엄시헌은 놀라울 만큼 민첩하고 침착한 솜씨로 술 취해 비틀거리는 사람들을 요령껏 주저앉혔다. 아무리 술에 취한 사람들이라고 하지만 공사판에서 이력이 난 일꾼 대여섯 명을 한 사람이 제압했다는 사실은 놀라웠다. 그 소문은 금세 공사장 전체에 퍼졌고, 엄시헌이 미끈한 외모와 달리 여간내기가 아니라는 이야기가 나돌았다. 부산에서 잘 나가던 조직폭력배 출신이라는 둥, 폭력 전과가 화려한 사람이라는 둥 근거 없는 이야기도 떠돌았다.

그날 사건을 계기로 함바집 미스 정이 엄시헌을 눈여겨보기 시작했다. 사람 성실한 데다 저축 많이 하는 사람이라고 소문이 자자한 사람, 게다가 인물 훤하고 싸움 실력까지 갖췄으니 더하고 뺄 게 없었다. 사실 여자 혼자 공사장에서 함바집을 끌고 가다 보니 치근대는 사람들이 더러 있었다. 잦지는 않았지만 술 잘 마시다가 주먹다짐하는 사람들도 있었다. 엉망으로 취하고도 술을 더 내놓으라며 강짜를 부리는 사람들은 부지기수였다. 십 리 떨어진 읍내까지 가서 장 보고 음식 장만하는 일 역시 만만한 일은 아니었다. 그러던 차에 적당한 동업자를 발견한 것이다. 얼마 후 미스 정이 엄시헌과 동업하자 수많은 입들이 쑥덕거렸다.

'엄시헌이 미스 정을 건드린 모양이지? 얌전한 고양이 부뚜막에 먼저 올라간다더니 언제 안다리를 걸었는고? 뭐를? 미스 정이 엄시헌이를 꼬드긴 모양이더만……. 하여간에 엄시헌이 그놈 재주 좋은 놈이여. 그 손톱도 안 들어갈 년을 무슨 수로 엮었는가 몰라. 밤낮으로 술 팔아준 오 목수가 병신이지. 닭 쫓던 개 지붕 쳐다보는 꼴 아니여. 밤낮으로 술 팔아준 사람이 어디 오 목수 한 사람뿐이야? 근데, 엄시헌이 처자가 있는 사람 아니야? 몰라. 그런데 그런 사이는 아닌 모양이던데? 그러면 무슨 사인데? 내가 아나? 임 씨가 한번 물어봐. 하여간 오 목수는 죽 쑤어 개 줬네.'

함바집 주인 정숙희는 매력적이고 고운 여자였다. 음식 솜씨가 좋았고 생각과 판단이 분명했다. 떠돌이나 다름없는 막노동판 가운데서 여자 혼자 가게를 운영했지만 뿌리가 든든한 사람이었다.

미스 정은 공사판 가운데서 함바집을 운영하면서 술을 따랐지만 천박하게 굴지 않았다. 그런 면에서 미스 정과 엄시헌은 닮은 데가 있었다. 두 사람은 돈을 벌기 위해 거친 일을 했지만 천성이 거칠거나 남루한 사람은 아니었다. 미스 정은 때때로 젓가락 장단을 두들기며 구슬픈 노래를 불렀는데 그 노래는 슬펐다. 그 정도 솜씨면 가수가 되고도 남았겠지만 그녀는 가수가 꿈이라고 말하지는 않았다. 미스 정은 백설희와 이미자, 조미미에 대해, 그리고 그 무렵 혜성처럼 나타나 인기를 끌던 심수봉에 대해 이야기했다. 그 가수들이 어느 음반사 소속이며, 어떤 노래를 불렀는지 공사판 인부들이 들어본 적 없는 이야기를 했다.

'연분홍 치마가 봄바람에 휘날리더라. 오늘도 옷고름 씹어가며 산 제비 넘나드는 성황당 길에 꽃이 피면 같이 웃고 꽃이 지면 같이 울던…….'

미스 정이 인생의 가래가 긴 듯한 목소리로 「봄날은 간다」를 부를 때면 정말 봄날이 멀어지는 것 같았다. 그녀가 불렀던 노래 「봄날은 간다」는 단순히 왔다가 가는 한철 봄이 아니었다. 그 노래를 부를 때 미스 정의 얼굴은 붉게 물드는 인생의 저녁노을 앞에서 지나온 세월을 돌아보는 주름 많은 노인이 돼 있었다. 옷고름 씹어가며 울던 세월에 대해, 피고 지는 꽃을 보고도 웃고 울던 청춘에 대해, 실없는 기약을 믿고 기다리던 날들에 대해, 이제 황

혼과 마주 앉은 늙은 여자가 노래하는 것 같았다. 노래를 부르는 동안 영락없는 노인이 돼버린 미스 정은 떠나려는 봄을 죽어도 보낼 수 없다는 듯, 느릿느릿, 박자와 관계없이 오래오래 쉬어가며 불렀다. 노래가 끝났는가?, 하는 마음이 들 정도로 뚜욱 뚝 끊어가며 「봄날은 간다」를 불렀다. 숨이 곧 끊어질 듯한 목소리였다. 미스 정의 「봄날은 간다」를 듣고 있노라면, 그 봄이 가고 여름이나 가을, 겨울이 오는 것이 아니라 사람이 맞이하기로 돼 있던 모든 날들이 끝장날 것 같은 착각에 빠지곤 했다. 더불어 사람살이의 행도 불행도 모두 사라질 것 같은 예감이 들곤 했다. 그래서 그 노래를 듣고 있던 인부들은 술잔을 거머쥐고 있을 뿐 차마 비울 생각을 못한 채, 그 노래가 결코 끝나지 않기를 간절히 바라는 마음으로 들었다. 들었다기보다 경청했다고 해야 옳을 것이다.

엄시헌은 미스 정의 노래를 들으며 그녀가 살아온 인생과 살아갈 인생이 슬프다는 것을 알았다. 미스 정은 슬픈 노래를 불렀지만 남루한 사연을 늘어놓으며 눈물을 글썽이지는 않았다. 그녀는 누구 앞에서라도 제 사연을 늘어놓으며 눈물 흘릴 사람은 아니었다. 미스 정은 만나고 헤어졌던 사랑에 대해 말하는 대신 섬마을로 유배된 선생님의 절망과 섬 처녀의 서글픈 사랑에 대해 이야기했다.

'해당화 피고 지는 섬마을에 철새 따라 찾아온 총각 선생님. 열

아홉 살 섬 색시가 순정을 바쳐 사~랑한 그 이름은 총각선생
님……'

가수 이미자의 고운 음색과 전혀 다른, 가래로 목이 꽉 막힌 듯
한 허스키한 음색이었다. 미스 정은 노래 사이에 마시지도 않을
술잔을 들었다가 놓았고, 술잔을 내려놓고 부르다가 남은 노래를
조금도 어색하지 않게 이어 불렀다. 그래서 그녀의 노래를 듣고
있노라면 '원래 저 노래는 저렇게 느릿느릿 쉬어가며 부르는 노
래인 모양이다' 하는 착각이 들곤 했다.

"도시에서 온 총각 선생님이 그 섬에 머물고 싶었겠어요? 하물
며 구름도 쫓겨가는 그 외딴 섬에요? 해당화 피고 질 때마다 총각
선생님은 육지로 가지 못해 한숨을 흘렸을 것이고, 섬마을 처녀
는 불안한 눈으로 선생님을 지켜보았을 거예요. 선생님한테는 말
도 못 하고 제발 서울로 떠나지 말라고 숨어서 빌었을 거예요."

사람들은 미스 정의 정확한 나이를 몰랐다. 그녀가 시집을 가
지 않은 처녀인지, 시집을 갔다가 돌아온 여자인지도 알지 못했
다. 미스 정은 자신의 인생에 대해 말하지 않았고 남들의 인생에
대해서 묻지도 않았다.

미스 정을 마음에 품었던 남자 손님들이 막걸리 몇 통에 취해
"어쩌다가 이런 데까지 왔느냐?"고 물으면 그녀는 눈물을 뚝뚝
흘리는 대신 웃음을 터뜨렸다. 그녀의 눈물은 눈이 아니라 목소

리에 묻어 있었다. 미스 정은 웃음 띤 얼굴로 말했다.

"사연요? 나는 그런 거 없어요."

사연 같은 건 없다고 잘라 말하는 그녀의 목소리가 슬펐다. 엄시헌은 손님 앞에서 웃는 미스 정의 모습이 진짜라고 생각하지는 않았다. 그 모습을 가짜라고 생각하지도 않았다. 엄시헌과 마찬가지로 미스 정은 여러 가지 모습으로 살아야 하는 사람이었다. 세상에 맞서서 딱 한 가지 얼굴로 살아낼 수 있다면 얼마나 행복하고 강한 사람인가. 미스 정은 자신의 진짜 표정 말고도 여러 가지 표정을 기꺼이 지을 줄 아는 여자였다. 엄시헌은 그 자신이 여러 가지 표정을 지어야 하는 사람이었기에 미스 정이 지어야 하는 여러 가지 표정을 이해할 수 있었다.

미스 정의 맺힌 듯한 노래에 인부들은 술 사고, 안주 샀다. 그 이상을 기웃거리는 사람들도 있었다. 미스 정의 엉덩이를 은근슬쩍 문질러대던 오 목수는 새로 개업한 읍내 양품점에서 팬티를 열 장이나 사들고 왔다. 오 목수는 자신의 오토바이 뒤에 미스 정을 태우고 싶어 했다. 그리고 얼마 전에 제방 아래로 닦은 시멘트 포도를 달리고 싶어 했다. 시멘트 포장이 끝나는 제방 끝에서 멈추지 않고 잡풀이 무성한 둑을 따라 달리고 싶어 했다. 그 둑 끝을 지나 산자락 아래까지 달려가고 싶어 했다. 거기서 미스 정을 짓누르고 싶어 했다. 미스 정은 오 목수의 오토바이 뒤에 타고 제방

끝으로 달려가는 대신 그의 허리를 감아 술집으로 들어왔다. 오목수는 무척 실망한 표정을 지었지만 제 허리를 감은 미스 정의 팔을 풀지는 못했다.

미스 정은 엄시헌의 성실과 책임감을 높이 샀지만 단순히 그 때문만은 아닌 듯싶었다. 그녀가 엄시헌을 대하는 태도는 단지 동업하는 사람에 대한 배려 이상이었다. 그녀는 은근한 눈으로 엄시헌을 바라보거나 때때로 한숨지었지만 속내를 밖으로 드러내지는 않았다. 모르기는 해도 엄시헌과 동업으로 함바집 전체의 수입은 늘었지만 미스 정의 손에 들어가는 수입은 다소 줄었을 것이다. 그러나 그만큼 장사가 수월해지기는 했다.

미스 정은 엄시헌이 붉은 저녁노을 아래 앉아 감자 깎는 모습을 좋아했다. 그녀는 자주 소쿠리에 감자를 담아 엄시헌 앞에 내놓곤 했다. 어쩌다가 엄시헌이 저녁노을을 올려다보느라 눈을 찡그리기라도 하면 그 속에 든 오만 가지 사연이 자기 눈에 보이기라도 하는 듯 눈시울이 젖곤 했다. 두 사람은 종일 함께 일했지만 좀처럼 말을 하지는 않았다. 엄시헌은 말없이 소쿠리를 받아 함바집 앞에 앉아 감자 껍질을 벗겼다. 미스 정은 엄시헌에게 말을 걸 때는 늘 다음 말을 생각해야 했다. 함바집 장사와 관련한 이야기는 그다지 필요하지 않았다. 동업을 시작하고 이삼 일이 지나자 엄시헌은 모든 일을 알아서 처리했다. 그가 일하는 방식에는 혼선이나 군더더기가 없었다.

이틀 동안 눈이 쉬지 않고 내렸다. 이 지방에는 드문 폭설이었고 공사는 중단됐다. 불도저도 포클레인도 움직일 수 없었다. 폭설이 내리는 날 공사장에는 일이 없었다. 일이 없으니 손님이 많을 줄 알았지만 함바집에는 첫날 손님이 좀 많았을 뿐 사흘째 되던 날에는 손님이 뜸했다. 몇몇 들렀던 손님들도 일찍 떠나고 늘 함바집에 죽치고 살던 장기풍마저 읍내 어디론가 나가고 오지 않았다. 날이 어두워지면서 눈은 멈췄지만 손님은 오지 않았다. 그런 날은 따뜻한 숙소에 드러누워 골병든 허리를 지지는 게 나았는지도 모른다. 밤새 화투패를 뒤집었던 인부들은 종일 숙소에서 낮잠을 잤다.

엄시헌과 미스 정은 마주 앉아 소주를 마셨다. 동업을 시작하고 일 년이 지났지만 두 사람이 술을 마신 것은 그때가 처음이었다. 인부들이 먹다가 남긴 반병쯤 되는 소주를 비우고 끝낼 작정이었다. 반병 남은 소주를 비우자 미스 정은 소주를 한 병 더 내왔다. 바깥에는 눈이 날리다가 멎기를 거듭하고 있었다. 늘 왁자하던 함바집은 조용했고, 눈 덮인 공사장도 고요했다. 그 많던 사람들이 세상 밖으로 사라지고 세상에는 두 사람만 남은 듯했다. 온 세상이 하앴다. 불도저도 벽돌도 멀리 보이던 일꾼들의 숙소도 눈 속으로 사라지고 없었다.

엄시헌과 미스 정은 오래 이야기했다. 두 사람이 그때까지 나누었던 이야기를 다 모은다고 해도 그날 밤 두 사람이 나눈 이야기에 미치지는 못할 것이다. 미스 정은 여고시절 외웠던 시를 읊조렸고 엄시헌은 아내와 자식들에 대해 이야기했다. 두 사람은 오고가는 세월에 대해, 만나고 떠나는 사람에 대해 이야기했다. 엄시헌은 의사들이 고칠 수 없는 병에 대해, 더불어 자신이 해야 할 일에 대해 이야기했다.

"의사선생들이 고칠 수 없는 병이 많아요."

엄시헌의 이야기를 들으면서 미스 정은 소리내지 않고 울었다. 그녀는 엄시헌이 짊어진 삶을 측은히 여겼고 더불어 존중했다. 두 사람은 서로의 인생에 대해 공감했다. 그날 두 사람은 각자가 살아온 세월과 살아갈 세월이 무겁지만 초라하지 않음을 알았다.

밤이 깊어지면서 눈이 다시 내렸다. 높은 곳에서 낮은 곳으로 쏟아지면서도 소리를 내지 않는 것이 있을까? 소리를 내기는커녕 눈은 세상의 소리를 모조리 묻어버렸다. 세상에 살아 있는 모든 것들, 숨쉬는 모든 것들, 서 있는 모든 것들이 눈에 묻힌 밤이었다. 사람 사이의 인연과 관계는 끊어지거나 사라지고 없는 밤이었다. 적어도 그날 세상에는 엄시헌과 미스 정 두 사람뿐이었다. 술 탓이었다고 한다면 너무 야박하다. 그날 내린 눈은 세상에 존재하는 모든 것을 삼켰다. 두 사람은 어느 쪽도 요구하거나 허락

하지 않았다.

미스 정은 아이를 낳고 싶어 했다. 단 한번의 잠자리로 아이를 가진 것이 행인지 불행인지 알 수 없다. 미스 정은 미래에 대해 말하지 않았다. 그녀는 다만 아이를 낳고 싶다고 말했다. 봄이 저만큼 오고 있었지만 그 뒤로도 한두 차례 더 눈이 내렸다. 그늘진 곳에 쌓인 눈이 다 녹지 않았지만 공사장은 활기로 넘쳤다. 함바집을 찾았던 손님들이 모두 숙소로 돌아갔고 늘 그랬듯 장기풍 홀로 함바집에 남아 막걸리 잔을 기울였다. 날이 풀렸다고 하지만 아직 녹지 않은 눈이 여기저기 쌓여 있었고 밤인데도 바깥은 희끗희끗했다. 장기풍은 식탁에 한쪽 팔꿈치를 괴고 앉아 있었고 엄시헌과 미스 정은 주방에서 낮은 목소리로 이야기를 나누는 중이었다. 낮에 미스 정이 읍내 병원에 다녀온 날이었다.

"안 돼, 절대 안 돼! 말이 되는 소리를 해."

자신보다 여섯 살 아래였지만 엄시헌은 미스 정에게 반말하지 않았다. 그날 엄시헌이 반말을 쏟아냈던 것은 그만큼 당황했기 때문일 것이다. 미스 정은 소리를 내지 않으려고 애쓰면서 울었다. 그녀는 거의 매달리다시피 애원했다. 미스 정은 이치를 분명히 아는 여자였다. 엄시헌의 난처한 입장을 고려해, 자신이 진정하고 싶었던 말을 기어코 삼키던 여자였다. 그러나 그날 미스 정은 다른 사람이 돼 있었다.

"이대로 있을게요. 나서지 않을게요, 절대로."

"안 돼, 있을 수 없는 일이야. 절대로 안 돼!"

"쥐 죽은 듯이 살게요. 아무도 모르게⋯⋯. 약속해요."

홀로 막걸리를 마시던 장기풍은 엄시헌의 낯선 목소리를 들었다. 일부러 들으려 했던 것은 아니다. 언제나 높낮이가 일정한 엄시헌의 목소리가 그날은 흔들리고 있었다. 장기풍은 이미 짐작하고 있었다. 미스 정이 엄시헌을 바라보는 눈빛은 믿음직한 동업자를 대하는 눈빛 이상이었다. 그런 시간이 길게 이어졌지만 두 사람은 가까워지지 않았다. 막걸리 잔을 앞에 두고 장기풍은 중얼거렸다.

"오기로 돼 있는 일은 결국 오기 마련이다."

장기풍은 홀 한쪽에 세워둔 흑백텔레비전에 눈을 두기도 하고, 주방에 귀를 기울이기도 하고, 막걸리 잔을 입으로 가져가기도 했다. 미스 정이 설거지하던 손을 멈추고 엄시헌의 팔을 잡았다. 다소 노기를 띤, 노기라고 할 수밖에 없는 엄시헌의 눈을 피하지 않았다.

"나서지 않겠어요. 그냥 이대로⋯⋯. 누구한테도 말하지 않을게요. 무엇을 해달라고 말하지도 않을게요."

"말도 안 돼. 절대 있을 수 없어."

"부탁이에요. 제발 이대로⋯⋯."

"내가 제발 부탁할게. 있을 수 없는 일이야. 불행해질 뿐이라고. 왜 몰라? 제발 내가 이렇게 부탁할게."

여자가 와락 엄시헌을 껴안았다. 그녀는 울었다. 그리고 거듭거듭 애원했다. 급기야 흐느끼는 소리가 장기풍이 앉은 홀까지 들려왔다.

"왜 안 돼요? 내 마음이에요. 내가 내 맘대로 내 자식을 낳겠다는 데 왜 안 돼요?"

"당신 지금, 미쳤어?"

"그래요, 나 미쳤어요. 어쩔 건데요?"

두 사람의 언성이 높아졌다가 낮아지고 또 높아졌다. 말하기보다 듣기를 좋아하던 두 사람이 그날만큼은 상대의 말을 듣지 않고 자기 말을 했다. 서로 다른 이야기를 중언부언 내뱉는 동안 두 사람은 상대의 확신을 알았다. 문득 엄시헌이 미스 정의 따귀를 때렸다. 두 사람의 다툼을 흘끔흘끔 훔쳐보던 장기풍도 그 순간 화들짝 놀랐다. 엄시헌이 제 손과 미스 정을 번갈아 쳐다보는 모양이 적잖이 당황한 얼굴이었다.

'도대체 무슨 짓을 한 거지!'

자기 손과 미스 정의 얼굴을 번갈아 보던 엄시헌은 방금 자기 손이 한 짓을 납득할 수 없다는 표정이었다. 미스 정은 두 손으로 얼굴을 감싼 채 쪼그리고 앉아서 울었다. 쪼그리고 앉아 우는 여자를 내려다보며 엄시헌은 모진 말을 했다.

"실수였다고. 알아? 순전히 실수였을 뿐이라고!"

"그래요? 그렇게 말하면 속이 후련하신가요?"

미스 정이 획 고개를 들어 싸늘한 말을 쏟아내고 다시 두 손으로 얼굴을 감쌌다. 장기풍은 그날 밤 두 사람의 다툼이 언제, 어떻게 끝났는지 모른다. 그는 소리 없이 문을 열고 함바집을 빠져나갔다. 다른 때라면 "엄 형님, 장기풍이 자러 갑니다" 하고 인사쯤은 했을 것이다. 그러나 그날은 그럴 수 없었다.

다툼이 잦아들자 두 사람은 침묵했다. 엄시헌은 말없이 자기 방으로 들어가 누웠다. 그는 오래도록 잠들지 않았다. 시간이 한참 지난 후에 엄시헌은 미스 정이 설거지하는 소리를 들었다. 그녀는 그렇게 울고도 제 할 일을 했다. 밥그릇과 술잔 달그락거리는 소리가 났다. 미스 정의 설거지 소리에는 짜증이 배기는커녕 잠들었을지 모를 엄시헌을 배려하는 조심스러움이 묻어 있었다. 낮은 설거지 소리, 평소보다 낮은 물소리를 들으며 엄시헌은 고통스러워했다. 미스 정이 차라리 화를 내거나, 밥그릇들이 부딪히고, 술잔 깨지는 소리가 들렸다면 쉽게 잠들 수 있었을 것이다. 엄시헌은 그날 오래도록 잠들지 못했다.

엄시헌이 이튿날 아침에 일어나서 맨 먼저 한 일은 전날 술값을 치르지 않고 함바집을 나가버린 장기풍을 찾아 공사장으로 내려간 일이었다. 장기풍은 엄시헌과 미스 정이 다투는 것을 보고 들었다. 그는 두 사람이 민망하지 않도록 슬그머니 함바집을 빠져나갔다. 엄시헌도 그쯤은 짐작했지만 술값은 받아야 했다. 엄시헌은 그런 사람이었다.

눈이 녹으면서 공사장은 곳곳이 질척했다. 멀리서 불도저들이 검은 연기와 굉음을 쏟아내며 움직이고 있었다. 페인트 통 뚜껑을 따내고 만든 화덕에는 나무토막과 널빤지 쪼가리들이 타타타닥 타오르고 있었다. 삽과 괭이를 든 일꾼들은 느릿느릿 움직였다. 목수 한기철의 디모도가 된 장기풍은 톱질하는 중이었다. 그 손이 하도 게을러 칠십 밀리미터짜리 각목을 자르는 데도 한참 걸렸다.

"이보시오, 장 형! 술 잘 마시고, 도둑고양이처럼 몰래 빠져나가는 법이 어딨소?"

장기풍은 목장갑을 벗으며 이빨 없는 잇몸을 드러내며 히죽 웃었다. 뭘 다 알면서 그렇게 사람을 몰아세우느냐는 얼굴이었다.

"술값 내놓으시오."

"형님도 참. 간죠날 지난 지가 언젠데, 내 수중에 돈이 있겠소?"

엄시헌은 내 그럴 줄 알았다는 듯 준비해 온 장부를 꺼내 장기풍에게 사인하라고 했다. 장기풍은 마지못해 사인했다.

"앞으로 그렇게 계산도 않고 몰래 빠져나갈 생각이면 내 가게에서 술 마시지 마시오."

"형님, 너무 그러지 마시오. 내가 무슨 술값 떼먹는 동네 왈패도 아니고, 언제 내가 술값 안 준다고 그랬소. 다들 바빠 보이기에 조용히 나왔구만."

두 사람이 다투고 두 달 후 미스 정은 함바집을 떠났다. 떠나기 전날 그녀는 처음이자 마지막으로 공사장 일꾼들에게 막걸리 한 주전자씩을 돌렸다. 미스 정과 엄시헌의 이별은 간단했다. 두 사람은 함바집 운영에 대한 계산을 마치고 고개 숙여 인사하고 헤어졌다. 신작로의 포플러 가로수가 바람을 맞아 촤르르 손뼉 치던 날이었다. 버스 정류장 표지도 없는 정류장에 엄시헌과 미스 정은 서로 다른 곳을 쳐다보며 오래 서 있었다. 엄시헌은 버스가 오는 길을, 미스 정은 버스가 가야 할 길을 보았다. 멀리서 시외버스가 부연 먼지를 일으키며 달려왔고 엄시헌이 커다란 짐 가방을 들었다. 미스 정을 태운 버스가 떠나고 부연 흙먼지가 가라앉은 다음에도 엄시헌은 한참 동안 그 자리에 서서 버스가 왔던 길을 바라보았다. 길 양편으로 포플러 가로수가 길게 줄지어 늘어서 있었다.

함바집을 떠난 미스 정은 엄시헌에게 편지를 보냈는데, 그 내용은 짤막했다. '경기도 안양에 정착했다. 생각보다 가게세가 비싸지만 자리가 좋아 괜찮을 듯하다. 갑자기 떠나는 바람에 일손이 딸리겠지만 사람을 쓰는 것은 신중하게 생각하시기 바란다. 아시다시피 제방공사도 마무리 단계에 들어서고 있다. 안양공고 축구팀이 축구를 참 잘한다. 경기를 구경한 적 있는데 아이들이 참 씩씩하더라' 하고 짤막하게 썼다. 미스 정은 함바집을 떠나기 전에 아이를 지우겠다고 약속했다. 그녀가 그 약속을 지켰는지 어땠는지 엄시헌은 모른다. 두 사람은 이후에도 편지를 몇 통 주고받았지만 미스 정은 아이 문제에 대해 말하지 않았다. 엄시헌 역시 묻지 않았다. 미스 정의 편지에는 주변 상가 상우회 회원들과 여행지를 다녀온 이야기와 여행지에서 찍은 사진과 장사에 대한 이야기가 전부였다. 엄시헌의 답에는 건강에 대한 염려가 대부분이었다. 이후 서너 차례 연락이 오고간 후 편지는 끊어진 것으로 장기풍은 알고 있었다.

긴 세월이 흘러갔지만 미스 정은 함바집에 나타나지 않았고 연락하지도 않았다. 엄시헌 역시 미스 정을 찾지 않았다. 바람에도 미스 정에 관한 소문은 묻어 있지 않았다. 그녀는 세상에서 사라진 사람 같았다. 두 사람은 만나고 이별하는 것이 사람살이의 이치임을 알았고 그 이치를 긍정했다. 엄시헌은 아내와 아이들을 생각했고 때때로 미스 정을 생각했다. 그는 어느 한쪽에도 충실할 수 없는 자리에 설 수 없었고, 미스 정은 엄시헌을 난처한 자리로 몰아세우지 않았다.

* * *

　국민학교와 중학교에 다니던 시절 엄종세는 아버지를 원망했
다. 운동회 때마다 아버지들 달리기 대회가 있었지만 거기에 자
신의 아버지는 없었다. 고향에 살던 시절 학교 운동회에서 가장
볼 만한 것은 동네 어른들의 씨름과 달리기였다. 단연 돋보인 사
람은 엄종세의 아버지였다. 아버지는 가장 늦게 바통을 받아들고
도 일 등으로 골인했다. 바통을 이어받은 아버지가 뒤에서 앞으
로 빠르게 질주하면 사람들은 탄성을 질렀다. 그 사람이 바로 자
신의 아버지라는 사실이 자랑스러워 종세는 운동회 내내 아버지
옆에서 떨어지지 않았다. 그러나 서울로 이사 온 뒤로는 달랐다.
종세에게는 아버지가 없었다. 소풍날이나 운동회날이면 친구들
은 제 어머니와 아버지의 손을 잡고 병아리처럼 통통통 가볍게
뛰어다녔다. 그들의 아버지와 어머니들은 선생님께 통닭과 맥주
를 권했다. 그러나 종세 자신의 아버지는 단 한번도 그런 자리에
나타나지 않았다. 엄종세는 때때로 아버지를 원망하는 마음을 담
아 편지를 보내기도 했다.

　아버지는 우리와 떨어져 사는 게 좋으십니까? 아버지는 왜 사십
　니까? 어머니는 늘 한숨만 쉽니다. 어머니도 싫고 아버지도 싫고

집도 싫습니다. 요즘 저는 집을 나가버리고 싶습니다.

그 무렵 엄종세는 국민학교 오 학년이었고, 아버지를 사무치게 그리워했다. 그래서 집을 나가겠다고 말함으로써 아버지의 관심을 끌어내고 싶었다. 그러나 아버지의 편지에는 흔들림이 없었다.

종세야, 왜 사느냐고 물었니? 어린 네가 그런 말을 하는 것은 온당치 않다. 아버지에게는 원대한 목표가 없다. 그런 것이 있으면 좋겠지……. 하지만 나는 그런 게 없구나. 아버지는 다만 너희들이 건강하게 자라고, 열심히 공부해서 반듯한 어른이 되기를 바란다. 종세야, 아버지는 무엇이 되고자 살지 않는다. 우리 식구들이 이렇게 살아 있다는 것이 아버지에게는 가장 소중한 일이다. 지금 아버지가 해야 하는 일은 열심히 일해서 돈을 버는 것이다. 그래서 너와 너의 형이 밥을 먹고 학교에 다니는 것이다. 너희 어머니와 너희들이 굶지 않고 추위에 떨지 않는 것이 내가 원하는 삶이다. 너희에게 지금 가장 소중한 사람은 네 어머니이고 중요한 일은 학교에 잘 다니는 것이다. 너희를 자주 볼 수 없어서 안타깝다. 너의 소풍에도 운동회에도 참석하지 못해 미안하다. 나는 네가 달리기를 잘한다는 걸 네 어머니한테 들어서 알고 있다. 네가 나를 닮아 달리기를 잘한다고 네 어머니가 전해주셨다. 네가 얼마나 잘 달리는지 보고 싶다. 그런 날이 꼭 올 것이다. 그러니 너는 엉뚱한 생각을 하지 마라. 너는 지금처럼 어머니 말씀을 잘 듣고, 열심히 공부하고, 건강하게 자라면 된다. 네가 더 커서, 어른이 되고 아버지가 되면 알게 된다. 살아가다 보면 알게 된다. 미리 알거나 늦게 아는 것은 온당치 않다. 적당한 때에 아는 것이 가장 좋은 법이다. 그러니 너는 밥 잘 먹고, 잠 잘 자고, 열심히 공부해라.

형은 좀 어떠냐? 형에게 잘 대해라. 잘 알겠지만 네 형은 몸이 많이 아프다. 형이 너와 똑같이 말하지 못하고, 너와 똑같이 달리지 못한다고 함부로 굴면 못쓴다. 부디 형과 친하게 지내고 어머니를 잘 모셔라. 네가 공부를 잘한다니 나는 무척 기쁘고 행복하다. 종세야, 낯선 데를 혼자 돌아다니기에 너는 아직 어리다. 그러니 함부로 집밖으로 나가겠다는 생각을 버려라. 세상은 무서운 곳이다. 어머니의 말씀을 따르고 아버지의 말을 들어라. 멀리 있지만 나는 항상 너희를 생각하고 너희를 본다.

서울로 이사 오고 얼마 지난 뒤부터 아버지는 편지 속에서만 존재했다. 어린 시절 엄종세는 집에 오기 싫은 아버지가 편지로 자신을 달래려고 한다고 생각한 적도 있다. 자라면서 아버지에게 쓰는 편지는 줄었다. 고등학생이 된 후로는 아버지가 편지를 서너 통 쓰면 마지못해 한 통쯤 답장을 쓰곤 했다. 그것도 아주 짤막한 내용이었다. 엄종세가 스무 살이 넘은 후로는 거의 편지를 쓰지 않았다. 그것은 아버지 엄시헌도 마찬가지였다. 물론 집에 전화를 들여놓은 덕분이기도 했다.

* * *

엄종세가 장기풍과 점심을 겸해 이과두주를 마시고 있을 때 박 형사에게서 전화가 왔다. 그는 사인규명을 위한 조사를 끝냈다고 했다. 부검을 했고, 사인은 자동차 사고에 의한 장과 간 파열, 폐 손상과 과다 출혈이라고 했다. 그 외에 대퇴 골절이 있고, 이마 부위에 타격으로 인한 함몰이 있다고 전해주었다. 말 그대로 처참한 죽음이었다. 박 형사는 교통사고는 틀림없지만 두 번 이상의 타격이 있었던 것으로 보아 단순 교통사고로 보기는 어렵다고 했다. 그는 수사에 필요한 자료 수집이 끝났으며 장례를 치러도 좋다고 했다.

장례업자는 신속하고 정확했다. 좀 비싸다는 생각이 들었지만 엄종세는 따지지 않았다. 낯선 지방에서 혼자 처리해야 할 장례였다. 비용이 들더라도 복잡하지 않게, 허둥대지 않고 처리하고 싶었다. 장례업자는 저녁부터 조문객을 받을 수 있도록 준비하겠다고 했다. 엄종세는 문득 형을 생각했다. 오랜 세월 잊고 살아왔다. 어디서, 어떻게 살고 있는지 알지 못하는 형이었다. 형은 어릴 때부터 몸 어딘가 심각한 이상이 있던 사람이었다. 돌아가실 때 어머니가 마지막까지 수심에 찬 눈빛을 거둘 수 없었던 것은 형을 걱정했기 때문이었다.

* * *

의사가 예견한 임종시간을 이틀이나 넘기고도 어머니는 눈을 감지 못했다. 그 고통스러운 마지막이 너무 길었기 때문에 엄종세는 차라리 어머니가 의식을 잃는 편이 낫겠다고 생각했다. 그러나 어머니는 의식을 잃지 않았다. 옴짝달싹할 수 없고, 말을 할 수 없었지만 어머니는 의식의 끈을 놓지 않았다. 인공호흡기에 의존해 거친 숨을 몰아쉬면서도 의식을 잃지 않았다.

"의지가 대단하신 분입니다. 의학적으로는 설명하기 힘듭니다. 환자의 살려는 의지가 생명을 붙들고 있다고 볼 수밖에요."

얼굴빛이 부드러운 의사는 그렇게 말하면서도 추가조치를 취하지는 않았다. 더 이상 어떤 조치를 취한다고 해도 도움이 되지 않는다고 했다. 수면부족으로 피로에 지친 레지던트들이 무심하고 다소 신경질적인 반응을 보이던 것과 달리 어머니를 전담한 병원의 과장은 시종 부드러운 낯빛이었다. 어머니가 입원했을 때부터 사흘에 한 번씩 아버지는 병원에 들렀다. 서울로 이사한 후 엄종세가 아버지를 그처럼 자주 본 것은 그때 두 달이 전부였다.

아버지는 의사가 맥박과 혈압과 심전도 따위를 바탕으로 예상한 어머니의 임종시간에 맞춰 다시 병원으로 왔다. 아버지가 병상에 다가앉아 어머니 손을 꼭 잡았다. 그때 엄종세는 보았다. 어머니가 손가락으로 천천히, 아주 천천히, 아버지 손바닥에 무엇인가 글씨를 썼다. 인공호흡기를 달고 있기도 했지만 어머니는 이미 말을 할 힘이 없는 상태였다.

"걱정 마, 잘 있어. 아주 잘 있어요."

아버지가 대답하자, 어머니가 또 무슨 글씨를 아버지 손바닥에 썼다. 아버지는 떨리는 목소리로 답했다.

"너무 멀어. 거기는 여기서 너무 멀어. 그냥 당신 몸 좀 나아지면 같이 가자. 내가 꼭 데려갈게. 지금은 당신이 움직이기 힘들어."

침대에 누운 채 어머니는 얼굴을 찌푸리며 오른쪽 발을 흔들었다. 화를 내신 거였다. 그리고 아버지 손바닥에 거듭 글씨를 썼고, 아버지는 너무 멀다, 조금 있다가 당신 몸이 나아지면 같이 가자, 하고 달래듯 말했다. 어머니는 다시 얼굴을 찌푸렸다. 그 일이 있고도 어머니는 이틀을 더 버티다가 임종했다.

어머니는 형을 만나고 싶어 했다. 아버지 말에 따르면 형은 너무 먼 곳에 있었다. 어머니가 그런 몸으로 이동한다는 것은 무리였다. 의사가 이미 의학적으로는 생존 자체를 설명하기 힘든 상태라고 했다. 아버지는 대신 형을 데려올까 생각도 했지만 의사가 예견한 임종시간이 가까웠기 때문에 자리를 뜰 수도 없었다.

엄종세가 그때 형이 어느 병원에 입원해 있느냐고, 형의 상태는 어떠냐고 묻지 않았던 것은 어머니 장례를 치르느라 경황이 없었기 때문만은 아니었다. 자신이 기획하고 발주한 첫 프로젝트, 회사생활의, 어쩌면 한 인간으로서 운명이 걸린 프로젝트 때문이기도 했다. 장례를 치르는 동안에도 전화기를 손에 쥐고 있어야 했다. 거기 매진하느라 밤잠을 설쳤고, 식사를 걸렀다. 컵라면과 식빵으로 사무실에 앉아 끼니를 때워가며 일했다. 한 손으로 전화통을 붙들고 다른 손으로 젓가락질하던 시절이었다. 일도 많았고 만나야 할 사람도 많았다. 보고서 작성과 확대간부 회의석상에서의 보고, 설득과 결재가 산더미처럼 쌓여 있었다. 그 많은 일들 중에 일부라도 줄이고 싶었다. 일을 조금이라도 줄일 수 있다면 세상이 달라 보일 것 같던 시절이었다.

엄종세는 그렇게 형을 잊었다. 어머니가 애타게 보고 싶어 했던 아들, 자신의 형, 제 혼자서는 세상을 살 수 없는 사람, 엄종세는 먹고사느라 형을 잊었다. 어른이 된 후로는 처음부터 형이 없었던 사람처럼 생각하고 생활했다. 형의 존재는 그의 삶에 어떤 영향도 미치지 않았고 고려 대상도 아니었다. 형과의 관계보다 휠씬 중요한 관계와 일들이 도처에 널려 있었다. 지나고 생각해 보면 납득하기 힘든 일이기는 했다. 막상 엄종세가 회사를 그만 두자 그를 둘러싼 모든 관계는 동시에 사라졌다. 회사를 그만둔 뒤에는 몇 달 쉬면서 일에 쫓기느라 만나지 못한 사람들을 만날 생각이었다. 그러나 그 많던 회사 일이 사라지자 그 많던 사람들 도 사라졌다. 엄종세는 자신이 친목을 위해 만난 사람들과의 관 계에서조차 사업 문제가 끼어 있었음을 회사를 그만둔 뒤에 깨달 았다. 어른이 된 남자들 간의 만남은 크거나 작거나 간에 일과 관 련돼 있었다. 다 큰 어른이 오직 인간적인 이유로, 누군가를 만나 기에는 바쁘고 야박한 세상이었다. 회사와 일이 사라지자 그 복 잡하던 관계가 일시에 끊어졌다. 도무지 틈이라고는 없던 시간이 장마 뒤의 강물처럼 넘쳤다.

문득 엄종세는 아버지가 어머니 손을 꼭 잡고 마지막으로 했던 말을 기억해냈다.

"내가 오래오래 살 거니까 걱정하지 말아요. 그놈보다 내가 더 오래 살 테니까, 당신은 아무 걱정도 하지 말아. 그러니 당신은 나 를 좀 오래 기다려야 할 거야. 한 삼십 년 걸리더라도 지겨워하지 말고 느긋하게 기다려요."

어머니는 눈을 감은 채 눈물을 흘렸다. 그리고 임종했다. 어머 니가 돌아가시던 순간, 엄종세는 생전에 멍한 눈으로 천장을 바라보던, 간간이 한숨을 쉬던, 무슨 생각을 하시느냐고 물으면 아무 생각도 안 한다고 말씀하시던 어머니의 생전 모습을 떠올렸다. 아버지는 굳이 어머니 무덤을 남강이 내려다보이는 고향마을 언덕에 썼다. 아무도 찾아갈 사람이 없는 먼 곳에 무덤을 쓸 필요가 있겠느냐고 말했지만 아버지는 대답하지 않았다.

* * *

엄시헌에게 정리하는 버릇이 생긴 것은 미스 정이 상우회 회원들과 여행지에서 찍은 사진과 편지를 보냈을 무렵부터였다. 엄시헌은 한 달에 한 번쯤 버려야 할 것을 버리고, 챙겨야 할 것을 정돈했다. 그는 시답잖은 잡동사니와 영수증, 물품 구입과 지출 내역 메모 따위를 책상 서랍에 두었다. 새로 마련한 금고에는 예금 통장과 보험증서, 그의 둘째 아들 엄종세가 써 보낸 편지와 가족 사진이 있었다. 벌써 몇 년째 쓰고 있는 허름한 공책도 금고 속에 보관했다. 그랬던 엄시헌은 어느 날 미스 정이 보낸 편지를 모두 꺼내 태웠다.

미스 정이 보낸 편지에 별다른 내용이 있는 것은 아니었다. 잘 지내느냐는 인사와 바닷가에서 찍은 사진, 그리고 두 사람이 함께 일했던 시절에 대한 짧은 소회가 내용의 전부였다. 그 소회란 것도 두루뭉술해서 다른 사람이 편지를 훔쳐보더라도 두 사람 관계를 야릇하게 볼 만한 내용은 없었다. 미스 정은 떠나기 며칠 전 두 사람 사이에 있었던 다툼에 대해서도, 두루뭉술하게 자신의 욕심이 과했음을 밝혔다. 엄시헌은 별다른 내용도 없는 편지를 보관하다가 어느 날 모두 연탄 화덕에 넣어 태웠다. 함바집 안에서 막걸리를 마시던 장기풍이 열린 출입문 너머로 물었다.

"형님은 그 여자가 싫으시오?"

엄시헌은 대답하지 않았다. 그는 늘 무표정한 얼굴이었는데 그날은 특히 더 그랬다. 그 표정 없는 얼굴을 보면서 장기풍은 엄시헌이 어떤 이야기를 해도 진실일 리 없다고 생각했다. 엄시헌은 대답을 하는 대신 버리고 챙겨야 할 물건을 정리했다. 장기풍은 웃으며 농담조로 말했다.

"앗따 형님, 다다익선 아입니까? 여자와 돈은 많을수록 좋지요? 안 그러요? 나 같으면 오는 여자 안 막고, 가는 여자 안 잡겠소. 그 뭐 대단한 일이라고 그렇게 밴댕이처럼 굴었소? 그냥 애 팍 낳으라고 하고, 이집 저집 들락거리며 한평생 재미나게 살면 되지. 사나이가 첩 하나 두는 게 뭐 그리 큰 흠이라고……."

엄시헌은 이번에도 대답 대신 웃음기 없는 미소를 지었다. 엄시헌은 자주 정리를 했다. 서랍을 정리하고, 금고를 정리하고, 주변을 정리했다. 당장 자신이 세상에서 사라지더라도 혼란이나 억

측이 생기지 않도록 해두려는 습성에서였다. 미스 정은 편지에 '걱정하시지 않아도 된다'고 썼다. 미스 정은 무엇을 걱정하지 않아도 된다는 것인지 구체적으로 말하지 않음으로써 다른 사람이 편지를 받더라도 내용을 짐작할 수 없도록 했다. 게다가 구체적인 걱정거리를 지목하지 않음으로써 낯선 곳에서 새로 시작한 생활과 아이 문제에 이르기까지 엄시헌이 생각할 수 있는 모든 우려를 씻었다.

미스 정이 편지와 함께 보낸 사진은 서해안 바닷가에 놀러 가서 찍은 사진인데 변산반도라고 했다. 시루떡을 차곡차곡 재놓은 것 같은 바위 앞이었다. 미스 정은 그 앞에 서서 활짝 웃고 있었다. 그 웃음에는 어두운 빛이 없었다. 아마 그녀는 여러 사진 중에서 가장 예쁘게 나온 사진, 가장 밝게 웃는 사진을 골랐을 것이다.

동업하던 여자가 다른 곳으로 나가 자리를 잡았고, 장사가 잘돼 어디 관광을 다녀왔다는 이야기, 그리고 이전에 동업하던 자신에게 안부를 전하는 정도였다. 별것 아닌 편지일 수 있었다. 그러나 엄시헌은 두려워했다. 자신이 오늘이라도 당장 죽어버린다면 무슨 일이 생길까. 자신이 죽고 나서 아내가 자신의 유품을 받아든다면 무슨 생각을 할 것인가 걱정했다. 아내가 정확한 추측을 하든, 억측을 하든 이미 죽은 자신이 어떤 설명을 덧붙일 수 있다는 말인가. 엄시헌은 미스 정이 보내온 편지와 사진을 태우는 동안, 그것들이 재로 완전히 변할 때까지, 그래서 그 모든 일들이 없었던 일이 될 때까지 꼼짝 않고 앉아 있었다.

"장 형, 나는 그런 상황이 두려워요. 내가 살아 있다면, 별것 아니라고, 전에 동업하던 여자가 보낸 안부편지라고 설명할 수 있을 거요. 설명할 수 없다면 변명이라도 할 수 있겠지. 변명이 어렵다면 용서를 구하고 앞으로는 더 아끼고 사랑하겠노라고 맹세라도 할 수 있지 않겠소? 하지만 지금이라도 내가 죽어버리면? 죽은 사람이 무슨 수로 변명과 맹세를 할 수 있겠소. 죽은 남편의 서랍에서 발견한 다른 여자의 편지와 사진을 앞에 놓고 아내가 펼칠 온갖 상상이 나는 두려워요. 아내는 아마 내가 실제로 저지른 잘못보다 훨씬 더 많은 잘못을 상상할지도 몰라요. 장 형, 나는 그런 상황이 두려워요. 배신감과 모멸감에 휩싸인 아내의 태도가 아이들에게는 또 어떤 영향을 미칠지도 두렵소."

"형님이 죽기는 왜 죽어요? 술 안 마셔, 담배 안 피워, 이렇게 멀쩡한 사람이 죽을 걱정은 왜 하시우?"

"하긴……. 그렇지만 장 형, 내게 원한 가진 놈이 어디 한둘이오? 그놈 중에 어떤 놈이 오늘밤에라도 몰래 찾아와 나를 죽이지 않는다고 어떻게 장담하겠소? 오늘밤에 잠들었다가 다시는 못 일어나지 말라는 법은 없지 않소?"

장기풍은 엄시헌이 그토록 문단속을 철저히 하고, 방문에 자물쇠를 두 개나 채우고 잠드는 진짜 이유를 그때 알았다. 이전까지만 해도 밤에 도둑이 들어 모은 돈을 훔쳐갈까 봐 걱정하는 줄 알았다. 그러나 천하에 두려울 게 없어 보이는 엄시헌이 죽음을 두려워하고 있었다. 월남에서 하룻밤에도 서너 번 죽을 고비를 넘긴 장기풍에게는 좀 의아해 보이는 모습이었다. 그렇게 복수의 두려움에 떨면서도 눈만 뜨면 남들에게 원한 살 일을 해대며 돈을 긁어모으는 아귀 같은 행동은 이해하기 힘들었다. 앞뒤가 안 맞는 행동이었다.

엄시헌은 틈만 나면 책상 서랍과 금고를 정리했다. 추잡한 거래내역이 실린 장부도 기한이 지나면 모조리 태웠다. 그는 메모나 편지를 쓰레기통에 버리는 법이 결코 없었다. 언제나 자신의 눈앞에서 불타서 사라지는 것을 확인하고 나서야 자리에서 일어섰다. 그는 선량한 남편, 성실한 남편, 정직한 아버지로 기억되고 싶어 했다. 제 삶의 비열하고 남루한 기록을 남기고 싶어 하지 않았다.

* * *

장례업자가 빈소를 준비를 하는 동안 엄종세는 아버지가 운영했던 식당을 찾아갔다. 박 형사는 식당 열쇠를 건네면서 가게 안

을 둘러보는 것은 좋지만 물건에 손을 대서는 안 된다고 주의를
주었다.

아버지의 식당은 병원에서 삼 킬로미터쯤 떨어진 곳에 자리잡
고 있었다. 뒤쪽은 하천 제방이었고, 앞은 자동차 두 대가 교행할
수 있을 정도의 좁은 지방도로였다. 두꺼운 나무 문짝은 자물쇠
로 굳게 닫혀 있었다. 자물쇠를 풀고 문을 열자 눅눅한 습기와 술
냄새가 한기처럼 밀려왔다. 아버지의 직장이자 거주지, 아버지가
처자식을 부양했던 근거지, 그러나 엄종세는 처음 와본 식당이었
다. 식당 입구가 동쪽을 바라보고 있었기 때문에 한낮인데도 실
내는 어둑했다.

함바집으로 시작한 식당답게 드럼통을 잘라 그 속에 연탄 화덕
을 넣어 만든, 엄밀히 말하면 드럼통을 잘라 옛날 식탁을 흉내내
서 만든 식탁이 놓여 있었다. 드럼통 식탁과 시멘트 바닥은 아버
지의 가게가 고급 술집이 아니라 서민들이 막걸리와 소주를 마시
고, 고함을 지르고, 젓가락을 두드려대는 곳임을 짐작케 해주었
다. 홀 안쪽에는 좁은 통로를 따라 방이 넷 붙어 있었다. 방 세 개
에는 벽면마다 여자 모델들이 등장하는 소주 홍보달력과 맥주 홍
보달력이 붙어 있었다. 방 한쪽 구석에는 다리를 접을 수 있는 앉
은뱅이 나무 밥상들이 세워져 있었다. 방마다 밥상은 세 개씩 있
었는데, 손님들이 쓰는 상 같았다. 통로 맨 안쪽 방은 아버지가 거

주하던 방이었다. 손님을 위한 밥상은 없었고 오래된 앉은뱅이 철제 책상과 작은 책꽂이, 그리고 공책과 책 몇 권이 가지런히 놓여 있었다. 한쪽 벽에는 시멘트 못을 박아 만든 옷걸이와 옷들, 작은 나무 옷장과 한눈에 보기에도 싸구려가 분명한 침대가 있었다. 침대는 실내 공간을 넓게 쓰기 위해 들여놓은 듯했다. 침대 아래에는 옷가지를 넣어놓은 빨간 종이상자 두 개가 있었고, 침대 머리맡 쪽 벽면에는 보기에도 묵직해 보이는 금고가 있었다. 금고는 콘크리트 벽면 일부를 긁어내고 금고를 밀어 넣은 다음 다시 콘크리트를 쳐, 설령 도둑이 들더라도 뜯어갈 수 없도록 돼 있었다.

방은 비교적 깔끔하게 정리돼 있었지만 제대로 된 가구는 없었다. 옷장과 침대, 철제 책상은 얼마나 오래됐는지 짐작조차 어려울 만큼 낡은 것들이었다. 철제 책상 옆에 라면박스가 있었고 그 안에는 안티프라민, 구급약 상자, 가위, 투명 테이프, 우황청심환 상자, 반창고와 대일밴드 따위들이 들어 있었다. 방은 틀림없이 생활인의 공간이었지만 어딘지 모르게 허전했다. 철제 책상 위에 놓인 메모장에는 새로 구입해야 물건 목록이 적혀 있었다. 차곡차곡 정리된 물건들은 날이 밝는 대로 떠나기로 마음먹은 사람이 밤새 싸둔 보따리 같았고, 새로 구입해야 할 목록은 앞으로도 여기에서 살아가야 할 사람의 흔적이었다. 그러니까 아버지의 방은 떠나기로 작정한 사람이자, 머물기로 약속한 사람의 방이었다.

엄종세는 금고 문을 열 수 있다고 생각하지는 않았다. 비밀번호를 몰랐다. 금고를 물끄러미 바라보던 그는 문득 이상한 느낌이 들었다. 어쩌면 자신이 금고 비밀번호를 알고 있는지도 모른다는 생각이었다. 그래서 그가 기억하는 몇 개의 번호들, 이를테면 자신의 주민등록번호, 휴대폰 번호 따위를 별 의미 없이 입력했다. 놀랍게도 금고의 비밀번호는 자신의 주민등록번호 뒤 일곱 자리였다.

아버지는 전화를 낼 때마다, 그건 그렇고, 니 주민등록번호 뒷자리가 일구삼공오삼팔, 맞지? 하고 묻곤 했다. 맞는데 왜 그러세요? 하고 물으면, 아니다, 내 기억이 올바른가 해서 물어보는 거다, 답하곤 했다. 일 년에 대여섯 번뿐인 전화통화 때마다 아버지는 엄종세의 주민등록번호 뒷자리를 확인했고, 자신의 기억력이 아직 녹슬지는 않았다는 말을 덧붙이곤 했다. 물론 '네 주민등록번호 뒷자리가 내 금고 비밀번호다' 하고 말하지는 않았다. 잘 정리된 방과 엄종세가 쉽게 짐작해낸 금고 비밀번호는 아버지가 떠나기로 작정한 사람임을 증명하는 것 같았다.

그렇다면 아버지는 자살하신 것일까? 그럴 리 없었다. 아버지의 처참한 시신은 결코 자살이 아님을 증명하고 있다. 그보다 간편한 자살방법은 얼마든지 있다. 게다가 어머니가 세상을 떠나시던 날 아버지는 '형보다 더 오래 살겠다'고 맹세했다. 아버지가 맹세대로 형보다 더 오래 살고 못 살고는 하늘의 뜻이다. 그러나 적어도 그런 맹세를 한 만큼 자살은 결코 아버지의 뜻이 될 수 없다. 어쩌면 어딘가에 아버지의 억울한 죽음을 풀어줄 열쇠가 있을지도 모른다. 엄종세는 방안을 차근차근 훑어보았다.

금고는 밖에서 보는 것보다 컸다. 밖으로 드러난 문짝은 작았는데, 생각보다 깊었고 안쪽으로 손을 길게 뻗어야 할 만큼 길었다. 금고 안은 서랍과 선반으로 구분돼 있었다. 맨 먼저 눈에 띈 것은 선반 위의 보험증서와 예금통장이었다. 그것들은 금고 맨 위에, 눈에 가장 잘 띄는 곳에 놓여 있었다. 금고 안에는 엄종세가 오래전 아버지에게 보낸 편지도 몇 묶음으로 나누어 정리돼 있었다. 예금통장은 여러 개 있었는데, 상당한 액수의 예금이 들어 있었다. 통장이 여럿 있었지만, 같은 계좌의 다 쓴 통장을 모아둔 것이고 실제로는 세 개에 불과했다. 통장의 입출금 기록 옆에는 깨알 같은 글씨로 돈이 어떻게 입금되고, 어떤 용도로 출금됐는지를 밝혀놓았다. 금고 안이 워낙 깔끔하게 정돈 돼 있었기 때문에 마치 아버지가 자신의 마지막을 예상하고 있었던 것은 아닐까 하는 생각이 더욱 짙어졌다. 사람이 죽음을 예상하면 주변 정리를 하고 속옷을 깨끗이 갈아입기 마련이다. 금고에는 통장과 편지 외에 누런 공책도 세 권 있었다. 공책은 수십 년 전 국민학생들이 쓰던 것으로 '정부' 마크가 찍혀 있었다. 재활용 종이를 이용해 보급용으로 만든 누런 갱지였다. 일종의 일기처럼 쓴 공책인데, 한 페이지를 가득 메운 날도 있었고 한 줄만 간략하게 씌어 있는 날도 있었다.

"엄 선생, 금고를 여셨네?"

엄종세는 깜짝 놀라 뒤를 돌아보았다. 박 형사가 방문 틀에 손을 짚고 서서 물끄러미 엄종세를 바라보았다. 박 형사는 언제 가게 안으로 들어온 것일까. 인기척이 없었기 때문에 그가 언제부터 자신을 지켜보고 있었는지는 알 수 없었다.

"아, 예……. 그게…… 내가 아는 번호라서……."

엄종세는 운이 없다고 생각했다. 어째서 이런 우연이 겹친다는 말인가. 자신이 사건과 관계가 없는 것은 분명하지만, 이런 상황은 보기에 따라 자신이 아버지 사건과 밀접한 관련이 있다는 정황증거로 작용할 수 있었다. 그렇다고 어쭙잖은 변명을 늘어놓는 것도 이상했다. 엄종세는 입을 다물었다. 박 형사는 더 이상 묻지 않았다. 그는 대신 함께 온 정복경찰들에게 금고를 경찰서로 옮기라고 했다.

"엄 선생, 금고에서 뭐 빼낸 건 없죠? 아직 손대면 안 됩니다."

"아, 예에……."

엄종세는 손에 들고 있던 통장을 금고 안에 다시 넣었다. 박 형사의 싸늘한 눈길이 창끝처럼 날카롭게 뒤통수를 찔렀다. 작업복을 입은 남자가 경찰의 지시에 따라 금고를 묻은 방바닥과 벽면을 망치와 정으로 두들겨 깼다. 시멘트를 깨자 생선가시 같은 철근 콘크리트가 드러났다. 남자는 커다란 니퍼로 콘크리트 가시를 하나하나 잘랐다. 이런 일을 많이 해본 듯한 사람임에도 금고를 콘크리트 벽과 바닥에서 분리시키는 데 한 시간도 넘게 걸렸다.

남자가 금고를 벽에서 분리하는 동안 엄종세는 가게 안을 하릴없이 둘러보았다. 장례식장으로 돌아가야 할 시간이었지만, 마침 금고를 여는 모습을 박 형사에게 들킨 후라 망설였다. 그가 미적거리자 박 형사가 장례식장에 안 가느냐고 물었다. 박 형사는 엄종세가 금고 비밀번호를 알고 있다는 점을 문제삼지 않았다. 그 정도는 이미 예상하고 있었다는 것인지, 그런 정도는 별 문제가 아니라고 판단한 것인지 분간할 수 없었다. 엄종세는 그 점이 오히려 불안했다.

용의자 엄종세

엄종세가 빈소에 도착했을 때 이 지역 경찰서장의 화환이 먼저 와 있었다. 아무리 오래 장사를 했다고 하지만 고급 요정도 아니고, 서민들 상대로 막걸리와 소주 따위를 팔던 술집 주인의 죽음에 경찰서장이 화환을 보내는 것이 상식적으로 보이지는 않았다. 아버지가 경찰서장과 나름대로 친분이 돈독했다는 말이었다. 술집을 하다 보니 이런저런 성가신 일들에 휘말리기 일쑤고, 그래서 경찰에 잘 보이려고 인사를 했던 것일까? 그렇더라도 파출소(지구대) 소장 정도가 아니라 서장한테까지 인사를 했을까? 알다가도 모를 일이었다. 어쨌든 누군가가 화환을 보내준 일은 고마웠다. 실직한 상태라 변변한 화환 하나 보낼 사람이 없을 것 같아

내심 걱정하던 터였다.

　빈소는 조용하다 못해 썰렁했다. 어디다 연락을 따로 한 게 아니니 당연한 일이기도 했다. 가장 먼저 빈소를 찾아온 사람은 장기풍이었다. 엄종세는 장기풍이 빈소에 절하는 동안 곡하지 않았다. 마땅히 곡을 해야 했지만 어색해서 소리가 나오지 않았다. 장기풍은 향을 꽂고 영정을 향해 두 번 절하고, 엄종세와 마주 절했다. 그리고 엄종세 앞에 무릎을 다소곳이 꿇고 앉았다.

　"아이고, 이런 큰일을 당하셔서 상심이 크시겠습니다."

　장기풍은 마치 사망 소식을 방금 들은 사람처럼 굴었다. 엄종세는 좀 어이없다는 생각이 들었지만 상대가 그렇게 나오자 자신도 격식을 차리지 않을 수 없었다.

　"네에. 바쁘실 텐데, 이렇게 와주셔서 감사합니다."

　그렇게 인사치레했지만 장기풍은 조금도 바쁠 일이 없고 갈 곳도 없는 사람처럼 보였다. 간단한 인사를 마치자 장기풍은 더 이상 진지하게 할 말이 없었는지, 소주나 한잔하자며 엄종세를 빈소 바깥의 손님들 자리로 끌어당겼다. 다른 문상객이 없었고, 장기풍 역시 어쨌거나 문상객이었다. 엄종세는 장기풍과 마주 앉았다.

　술잔을 입에 대다 말고 엄종세는 아내에게 전화를 내 병원 위치를 알렸다. 아내는 오늘밤에 내려오기는 아무래도 어렵겠다고 했다. 아이들이 학원 갔다 오기를 기다렸는데, 기다리고 보니 너무 늦었다고, 자동차 없이 아이들을 데리고 버스를 타고 내려가기는 여러모로 어렵다고 데면데면하게 말했다. 아버지를 모르는 사람이었다. 엄종세는 '지금 뭐 하자는 거냐!'는 식으로 큰소리 내고 싶지는 않았다. 그렇다고 아내의 태도를 그냥 두고 볼 수도 없었다. 한마디쯤 덧붙이려는데 둘째 인성의 목소리가 들렸다.

"아빠 언제 와? 거기 어디야?"

엄종세는 자신이 하고 싶었던 말 대신, 불과 몇 시간 전에 헤어진 가족들의 안부를 물었다.

"애들은 잘 있지?"

"걱정 말아요."

"내일 아침에 일찍 애들하고 같이 내려와."

아내는 알았다고 짧게 대답했다. 그리고, 내일모레가 개학인데 애들이 저렇게 놀기만 해서 걱정이라는 말로 전화를 끊었다. 엄종세는 바쁘다는 핑계로 아버지와 어머니를 별로 찾지 않았고, 아내 역시 시부모의 존재에 대해 이렇다 할 관심을 두지 않았다. 두 사람이 만나기 전에 거쳐야 했던 성장과정 전부에 경의를 표하고 감사를 표하기에는 바쁜 세상이라는 말로 스스로 해명하고 위안했다. 어쩌면 피차 업무적이고 기계적인 관계 외에 가족적인 관계로 엮이기 싫어하는 성격 때문이었을 것이다. 그렇게 살아오느라 엄종세는 처가 일에 무심했고, 그의 아내는 시가 일에 무심했다. 엄종세와 아내는 마치 자신들이 하늘에서 갑자기 떨어진 사람이기라도 한 것처럼 두 사람과 자식 외의 가족관계에 대해 무심했다. 어른들의 생일이나 명절 때가 아니면 좀처럼 만나는 일도 없었다.

장례식장은 조용했다. 장례식장 안의 일곱 개 방 중에 세 방만 빈소가 차려졌고, 그 세 개 방 모두 문상객이 적었다. 화환을 갖다 놓은 주흘 경찰서장은 나타나지 않았고, 장기풍만 자리를 지켰다. 이 시골 읍에서 삼십 년 가까이 지냈으니 문상객이 없지는 않을 것이다. 그러나 아직 초저녁이고, 장례 준비가 덜 됐다고 여기는 사람들도 있을 것이다. 내심 그렇게 기대했지만 장기풍에 이어 빈소를 찾아온 사람은 박 형사와 그의 파트너인 양 형사였다. 엄종세는 이번에는 아이고오, 아이고오, 하며 어색한 곡을 했는데, 두 형사는 건성으로 절했다. 조의금을 내지도 않았다. 문상객이라기보다 수사 임무를 띠고 온 형사들이었다. 박 형사는 건조하게 말했다.

"상심이 크시겠습니다."

"바쁘실 텐데 이렇게 찾아주셔서 감사합니다."

"며칠 장으로 하실 요량입니까?"

"오늘부터 사흘 정도로 할 생각입니다. 법도대로 삼일장이라면 내일 발인해야겠지만, 법도가 따로 있겠습니까. 오늘 준비를 했으니 모레쯤 발인할까 생각 중입니다."

"예 뭐, 그건 그렇고……. 상중에 경찰서로 출두하시기 어려울 것 같아 이렇게 찾아왔습니다. 부친 빈소 앞에서 이런 말씀을 드리는 것이 결례인 줄은 알지만 우리 일이 워낙 그래서요."

엄종세와 박 형사는 빈소를 나와 옆방으로 옮겨 앉았다. 엄종세가 소주를 한잔 따라 건넸지만 박 형사는 입에 대지 않았다. 형사들이 나타나자 장기풍은 슬그머니 자리에서 일어섰다. 그는 엄종세에게는 다시 들르겠다는 인사를, 형사들에게는 그럼 수고들 하시라는 말을 남기고 떠났다.

"아버지한테 특별한 원한을 가질 만한 사람이 누구라고 생각합니까? 사실 이 동네에서 엄시헌 씨한테 원한 가진 사람이야 한두 사람이 아니겠지만 그렇게 따지자면 벌써 십수 년 전에 돌아가셨을지도 모를 양반인데……."

장기풍도 그런 말을 했다. 도대체 소읍에서 허름한 가게를 열어놓고 막걸리와 소주를 파는 사람이 무슨 원한을 산다는 말일까? 엄종세는 박 형사를 물끄러미 바라보았다. 자신이 기억하는 아버지는 누군가에게 원한을 살 인품은 아니었다. 어릴 때 기억도 그렇고, 어른이 된 후에 가끔씩 만나거나 전화통화를 나누던 아버지는 신사다운 사람이었다. 염치없는 짓을 하지 않았고, 뻔뻔스럽게 굴지도 않았다. 말이 없는 편이었지만 가족들에게 차가운 사람도 아니었다. 더구나 도리에 어긋날 말이나 행동을 할 사람은 결코 아니었다. 물론 세월을 따라 변했을 수 있고, 오래 떨어져 살았던 만큼 자신이 아는 게 전부일 수는 없었다.

"사실 아버지를 만날 기회가 별로 없었습니다. 연락이야 가끔 했지만 그것도 워낙 가끔이어서 아버지의 주변 사람에 관해서는 아는 게 없습니다. 어릴 때 고향에서 서울로 이사한 후 같이 좀 살다가 줄곧 따로 떨어져 생활했으니까요."

"아버지에 대해 아시는 대로 말씀해주시죠. 지난 일이라도 상관없습니다. 엄 선생이 갖고 있는 느낌도 좋고요."

"아버지는 찬바람이 불면 눈물을 자주 흘렸어요. 슬퍼서가 아니라 일종의 눈병이었다고 생각됩니다. 아마 유루증이 아닐까 싶어요. 내 기억으로 아버지가 눈물을 흘리기 시작한 것은 우리 가족이 서울로 이사 온 그해 겨울부터였을 겁니다. 시골에서 농사짓던 사람이니 별다른 기술이 없었고, 일자리를 구하기가 쉽지는 않았을 겁니다. 요즘도 나이 마흔쯤 된 사람이 별 기술 없이 일자리를 얻기는 어려우니까요. 아버지도 아마 허드렛일이나 노점상 같은 것을 하셨을 겁니다. 자세히는 모릅니다. 워낙 그런 말씀을 안 하셨으니까요. 아무튼 여러 가지 일을 하셨는데, 내 기억으로 아버지가 서울로 이사 와서 맨 먼저 가진 직업은 전기용접공이었어요. 당시만 해도 길가에 크고 작은 철공소가 많았거든요. 아버지가 철공소로 출근했다가 퇴근한 첫날이었는데, 그날 밤 끙끙 앓더군요. 앓는 소리에 내가 잠을 깼을 정도니까요. 서울로 이사 와서 꽤 오랫동안 우리 네 식구는 모두 한 방에서 잤거든요. 하여 간 밤새도록 신음소리가 그치지 않았어요. 나는 잠이 들었다가 깼다가 하며 그 소리를 들었어요. 아마 아버지가 아프다고 말씀 하시거나 신음소리를 내신 것은 그때가 처음이고 마지막이었을 겁니다. 아프다거나 힘들다고 말씀하시는 성품이 아니었거든요. 그다음 날 아침에도 아버지는 출근하셨는데, 밤에는 또 끙끙 앓 았어요. 찬물에 적신 수건을 눈에 대고, 아픈 눈을 소금물로 씻어 냈는데 그래도 고통이 가시지 않았나 봅니다. 밤새 앓는 소리를 들었지요. 그때 나는 좀 짜증도 나고 불안하기도 했어요. 저렇게 앓다가 아버지가 돌아가시면 어쩌나 불안했고, 통 잠을 잘 수 없 으니 짜증도 난 것 같아요. 그때쯤 아마 제가 서울로 전학 와서 첫 시험을 앞둔 무렵이었을 겁니다.

아버지가 밤새 앓았던 건 낮에 전기용접을 하면서 보호경을 쓰 지 않았기 때문입니다. 산소용접이 아니라 전기용접은 맨눈으로 그 불빛을 쳐다보면 안 되거든요. 아시겠지만 그 빛이 너무 밝아 서 눈에 상처를 냅니다. 아버지가 그 밝은 전기용접 빛을 견딜 만 해서 맨눈으로 쳐다본 것은 아니었을 겁니다. 처음 해보는 용접 일이라 보호경 너머로 보이는 사물에 익숙지 않았던 거죠. 또 한 손으로 보호경을 얼굴에 대고, 한 손만으로 용접기를 잡고 일하려면 어느 정도 숙달이 돼야 했죠.

아버지는 용접을 잘 해야겠다는 욕심에 보호경을 벗은 채로 용접을 했던 모양입니다. 그런데 그 불빛이 낮에는 그럭저럭 참을 만 했지만 밤이 되면 심한 통증을 일으키는 것 같았어요. 그래서 밤새 끙끙 앓았던 거죠. 한 사흘 밤을 계속 앓았어요. 아침에 식구들이 밥상 앞에 모여 앉았는데, 어머니가 걱정을 많이 하셨어요. 어머니가 병원에 가보라고 하셨는데 아버지는 '사장이 내 용접 솜씨가 보통이 넘는다고 칭찬하더라고. 아마 취직하게 될 거야' 하시면서 씩 웃으시더군요. 어떻게든 사장 눈에 들어서 일자리를 구하려고 그랬던 모양입니다.

말하자면 아버지는 좀 무모한 사람이었죠. 아무리 일자리가 필요하기로서니 전기용접 불빛을 맨눈으로 본단 말입니까? 나는 그때 어려서, 아버지가 취직하게 됐다고 했을 때 무작정 좋았습니다. 새 가방을 사고 싶었거든요. 서울로 이사 와서 학교엘 갔는데 아이들 가방이 다 멋지더라고요. 나도 그런 새 가방을 갖고 싶었어요. 그래서 아침밥을 먹다가 '아버지 그럼, 나 새 가방 사주시는 거예요?' 했던 것 같아요. 아버지가 밥 수저를 드시다 말고 '그럼! 살 수 있지' 하며 웃으셨죠. 내가 좋아서 밥 먹다 말고 일어나서 펄쩍펄쩍 뛰었는데, 아버지는 허허 웃으셨어요. 생각해보면 철

없는 시절이었죠."

"그래서 새 가방을 샀습니까?"

"아니, 그 뒤로도 오랫동안 새 가방을 못 샀습니다. 아버지가 철
공소에서 쫓겨났으니까요. 아마 맨눈으로 용접하다가 들켰나 봅
니다. 아버지와 어머니가 나누는 이야기를 잠결에 들었는데 사장
이 누구 신세를 망치려느냐고, 화를 무척 많이 낸 모양입니다. 용
접하다가 눈을 다치기라도 하면 사장도 일정 부분 책임을 져야 하
니 쫓아낸 것이지요. 아버지는 그 뒤로 야채행상을 한 것으로 기
억합니다. 시장에 자리가 없으니 리어카를 끌고 재래시장과 골목
을 돌아다녔겠죠. 새벽 일찍 나가서 밤늦게 들어오셨어요. 우리가
세 들어 살던 집 주인 여자는 근검절약이 몸에 밴 사람이었는데
아버지가 저녁에 밭에서 사온 시금치를 찬 물에 적셔 다시 재는
동안 마당에 불을 켜주지 않았어요. 밤에 마당에 불 켜놓는 집이
서울 시내에는 없다면서 말입니다. 시금치는 밭에서 사온 그대로
밤을 지새우고 시장에 내다 파는 게 아니라 일단 가져오면 찬물에
적셔서 따로 재놔야 했거든요. 그냥 리어카에 실어둔 채 밤을 지
새우면 열이 나서 금방 누렇게 뜬다고 하더군요. 시금치를 몇 겹
으로 쌓아놓으니 안에 공기가 안 통해서 그런 모양입니다.

야채행상도 오래가지는 못했어요. 걸핏하면 재고가 남아 하루
종일 팔아도 본전하기 힘들었던 거죠. 아버지가 신발공장에서도

잠시 일했다는 사실을 안 것은 아버지가 형과 내 발에 꼭 맞는 운동화를 들고 오셨을 때입니다. 흠집이 난 것이라고 했는데, 어디에 어떤 흠집이 났는지 찾을 수 없을 만큼 고급 신발이었어요. 처음 신어보는 헝겊 운동화였는데, 내가 방에서 운동화를 신고 뽐내는 동안 아버지 얼굴에서는 미소가 떠나지 않았어요. 생각해보면 그 미소가 이해될 듯도 하고 안 될 듯도 하고 그렇습니다. 그러다가 공사장에서 일하기 시작한 모양입니다. 서울 어디서 일하시다가 몇 달 후 여기 김천으로 오신 거죠. 그 뒤로 아버지는 집에 들르는 날이 점점 줄었고, 언제부터인가 거의 집에 들르지 않았어요. 서울로 이사 온 후 아버지에 관한 기억은 지금 말씀드린 게 거의 전부입니다. 그 뒤로는 주로 편지를 주고받았는데 그것도 내가 어릴 때 이야기입니다. 어른이 된 후로는 일 년에 한두 번 아버지를 뵈었을 뿐입니다."

엄종세가 이야기는 동안 박 형사는 한마디도 없이 듣기만 했다. 지루한 표정을 짓기도 했고 불현듯 무슨 생각이라도 난 듯 수첩에 알아보기 힘든 메모를 하기도 했다. 그 자신만 알 수 있도록 휘갈겨 썼다.

"최근에 아버님한테 좀 별다른 낌새나 느낌 같은 것은 없었습니까?"

"글쎄요, 전혀."

"이런 말씀 드리기 뭣하지만, 엄시헌 씨 시신은 눈을 뜨고 있더 군요. 뭔가 꼭 해야 할 일이 남아 있는 사람처럼……. 한이 사무친 눈이랄까요? 절망에 찬 눈이랄까요……. 형사 짓으로 밥 먹고사 느라 죽은 사람 수도 없이 봤지만, 그처럼 강렬한 의지를 눈에 담 은 채 죽은 사람은 처음 봤습니다."

"아버지가…… 그러셨나요?"

"부친이 왜 그렇게 눈을 뜬 채 가셨을까요?"

"글쎄요. 짐작이 안 됩니다."

"최근에 연락하시거나 만나신 것은 언젭니까?"

"글쎄요. 설 때 연락한 걸 빼면 거의 대여섯 달 돼가는 것 같습 니다만……."

"설 때라……. 앞서도 말씀드렸지만 엄 선생은 어제도 아버지 와 통화하셨던데?"

"그런 일 없습니다. 박 형사님 전화받고 나도 곰곰이 생각해봤 는데 아버지와 통화한 기억이 없습니다."

"엄 선생!"

박 형사의 목소리는 낮았지만 단호했다. 엄종세를 노려보는 그 의 눈길이 매서웠다. 그 눈빛이 엄종세의 눈을 뚫고 들어와 속을 헤집고 다닐 듯 강렬했다. 엄종세는 박 형사의 매서운 눈을 피하 지 않고 노려보았다. 낮에 금고문을 연 것이 마음에 걸려 더욱 당당해져야 한다고 생각했다.

"다시 말하지만, 거짓말은 피차 도움이 안 됩니다. 어차피 다 밝혀지게 돼 있어요!"

"거짓말이 아니오. 나는 어제 아버지와 통화한 적이 없어요."

"여보세요! 엄 선생이 부친과 통화한 기록이 있어요. 통화기록 말입니다. 우리가 엄시헌 씨 휴대전화의 통화기록을 검색했어요."

박 형사는 윗옷 호주머니에서 또 다른 수첩을 꺼내 착착착 소리나게 넘겼다. 그리고 한 페이지를 펼쳐 읽어나갔다. 일월 칠일, 일월 십오일, 이월 십일, 이월 이십이일, 이십육일……."

"최근 두 달간 엄 선생이 아버지 엄시헌 씨와 통화한 게 일곱 번이 넘어요. 그런데 통화한 적이 없다니, 그게 말이 돼요?"

"지금 무슨 말씀을 하시는지 모르겠습니다. 내가 아버지와 두 달 동안 일곱 번이나 통화하고도 모른 척한다는 말입니까?"

"우리가 사망한 엄시헌 씨 휴대폰을 조사한 바에 따르면 그렇습니다. 발신기록을 조사해봤다는 말입니다."

"뭔가 잘못 됐을 겁니다. 나는 최근에 아버지와 통화한 적이 없어요. 내가 아버지와 통화를 했다면 무슨 이유로 숨기겠어요. 자식이 아버지와 통화한 게 무슨 죄라고 내가 숨기겠느냐, 이 말이요? 다시 한번 확인해보세요. 필요하다면 내 휴대전화 통화기록도 점검해보시고요."

"휴대폰 좀 줘보시오."

박 형사는 말을 끝내기도 전에 술상 위에 놓여 있던 엄종세의 휴대폰을 집어 최근 기록을 검색했다. 통화기록은 없었다. 회사를 그만두고 두어 달이 지나면서부터 걸려오는 전화도 별로 없었다. 그래서 최근 통화기록도 많지 않았다.

"최근엔 수신번호가 거의 없군요? 지우셨습니까?"

"통화한 적이 없으니 기록이 없는 것은 당연한 것 아니오?"

"혹시 어제 아버지와 만나기로 약속한 것은 아닙니까? 통화시간으로 보면 그럴 수도 있을 법한데……."

"억지 부리지 마시오. 그런 적 없습니다."

"이쪽은 전화를 걸었는데, 저쪽은 받은 기록이 없다?"

"그걸 내가 어떻게 압니까?"

"좋습니다. 그거야 조사하면 금방 드러날 것이고……. 그런데 엄 선생, 아버지와 사이가 안 좋았던 거 아닙니까?"

"이보세요! 지금 자식인 나를 의심하는 거요?"

"자식이라고 예외일 수는 없죠. 그런 세상 아닙니까? 이번 사건은 우발적인 사고가 아닌 것은 분명해요. 확실히 죽이겠다고 작정을 하고 나선 것인데, 그렇다면 원한이나 돈 문젠데……. 금고는 멀쩡하더란 말이오. 아시다시피 사망한 엄시헌 씨는 재산이 꽤 있었어요. 통장을 살펴보니 몇 억이더군요. 사망을 전제로 받을 보험에도 들어 있었고⋯⋯."

"그게 나랑 무슨 상관이요? 아버지 재산이 몇 억이나 된다는 걸 나는 여기에 와서 알았어요. 낮에 금고 안에 들어 있던 통장을 보고 알았다, 이 말이오. 돈이 얼마인지도 모르고, 설령 알았다고 하더라도 내가 아버지 재산을 노리고 범행을 저질렀단 말입니까? 말씀이 좀 지나친 거 아닙니까!"

그렇게 말은 했지만 내심 죄스럽고 겸연쩍은 마음도 들었다. 금고에서 나온 통장에 몇 억 원이나 되는 예금액이 있다는 사실에 왠지 모를 안도감과 푸근함, 어쩌면 새로 무엇이든 일을 시작해볼 수도 있다는 자신감이 든 것은 사실이었다. '그런 세상 아닙니까?' 하는 박 형사의 의심은 그래서 더 불편하게 들렸다. 그러나 그렇더라도 박 형사의 짐작은 억지였고 불쾌했다. 아무리 돈이 중요하다지만 돈 때문에 인륜을 저버린단 말인가.

"그런데 엄종세 씨, 낮에 보니까 금고 비밀번호를 정확하게 알고 계시더군요. 그렇게 복잡하고 큰 금고를 착착착 한번에 연 것 같은데?"

엄종세는 아버지가 금고 비밀번호를 자신의 주민등록번호 뒷자리로 정한 까닭을 알 수 없었다. 그러나 어쨌든 아버지 금고의 비밀번호는 자신의 주민등록번호였다. 그는 되는 대로 둘러댔다.

"그거야 아버지께서 금고 비밀번호를 진작에 내게 알려주셨기 때문이오. 그건 오래전부터 알고 있었던 거요."

"그래요? 아버지가 금고 비밀번호를 알려주셨다?"

"그렇소. 안 그러면 내가 어떻게 아버지 금고 비밀번호를 알 수 있었겠습니까?"

"언제 알려주셨습니까?"

"뭐요?"

"죽은 엄시헌 씨가 금고 비밀번호를 언제 알려주셨느냐고 물었습니다."

"벌써 몇 년 됐습니다. 오래돼 기억도 안 납니다."

"왜 알려준 것 같습니까?"

"그거야…… 혹시 당신께 무슨 일이 생기더라도 자식인 내가 알고 있어야 한다고 생각하신 때문이겠죠."

"일 년에 연락을 한두 번밖에 안 하는 자식한테 말이오? 뭐 하여간 그렇다 칩시다."

"그렇다 치는 게 아니라 그렇습니다. 그렇지 않고서야 내가 어떻게 금고 비밀번호를 안다는 말입니까?"

"우리가 알아보니까 엄 선생은 여섯 달쯤 전에 동화개발에서 퇴직했더군요. 희망퇴직 형식이기는 한데, 사실은 해고된 것이라고 하더군요."

"내 발로 걸어나온 거요. 내가 추진하던 프로젝트가 중단됐고,

프로젝트 중단에 대한 도의적 책임을 지고 우리 팀이 모두 회사를 그만둔 거요. 도의적 책임을 진다는 차원에서 말입니다."

"어쨌거나 지금 실직한 상태고, 아버지의 재산은 상당한 매력이 있었을 것 같습니다."

"당신! 함부로 말하지 마시오! 앞으로 이 따위 이야기를 하려면 근거를 대고 말하시오. 그런 막말을 그냥 넘기지 않겠소!"

"그래요? 내가 입수한 바에 따르면 어쩌면 엄 선생은 회사로부터 거액의 손해배상 소송에 휘말릴 수도 있겠던데?"

"뭐요? 누가 그런 소리를 합디까? 손해배상 소송이라니? 회사가 사업을 추진했고, 그 사업이 실패했다고 직원한테 돈을 물어내라고 한다는 거요? 그럼 내가 성공했다면 그 이익을 전부 내가 가진다는 말이오? 세상에 무슨 그런 말이 있소!"

"진정하시죠. 소송은 내가 하는 게 아닙니다. 엄 선생이 퇴사한 동화개발에서 그럴 여지를 갖고 있다고 말하더라, 이 말씀입니다. 그런데, 소송 이야기는 처음 들었습니까? 동화개발은 엄 선생 본인도 대충 알고 있을 것이라고 하던데……."

"금시초문이오. 내가 프로젝트 실패 책임을 지고 퇴사했소. 게다가 이미 퇴직금까지 다 받았어요. 회사가 손해배상 소송을 제기할 생각이라면 퇴직금을 왜 내줬겠습니까? 더구나 프로젝트 중단이나 실패 책임을 물어 손해배상 소송을 낸다는 게 이치에 맞기는 합니까? 아직 우리나라에 그런 경우가 없는 걸로 알고 있습니다."

실제로 그런 경우는 없었다. 횡령이나 배임이 아닌 다음에야 어떻게 그런 일이 발생할 수 있다는 말인가? 적어도 한국 내 기업에서 그런 일은 이전에도 없었고 앞으로도 없을 것이다. 그러나 회사가 손해배상 소송을 제기할 가능성이 전혀 없는 것은 아니었다. 곽 상무는 손해배상을 받아내겠다기보다, 회사 내의 다른 사람들에게 경고 메시지를 보내려는 것이다. 앞으로 엉뚱한 프로젝트니, 기획이니, 제안이니 따위를 해서 자신에게 도전하지 말라는 경고사격인 셈이다. 엄종세는 부르르 떨리는 주먹을 간신히 눌렀다. 일단 자신을 상대로 소송을 제기하기만 하면 누구도 새로운 사업을 제안하거나 모험을 하지 않을 것이다. 그렇게 된다면 누구도 곽 상무의 질서를 뛰어넘는 일을 도모하는 사람은 없을 것이다. 상무 자신이 만든 질서 속에서, 상무 자신의 의지에 따라 조직이 움직이는 것이다. 상무가 끊임없이 손해배상에 관한 이야기를 흘리고 다니는 것은 고개를 들지도 모를 회사 내 도전 세력들에 대한 경고 카드가 분명하다. 곽 상무가 동화개발 내 도전 세력들을 향해 쏘아 올린 공포탄이 박 형사에게는 엄종세의 궁핍한 처지를 증명하는 결과로 비치고 있었다.

"무슨 생각을 하십니까?"

"아무 생각도 안 했어요. 하도 기가 막혀 할 말이 없을 뿐이오."

"그래요? 아무튼 엄 선생, 장례식이 끝날 때까지는 여기에 머무시겠지요?"

"당연한 이야기 아니오?"

"장례식이 끝난 후에도 허락 없이는 떠나면 안 됩니다. 어디든 이동하면 가는 곳을 밝혀주시오."

"대한민국에 그런 법은 없소. 당신들이 나를 붙잡아놓고 조사하고 싶다면 영장을 내놓아야 할 것이오."

"그런데 말이오. 엄 선생, 어제 낮부터 저녁까지는 어디서 무얼 하며 지냈소?"

"뭐요?"

"그렇게 화를 낼 일이 아닙니다. 그저 관례적으로 조사하는 것이니까요."

"내 참……."

"어디서, 무얼 하며 지냈어요?"

"글쎄……. 잘 기억이 안 납니다. 그저 평소대로 왔다 갔다 하며 시간을 보냈으니까. 낮에 말씀드린 대로 교보문고나 일민 미술관 같은 데서 시간을 보낸 것 같은데……."

"누구 같이 있었던 사람이 있습니까? 말하자면 알리바이를 증명해줄 만한 사람 말입니다."

"없어요. 혼자 다녔습니다. 최근 몇 달 동안 혼자 공원이나 서점, 박물관이나 미술관을 전전했어요."

"그래요? 그렇다 칩시다."

"그렇다 칩시다가 아니고 그렇소. 정 못 믿겠다면 당신들이 좋아하는 그 시시티브이를 확인해보면 될 거 아닙니까. 요즘 대형 서점이나 미술관에 시시티브이 정도는 있을 테니깐."

"시시티브이라……."

"그렇소 시시티브이. 그걸 확인해보면 내 알리바이는 명확해질 거 아닙니까?"

"이상하군요. 그런 일을 해보신 분도 아니면서……. 혹시 일부러 시시티브이가 있는 곳만 다닌 것은 아닙니까?"

"무슨 말 같잖은 소리를 하는 거요!"

"왜 그렇게 화를 내십니까?"

"근거 없이 엉뚱한 소리는 그만 하라는 말이오."

순간 박 형사의 눈이 묘하게 번뜩였다. 그는 어쨌거나 '진심으로 조의를 표한다'며 목례하고 서둘러 장례식장을 떠났다. 말없이 앉아서 듣기만 하던 양 형사가 피로한 듯, 무거운 엉덩이를 일으키며 어기적어기적 박 형사를 따라나섰다.

엄종세는 답답한 마음에 주먹으로 방바닥을 쳤다. 빌어먹을 놈들. 아버지가 타살됐다면 범인을 잡는 것은 당연하다. 그런데 놈들은 마치 내가 범인인 것처럼 몰아붙인다. 아무런 증거도 근거도 없다. 정황증거뿐이다. 그 따위 증거로 나를 잡아들일 수 있겠는가? 기소는커녕 영장신청조차 불가능할 것이다. 정황증거만 갖고 고문과 협박으로 범인을 색출하려는 구시대적 수사기법이 한심하고 걱정스러웠다.

'저런 놈을 형사라고.'

결국 오해가 풀리기는 하겠지만 저런 식으로 무지막지하게 몰아세운다면 상당한 기간 피로해질 것이 불 보듯 분명했다. 경찰에 불려 다니느라 세월을 낭비한다면 새로 무슨 일을 시작하기도 어려울 것이다. 갑자기 피로가 엄습했다. 스트레스와 피로가 닥칠 때 늘 그랬듯 마른 목이 따끔거리고 목덜미가 묵직했다.

어제 알리바이는 교보문고와 일민 미술관 시시티브이로 충분히 확인이 가능했다. 그러나 그 이후는 문제였다. 하필 어제는 지하철이나 버스를 타지 않고 걸어서 가느라 저녁 아홉 시가 넘어서 집에 도착했다. 다른 날에 비해 세 시간 가까이 공백이 있었던 것은 분명했다. 왜 먼 거리를 일부러 걸어갔느냐고 물으면 답이 궁하기는 했다. 그것도 하필, 왜 어제 그랬느냐고 묻는다면 설득력 있게 답할 수 없었다. 자신의 입장이 안 돼본 사람이 그 마음을 이해하기는 어려울 것이라고 생각했다.

지하철 타고 쌩 달려서 목적지를 오고가는 것은 바쁜 직장인들의 몫임을 어제 문득 깨달았다. 꼬박꼬박 출근 시간에 맞춰 집을 나서고, 퇴근 시간에 맞춰 집으로 들어간다는 게 이상했다. 회사에 다니던 시절엔 퇴근시간이 일정하지 않았다. 그러나 막상 실직하고 보니 집으로 들어가는 시간이 일정해지고 말았다. 어쩌면 아내가 이상하게 여길지 모른다는 생각도 들었고, 실직한 처지에 차비라도 아껴보자는 마음도 있었다. 그래서 광화문 교보문고에서 집까지 천천히 걸어서 간 것이다. 지구 온난화 탓인지 날씨도 봄날처럼 따뜻해 걷기에 좋았다. 그것까지는 좋았는데 다른 날도 아니고 왜 하필 어제였느냐는 것이다. 다른 날엔 꼬박꼬박 지하철을 타고 집에 가는 것이 이상하지 않았는데 왜 하필 어제부터 그런 마음이 생겼느냐고 물으면 할 말이 없었다. 박 형사가 집에 전화를 걸어 어제 자신이 몇 시에 들어왔는지 물어보기라도 하면 설명이 길어질 것 같았다. 신호가 열 번쯤 울리고 나서야 아내는 전화를 받았다.

"왜 이렇게 늦게 받아?"

엄종세의 목소리에 다소 신경질이 배어 있었다. 아내는 머리를 감느라 전화벨 소리를 듣지 못했다고 했다. 아이들에게는 제 방에서 학원숙제를 끝내기 전에는 한 발짝도 나오지 말라고 해두었다는 말도 덧붙였다. 아내는 그런 식이었다. 아이들이 그날 숙제와 공부를 다 하기 전에는 방밖으로 나오지 못하게 했다. 텔레비전도 컴퓨터도 거실에 놓여 있었다. 아이들은 컴퓨터 게임과 텔레비전 만화를 보고 싶으면 제 숙제와 공부를 마쳐야 했다.

"혹시 말야, 경찰들한테서 전화 왔었어?"

"좀 전에 전화 왔었는데……."

"뭘 물었는데?"

"글쎄, 뭐 특별한 것은 아니고 당신이 요즘 몇 시에 퇴근하느냐고 묻던데?"

"뭐라고 답했어?"

"뭐라긴요, 요즘 매일 일찍 들어오는데, 그저께는 회사 동료들이랑 술 마시느라 새벽에 들어왔다고 했죠. 요즘 당신 퇴근 성적 좋았잖아요."

"어제는? 형사들이 어제 귀가시간은 안 물었어?"

"물었어요. 그래서 평소처럼 들어왔다고 했는데, 왜요?"

"분명히 어제도 일찍 들어왔다고 이야기했지?"

"그럼요. 당신 어제 일찍 안 들어왔어요?"

"일찍 들어갔지. 그래 됐어. 또 누가 물어도 그렇게 대답해."

"왜 무슨 일 있어요?"

"아니야, 아니야. 그냥. 그건 그렇고 내일 천천히 내려와. 아이들 오전 학원 마치고 낮에 천천히 오라고. 괜히 부산 떨 것 없어."

"알았어요."

아내의 목소리는 밝았다. 아침 일찍 내려오라고 닦달하는 전화인 줄 알았다가 오히려 느긋하게 내려오라는 말에 기분이 나아진 듯했다. 생각해보니 아내가 내려와 있어서 좋을 게 없었다. 회사 동료들 중에 문상객이 없는 것을 이상하게 여길 것이고, 어쩌면 실직을 눈치 챌지도 모른다. 게다가 경찰들 이야기나 장기풍의 이야기를 종합해볼 때 아버지가 이 동네에서 인심을 얻은 것 같지는 않았다. 사람들이 험담이라도 해댄다면 아내에게 아버지는 나쁘게 기억될 것이다. 아내는 아버지를 모른다. 나쁜 기억을 갖느니 기억이 없는 편이 차라리 나았다.

아내와 통화를 끝내자마자 곧바로 휴대폰 벨이 울렸다.

"선배님, 그저께 잘 들어가셨어요?"

김경한이었다. 대학 후배이자 회사 후배로 함께 베트남 프로젝트에 참여했다가, 함께 회사를 그만둔 처지였다. 그저께 오랜만에 만나 취하도록 마셨다.

"어, 경한이……. 잘 들어갔지. 그런데 통 기억이 나지 않네. 내가 뭐 실수한 것은 없었지?"

"그럼요, 실수는요. 선배님이 언제 술 드시고 실수하시는 분인가요? 아주 멀쩡하셨습니다."

"그랬나? 통 기억이 나지 않아서 말이야."

"제가 집 앞까지 바래다드렸는데 생각 안 나세요?"

"그래? 전혀 기억이 안 나네. 그나저나 자네가 고생했겠는걸? 우리 집까지 왔다가 돌아가려면……."

"고생은요. 오랜만에 같이 마시니 기분 좋던데요? 앞으로도 제가 종종 선배님 모시겠습니다."

"……. 그래, 내가 연락할게."

"선배님, 저어……."

"응, 왜?"

"오늘 저한테 연락주시기로 하셨는데 기억 안 나세요? 오늘 중으로 선배님 도장 받아서 내일 오전까지 회사에 제출하기로 했는데……."

"무슨?"

"아니, 그……. 기억 안 나세요? 회사에서 제출하라는……."

엄종세는 그제야 각서를 생각해냈다. 김경한은 엄종세의 자필 각서를 받을 요량으로 그저께 일부러 전화를 냈고, 코가 비뚤어지게 마시자고 한 것이다. 그 이야기를 기억하지 못했으니 용렬한 사람으로 보였겠다는 생각이 들어 순간 짜증이 났다.

"아, 기억하지. 그럼, 그래야지."

"제가 댁 근처로 갈까요?"

"그런데 말야. 그게 지금 좀 곤란해. 아버지가 돌아가셨어. 지금 나 경북 김천에 와 있어."

"그래요? 세상에 어쩌다가……."

"글쎄, 갑작스러운 일이라……."

"김천 어디죠? 제가 마땅히 찾아가서 뵈어야죠."

엄종세는 병원 이름과 위치를 대충 알려줬고 김경한은 지금 바로 출발하겠다고 했다. 회사 동료나 선배의 경조사에 참석하는 것은 당연한 일이다. 김경한이 지금 바로 김천으로 오겠다는 것은 사람살이의 당연한 예의였다. 그럼에도 씁쓸한 기분을 떨칠 수 없었다. 자필과 도장이 찍힌 각서가 필요하지 않았다면 '지금 당장' 출발했을까? 역시 용렬한 생각이었다. 엄종세는 꼬리를 물고 늘어지는 생각을 떨치려고 고개를 흔들었다.

술을 너무 마신 탓에, 그리고 갑작스러운 아버지 부음 소식에 엄종세는 김경한에게 써주기로 한 각서를 기억하지 못했다. 도장도 챙기지 못했다. 자필 사인이면 충분하겠지만 회사나 김경한의 입장은 다를 수 있다는 생각이 들었다. 사소한 일로 김경한을 난처하게 만들고 싶지 않았다. 그는 장례식장 직원을 불러 도장 값에 수고비를 따로 얹어주고 도장을 새겨달라고 부탁했다. 한문으로 자신의 이름을 또박또박 적고, 그 옆에 한글로도 썼다.

김경한의 선택

퇴사 직후부터 우는 소리를 해대던 김경한이 그저께는 밝은 목소리로 전화를 냈다. 김경한이 굳이 좋은 데서 만나자는 것을 엄종세가 교보문고 뒤 피맛골로 불러냈다. 할 일 없는 엄종세가 낮동안 주로 어정거리는 곳이 광화문 일대이기도 했다.

김경한은 복직을 생각하고 있었다. 그가 회사 주변에서 어슬렁거린다는 소식을 들은 게 한 달 전이었다. 어쩌면 복직이 가능할지도 모른다는 말도 들렸다. 그 소식을 전해준 노조위원장은 "부장님 문제도 함께 해결될 수 있으면 좋겠다"고 덕담했다. 김경한이 회사 언저리를 맴돌고 있다는 말을 다른 사람을 통해 처음 들었을 때 엄종세는 언짢았다. 묘한 배신감이 들기도 했다. 사내자식이 왜 그렇게 비굴하게 구는가 싶어 실망스럽기도 했다. 그러나 곧 미안한 마음이 뒤따랐다. 김경한은 지쳤을 것이다. 그도 자신처럼 아내에게는 해직 사실을 알리지 않고 버텨왔다. 회사로, 이전 생활로 다시 돌아갈 수만 있다면 어떤 비난이나 비굴도 감내하겠다고 마음먹었을 것이다. 사람은 때때로 생각보다 강하지만 생각보다 약하다. 도망치는 적을 쫓아갈 때는 없던 힘도 나지만, 싸움에 지고 도망칠 때는 있던 힘도 사라지는 법이다. 여섯 달은 짧다면 짧고 길다면 길다. 궤도를 이탈해본 적이 없는 사람에게 여섯 달 동안의 궤도 이탈은 견디기 힘든 세월이었을 것이다. 아버지로서, 남편으로서 죄책감도 컸을 것이다. 단지 회사에서 버림받은 것이 아니라 세상에서 버림받았다는 모멸감이 들기 시작하면 숨쉬기조차 힘든 법이다. 자신이 가치 없는 인간이라는 생각만큼 견디기 힘든 감정도 없다. 그렇게 생각하자 김경한의 복직 소문에 오히려 마음이 홀가분해졌다. 실패한 베트남 프로젝트에 대해 김경한이 어떤 변명을 늘어놓고, 어떤 부당한 지적에 대해서 동의한다고 해도 이의를 달고 싶지 않았다.

김경한은 앞뒤를 잴 줄 알았지만, 조금 득 될 것이란 생각에 염치없이 달려들거나, 조금 손해 날 것이란 계산에 물러서는 사람은 아니었다. 엄종세가 그를 높이 평가한 점이기도 했다. 김경한은 베트남 프로젝트에 위험부담이 있음을 처음부터 알았다. 그럼에도 그는 엄종세와 함께 쌓아올린 지난날의 신뢰를 믿고 사내벤처에 뛰어들었다. 물론 실패할 가능성이 낮다는 판단도 했을 것이다. 실패를 확신하고도 뛰어들 만큼 무모한 사람은 아니었다. 베트남 프로젝트 실패는 엄종세 자신의 책임이었다. 그러니 김경한의 복직은 무거운 짐 하나를 덜어내는 일이었다.

입사 사 년 후배인 김경한은 엄종세를 직함 대신 선배라고 불렀다. 학창시절 서로 아는 사이는 아니었지만 김경한은 대학교 경제학과 후배였다. 입사 후 친하게 지낸 것은 학교 후배여서가 아니라 그의 업무능력을 높이 평가한 때문이었다. 창의적인 부분에 대해서야 뛰어나다고 말할 형편이 못 됐지만 맡은 일을 실수 없이 수행할 만한 능력은 충분했다. 학창시절 공부를 유난히 잘 했던 친구들이 대부분 그랬다. 기존 질서에 대해 깊이 동의하고 공감하며, 질서가 묻는 질문에 한치도 틀리지 않고 답할 줄 아는, 이른바 우등생들은 대체로 그랬다. 김경한 역시 아무리 어려운 질문을 던져도 신속하게 정답을 찾아냈지만, 스스로 쓸모 있는 질문을 던지지는 못했다. 보이지 않는 것, 아직 존재하지 않는 것, 현재까지 기록돼 있지 않은 것들에 대해 그는 생각하지 못했다. 그것이 김경한 탓은 아니었다. 질서와 훈육의 특성 속에는 그런 면이 있었다. 공허한 질문을 던지는 사람치고 질서에 제대로 편입하는 사람은 드물었다. 마찬가지로 질서에 제대로 안착한 사람치고 좋은 질문을 던질 줄 아는 사람도 드물었다. 그래서 엄종세는 최고 우등생보다 여백이 있는 우등생이 팀원이 되기를 원했다. 입맛에 딱 맞는 직원은 없었다. 차선으로 택한 인물이 김경한이었다.

엄종세가 동기들보다 빨리 부장으로 진급하자 김경한은 호칭을 부장님으로 깍듯하게 바꾸었다. 그러나 베트남 프로젝트를 수행하면서 두 사람은 원래의 호칭으로 돌아갔다. 사내벤처 사업이었고, 두 사람은 한 배를 탔다. 부장이니 대리니 하는 호칭은 의미가 없었다. 김경한은 엄종세를 선배라고 불렀다.

사내벤처, 연공서열에 따른 직무배치와 승진을 따르는 동화개발에서는 파격적인 실험이었다. 사내벤처는 두려움과 경계의 대상이었다. 성공하면 지금까지의 연공서열이 무너지고, 파격적인 인사구조로 회사의 운영은 재편될 형편이었다. 동화개발, 그러니까 엄종세가 몸담았던 회사에서는 입사동기 간, 같은 직급 간 월급이 같았다. 사내벤처팀은 달랐다. 철저한 성과급 구조였다. 기업들이 그저 격려 차원에서 몇 푼의 성과급을 지급하는 방식과 차원이 달랐다. 회사 내에 하나의 새로운 사업체가 생긴 셈이었다. 성과급이 아니라 사업으로 번 돈의 일정 요율을 팀원들이 가져가는 방식이었다. 동화개발 전 직원들의 눈이 엄종세의 벤처팀을 지켜보았다. 기대와 불안이 섞인 눈이었다. 임원들은 불쾌하고 불안한 눈으로 벤처팀을 보았다. 늙은 임원들의 눈에 어려 있던 불안은 벤처팀의 실패가 아니라 성공임을 엄종세는 베트남 프로젝트 실패를 눈앞에 두고서야 알았다. 엄종세의 사내벤처팀이 해체됐을 때 임원들은 안도의 한숨을 쉬었다. 동화개발이 베트남 프로젝트를 접기로 최종 결정한 날 곽 상무는 엄종세를 불러 말했다.

"누군들 애사심이 자네만 못해서 사내벤처 시도 안 한 줄 아나? 연공서열이 뭐 어떻다고? 늙다리들은 다 놀고먹는 사람들인 줄 알아? 동화개발을 이만큼 키운 사람이 누구야? 자네들이 지금까지 다달이 월급 받고 뜨뜻한 밥 먹은 게 누구 덕분이야? 어설픈 사내벤처니 뭐니 하는 게 회사 망치는 걸 왜 몰라? 세상은 혈기로만 사는 게 아니야. 이 막대한 피해를 이제 어떻게 할 거야?"

김경한은 코가 삐뚤어지도록 마시자고 했다. 걸핏하면 우는 소리를 해대던 지금까지의 김경한이 아니었다. 퇴사 후 김경한은 커피 한잔 값을 아끼기 위해 초조해했다. 그러나 그저께는 다짜고짜 아가씨들 좋은 집이 있다고, 미친 듯이 한번 마셔보자고 했다. 엄종세는 문득 정말 미친 듯이 마셔버리고 새 출발을 해볼까 하는 생각을 했다. 김경한은 취기를 빌어 자신의 복직 사실을 엄종세에게 알리고 싶어 했다. 엄종세는 마시고 취해서, 취기를 핑계로 아내를 붙잡고 저간의 사정을 털어놓고 싶었다. 그리고 새 출발하고 싶었다. 언제까지 숨길 수 있는 문제가 아니었고 숨긴다고 해결될 문제도 아니었다.

　엄종세는 프로젝트 실패의 책임이 전적으로 자신에게 있음을 인정했다. 그런 점에서 김경한은 억울하게 회사에서 쫓겨난 측면이 있었다. 따지고 보면 그의 복직은 당연했다. 엄종세 자신은 가능성이 없었기 때문에 복직을 생각하지 않았다. 김경한과는 처한 입장이 달랐다. 프로젝트 실패는 어쨌든 함께 짊어져야 할 멍에였지만 곽 상무의 질서에 반항한 역모죄는 엄종세 자신에게만 적용되는 항목이었다. 엄종세는 그 점을 분명히 알았다. 그래서 미련을 갖지 않았다. 가능성 없는 일에 매달려봐야 사람만 딱해 보일 뿐이었다.

　엄종세와 김경한은 두 번째로 옮긴 포장마차에 앉아 있었다. 미친 듯이 마신다고 내일 오늘과 다른 해가 뜰 리 없었다. 아무리 술에 취해도 아내에게 회사를 그만두었노라고 말할 용기는 없었다. 그것은 용기의 문제가 아니라 삶의 문제였다. 눈 딱 감고 '나 실직했어' 하고 말한다고 해서 끝날 이야기가 아니었다. 눈 딱 감고 난감한 표정을 지으며 말해서 끝날 수 있는 일이 무엇일까. 그런 이야기라면 아내 대신 설거지를 하다가 '접시를 깼어' 정도가 아닐까. 엄종세는 그저 술이나 마셔야겠다고 생각했다.

　"선배님, 사실은……."

　김경한은 소주를 입에 털어 넣고 손바닥으로 잔을 말아 쥐었다. 엄종세가 잔을 채우려 소주병을 들었지만 김경한의 손등이 거의 소주잔을 덮고 있었다. 엄종세는 소주병을 든 채 그의 옆얼굴을 물끄러미 바라보았다. 포장마차의 붉은 백열등이 하나로 뚜렷하게 보이지 않고 안개처럼 흩어져 보였다. 오랜만에 술을 마신 탓에 눈이 금방 풀리는 것 같았다.

"괜찮아, 잘된 일이야."

"알고 계셨어요?"

"그래."

"죄송합니다……. 선배님한테 그동안 말씀 안 드리고, 저 혼자 여기저기 찾아다녔습니다. 곽 상무한테도 여러 번 찾아갔었어요. 그 빈정거리는 눈빛을 보며 굽실거렸습니다. 곽 상무가 철없는 애 대하듯 혀를 찼을 때 제 잘못을 깊이 반성하는 아이처럼 고개를 숙이고 한마디도 못했어요. 그저 죄송합니다 하는 얼굴로 고개 숙이고 있었습니다. 사사건건 우리 프로젝트를 걸고넘어지던 곽 상무에게 좀 살려달라고 매달렸습니다. 죄송합니다. 선배님, 정말 죄송합니다. 저도 왜 그랬는지 모르겠습니다. 그렇게까지 비굴해지고 싶지는 않았는데, 몇 번이나 만나달라고 부탁을 했는데도 만나주지 않다가 한번 만나주니 고마워서, 게다가 복직할 수 있도록 힘써주겠다고까지 하니 감읍해서 어쩔 줄을 몰랐습니다."

"됐어. 잘된 일이야."

"말씀드리는 김에 다 드리겠습니다. 복직은 다 된 일인데요. 그런데요, 문제가 좀 있어요. 하 참, 더러워서. 상무가요, 곽 상무가 말입니다."

김경한의 목소리는 비음으로 변해 있었다.

"선배님, 죄송합니다. 곽 상무가 선배님의 각서를 받아오라고……."

"무슨 각서?"

김경한은 망설이고 망설였다. 그는 엄종세의 재촉에 마지못해 입을 열었다.

"선배님이 복직과 관련해 어떤 법적인 대응도 하지 않겠다는……."

"그래? 그런 걸 받아오라고 해?"

김경한은 엄종세의 손을 덥석 잡았다. 김경한은 사람의 손을 잡거나 어깨를 두들기는 따위의 친근감 표현을 못 하는 사람이었다. 그는 그만큼 절박했다.

"부장님, 아니 선배님, 우선 제가 복직하면 선례가 되지 않겠어요? 같은 건으로 나왔는데 한 사람은 복직이 되고, 한 사람은 안 되는 경우는 누가 봐도 어색하지 않겠어요? 법적으로도 유리하게 작용하지 않겠습니까? 일단 제가 복직해서 몇 달 안에 선배님도 어떻게……."

"그만해! 술이나 마셔. 그리고 각서는 알았어. 써줄게."

"죄송합니다. 선배님, 정말 죄송합니다. 막막했습니다. 이렇게 끝장나 버리는 게 아닐까, 내가 빨리 정상을 찾지 못하면 아이들 앞날은 어떻게 될까, 내가 회사에만 다니고 있어도 아이들은 무난하게 커갈 수 있을 텐데, 이러다가 정말 무슨 일이 생기는 것은 아닐까, 아직 아이들은 어린데 그런 생각이 자꾸 드는 겁니다. 정말 별의별 생각이 다 드는 겁니다. 죄송합니다. 정말 죄송합니다."

김경한은 혀가 꼬부라지는 소리로 계통 없이, 자신과 아직 어린 아이들과 곽 상무와 엄종세에 대해 많은 말을 했다. 죽어버리고 싶은 충동도 자주 느꼈다고 했다. 다리 아래로 흐르는 강물을 보면 뛰어들고 싶었고, 높은 데 올라가면 뛰어내리라고 밑에서 누군가가 부르는 듯한 착각에 빠지기도 했다며 울먹였다. 김경한이 집 앞까지 바래다주었다고 하지만 엄종세는 통 기억나지 않았다.

* * *

김경한이 빈소에 도착한 것은 저녁 여덟 시를 지나서였다. 혼자가 아니었다. 동화개발의 이전 동료들과 자동차 두 대에 나눠 타고 왔다. 모두 일곱 명이었다. 오랜만에 만나는 얼굴들, 조금도 변하지 않은 모습이었다. 사람들은 영정 앞에서 두 번 절하고, 엄종세와 마주 절하고, 부의함에 돈을 넣었다. 엄종세는 입사동기인 박한철이 빈소에 나타나리라고는 생각하지 못했다. 입사 초기에는 친했지만 엄종세가 한발, 두발 앞서 나가면서 두 사람은 소원해졌다.

"엄 부장, 상심이 크겠어. 이 와중에 초상을 당하다니 말이야."

"누구나 겪는 일 아닌가. 바쁠 텐데 이렇게 멀리까지 와주니 모두들 고마워."

"그래 어쩌다가 그렇게 가셨어? 지병이라도 계셨나?"

"아니야. 지병은 아니고. 따로 떨어져서 김천에 계셨는데, 사고가 발생했어. 갑작스러운 일이야. 밤에 국도에서 자동차에 치이셨다고 하네."

안 대리가 얼른 말을 받았다. 국도란 게 그래서 위험하다. 밤에 사람이 걸어가면 잘 보이지도 않는다. 그렇다고 차들이 국도에서 속도를 줄이지도 않는다. 고속도로보다 국도가 훨씬 더 위험한데, 운전자들은 고속도로나 국도나 구별 없이 마구 달린다. 특히 시골에서는 국도에서 사고가 많이 발생한다. 벼나 고추를 말리던 노인이 달리는 자동차에 치었다는 뉴스가 종종 나오지 않느냐? 그건 그렇고 사고 운전자는 체포됐느냐, 보상은 어떻게 되느냐는 이야기가 이어졌다. 박지영은 고개를 살며시 숙인 채 말이 없었다. 누군가 지영 씨는 오늘 말이 통 없네, 했을 때, 그녀는 부장님은 아버님과 참 많이 닮으셨네요, 아버님도 무척 미남이었을 것 같아요, 했다. 빈소에 얹힌 아버지 엄시헌의 비교적 젊은 시절 사진을 본 것이다.

"어…… 오래전 사진이지. 이렇게 일찍 가시리라곤 생각 못했으니 변변한 영정사진 한장 없네……."

"그런데 사모님은 안 오셨어요?"

"어…… 아직……. 갑자기 당한 일이라 우선 급하게 나 혼자 내려왔어."

박지영은 이전에도 엄종세의 아내를 궁금해했다. 어떤 사람인지 보고 싶다는 말을 한 적도 있다.

'아마, 굉장히 미인이시겠죠? 지적일 것이고 착한 분이실 것 같아요.'

그럴 때마다 엄종세는 화제를 다른 데로 돌렸다. 경영기획 1과에 함께 근무하던 시절 박지영은 간부들이 빠지고 부원들끼리 회식을 하는 날이면, 오늘은 엄 과장님 집에 쳐들어가는 건 어때요? 하고 사람들을 부추기기도 했다. 그럴 때마다 엄종세는 손사래를 쳤다. 돌아가려면 집이 멀다, 준비가 안 됐다, 내일 일이 많다는 말로 둘러댔지만 사실은 박지영이 굳이 '집으로 쳐들어가자'고 하는 의도를 눈치 채고 있었기 때문이다.

입사동기인 박한철은 부장으로 승진했다고 했다. 서 대리가 박 부장님, 박 부장님 했을 때 박 부장은 '에이, 어색하니 관둬' 하며 손사래를 쳤다. 엄종세가 축하 인사를 건네자, 그는 이번에 부장으로 승진했다며 겸연쩍어했다. 그는 엄종세가 이 년 전 먼저 부장으로 진급했을 때 일주일 동안 휴가를 내고 회사에 나오지 않았다. 실적과 다면평가에 따른 승진이었지만 입사동기인 그에게는 상처였다.

박의 부장 승진은 예상된 것이었다. 그는 열심히 일했다. 잘하지 못했지만 눈에 띌 만한 과오도 없었다. 웬만큼 잘하거나 잘못하지 않는 한 때맞춰 동기들이 한번에 승진한다는 게 동화개발의 가장 큰 장점이자 단점이었다. 인화단결이라는 장점이 있었고, 무리하지 않는다는 장점이 있었다. 마찬가지로 무사안일과 도전하지 않는다는 단점을 포함하는 제도였다.

사람들은 떠들고 마셨다. 누가 운전할 것인가를 결정했고 운전자가 결정되자 나머지 사람들은 허리띠를 풀고 느긋하게 마셨다. 열 시를 조금 넘기자 사람들의 말수가 크게 줄었다. 이제 슬슬 일어나야 한다고 생각했는지 힐끔힐끔 서로 눈치를 살피기도 했다. 뒤늦게 취기가 오른 박지영이 오히려 분위기를 돋웠다.

박지영은 조심했지만 엄종세는 짐작하고 있었다. 그녀의 마음을 알았기 때문에 오히려 멀리했다. 성실하고 똑똑한 아가씨였다. 충분히 귀여워하고 예뻐할 수 있는 아가씨였지만, 그녀가 자신에게 갖는 특별한 감정 때문에, 귀여운 부분까지도 귀엽게 봐주고 드러낼 수 없었다. 잘했다, 훌륭하다는 업무적 칭찬마저 박지영은 남다른 감정으로 연결시키려 했다.

'지영 씨, 오늘 프레젠테이션 준비 훌륭했어요.'

'정말요? 그럼 사기진작 차원에서 영화 한편 보여주세요.'

그런 식이었다. 박지영이 좀더 앉아서 이야기를 나누자고 애써 분위기를 다잡았지만 사람들은 이제 일어나고 싶은 기색이 역력했다. 다만 빈소에 다른 문상객이 없어서 자리를 뜨기 힘든 눈치였다. 사람들은 누구나 일어나고 싶었지만 누구도 먼저 일어나자는 말을 못했다. 대화는 뚝 끊어졌다. 이따금 박지영이 말을 꺼냈지만 '그렇지 뭐' 하는, 말하자면 말꼬리를 자르는 대답만 연거푸 돌아왔다. 결국 오 과장이 내일 새벽 출근을 이유로 먼저 일어나야겠다고 했다. 그는 느긋하게 출근하는 사람들은 좀더 계시고, 일찍 나가야 하는 안 대리와 자신은 먼저 일어나겠노라고 했다. '뭘, 조금 있다가 같이 일어나지. 일찍 출근 안 하는 사람이 누가 있어. 조금 있다가 같이 일어나지', 하고 박 부장이 제안했지만 그 말은 오히려, '일어나는 김에 같이 일어나시죠', 하는 말을 이끌어냈고 일행은 마치 조금 더 있고 싶지만 어쩔 수 없다는 듯 동시에 일어났다.

"이렇게 와줘서 고맙네. 멀리 못 나가. 상주가 밖에 나가면 안 된다고 하지 않나? 서울 가면 내가 연락할게."

엄종세가 일어서는 손님들을 따랐다. 박지영은 무엇인가 할 말이 있다는 듯 엄종세의 눈치를 살폈지만 말할 틈이 없었다. 뒤에서 미적거리던 김경한이 마침 생각이 났다는 듯 호주머니에서 아무 내용도 씌어 있지 않은 종이를 꺼냈기 때문이다.

"저어, 선배님, 여기……. 대충 쓰시고 도장 좀……."

"어?"

각서였다. 김경한은 내내 각서 생각을 했을 것이다. 김경한의 복직을 빌미로 엄종세가 어떤 복직 시도도 하지 않겠다는 일종의 양해각서였다. 김경한의 갑작스러운 서류 공세에 박 부장이 뒤를 돌아보았다. 그는 보지 말았어야 하는 것을 봤다는 얼굴이었다. 엄종세와 눈이 마주친 박 부장은 난처한 얼굴이었다. 엄종세가 먼저 눈을 피했다. 엄종세는 김경한이 건네준 사인펜으로 향후에도 복직 의사가 없다는 내용을 썼고, 상복 아래 입은 양복바지 호주머니에서 도장을 꺼냈다.

"선배님, 이거 인감도장인가요?"

"아니야, 잊어버리고 그냥 오는 바람에 여기 와서 급하게 새로 하나 팠어."

"그럼, 선배님, 차라리 그냥 사인으로 해주세요. 인감도장이 아닐 바엔 선배님 필체가 더 신용이 높을 테니까요."

"그래? 그럴까?"

엉거주춤하게 사인하는 엄종세를 향해 박 부장이 말을 꺼냈다.

"엄 부장, 어떻게 조금만 더 참고 기다려보게. 이번에 김 차장 복직하고 나면 자네 문제도 어떻게든……."

"괜찮아. 무리할 것 없어. 그러지 않아도 어디 피시게임방이나 작은 가게라도 하나 시작할까 하고 찾아보는 중이야. 설마하니 할 일이야 없겠어?"

그런데, 사실은 할 일이 없었다. 눈에 들어오는 것이 없지는 않 았지만 자본이 많이 필요하거나 경험이 필요한 것들이었다. 자본 과 경험이 있다고 해서 성공한다는 보장도 없었다. 서울 시내에 서만 일 년에 칠천 개가 넘는 식당이 생겨나고, 오천 개가 넘는 식 당이 문을 닫는다고 했다. 세우고 무너지는 식당들 사이에서 서 울은 곡예운전을 하는 듯했다.

"그런가? 하긴 요즘이야 뭐 월급쟁이보다 못한 장사가 어딨겠 나. 월급쟁이 생활을 한들 오십만 되면 너나없이 나가야 하는 형 편 아닌가?"

"와줘서 고마워."

"그래, 그래, 자주 연락하자고. 경한이 너도 말야. 엄 부장하고 둘이서만 만나지 말고, 우리한테도 연락 좀 해."

"아, 그럼요. 그래야죠."

사람들은 차례로 다시 만나자는 인사와 악수를 남기고 떠났다. 박지영은 무엇인가 할 말이 있는 사람처럼 미적거렸지만 끝내 입을 떼지는 않았다. 엄종세는 다시 회사 사람들을 만나는 일은 드물 것이라고 생각했다. 길에서 우연히 만나더라도 잠깐 악수를 나누는 정도 외에 진짜 만남은 없을 것 같았다. 그러나 오늘 이 어색한 분위기를 만들어낸 쪽은 그들이 아니라 자기 쪽이라는 생각에 엄종세는 처참했다.

밤 열한 시를 넘기고 있었지만 문상하는 사람은 없었다. 남자에게 일이란 그랬다. 일이 없으니 동료가 없고, 동료가 없으니 초상집마저 썰렁했다. 일과 사람은 함께 왔고 함께 사라졌다. 하나씩 차례로 온다면 양쪽 모두에 충실할 수 있겠는데, 한꺼번에 왔다가 한꺼번에 사라지니 직장에 다니던 시절엔 가정에 소홀했고, 직장을 떠난 후에는 가정에 민망했다. 아내가 여기에 와 있었다면, 이 상황을 어떻게 설명해야 했을까. 엄종세는 깊은 한숨을 쉬었다.

* * *

장기풍이 빈소에 나타난 것은 자정 무렵이었다. 그가 형사들을 피해 일어서면서 다시 들르겠다고 했을 때 엄종세는 내일쯤 다시 들르겠다는 말인 줄 알았다. 낮에 엄종세는 장기풍을 다소 성가시다고 생각했다. 말이 중심을 잃고 월남전으로 흐르기 일쑤인데다 처리해야 할 일이 많은 탓에 마음이 급했다. 그러나 빈소를 혼자 지키는 입장이 되고 보니 쓸쓸하다는 생각이 들던 참이었다. 엄종세는 공연히 반가운 마음에 장기풍이 청하기도 전에 소주와 안주를 내왔다. 장기풍은 쉬지 않고 말했고 엄종세는 귀 기울여 들었다. 문상객 없는 빈소에서 달리 할 일이 없었다.

"그런데 자네 말이야, 우리나라가 이만큼 잘살게 된 게 누구 덕분인지 알아? 소주 말야, 소주만 해도 그래. 이건 완전히 양주급이야. 옛날 소주는 말이야, 독약처럼 입에 썼어. 이게 이만큼 맛있게 된 게 다 나라가 잘살게 된 덕분이야. 천구백육십삼년에 말야, 우리나라 국민 일인당 지엔피가 백 달러였어, 단돈 백 달러. 지금은 얼마야? 지엔피가 만 달러네 이만 달러네 하는 세상 아니야? 만 달러가 어디 옆집 강아지 이름이야? 그때 우리나라 수출이 얼만 줄 알아. 겨우 팔천만 달러 조금 넘었어. 일억 달러도 안 됐다는 거야. 그런 나라를 이렇게 일으킨 힘이 어디서 나왔느냐? 바로 파월 용사들의 힘이야. 파월 장병이 벌어온 돈으로, 파월 장병의 정신으로, 죽기 아니면 살기로 일했기 때문이다, 이 말이야."

장례식장 직원이 빈소로 엄종세를 찾아와 염하는 문제를 이야기했다. 엄종세는 그의 설명에 의문을 표하지 않았다. 그냥 알아서, 다른 사람들이 하는 대로 해달라고 했다. 그리고 직원의 설명에 고개를 끄덕이고, 직원이 내민 쪽지에 사인했다. 엄종세가 다시 자리로 돌아왔을 때 장기풍은 아주 신바람이 나 있었다.

'월남에서 돌아온 새까만 김 상사. 첫눈에 반했어요~.'

초상집에서 노래를 부르다니 장기풍은 생각이 없는 사람 같았다. 그는 또 월남전 이야기였다. 말하자면 장기풍은 파월 용사이며 역전의 용사임을 평생의 자랑으로 여기는 사내 같았다. 말로는 베트남 참전으로 푸르던 인생을 망쳤다고 했지만 베트남 참전이 자기 인생의 가장 큰 업적 같아 보였다. 그는 살아오는 동안 베트남 참전 외에 이렇다 할 이야깃거리를 단 한번도 꾸미거나 실행해본 적이 없는 사람 같았다.

"당시 월남에 모두 합쳐서 삼십이만 명의 국군들이 갔어. 비둘기부대, 청룡부대, 맹호부대, 백마부대……. 많고 많았지. 자네들은 몰라. 이 나라가 이만큼 잘 먹고 잘사는 나라가 된 게 다 누구 덕인지 알아? 파월 용사들이 목숨 걸고 벌어들인 외화 덕분이야. 한국군의 파월 조건으로 미국이 얼마나 많은 지원을 해줬는지 알아? 그것뿐만 아니야. 베트남에서 돌아올 때 무기는 또 얼마나 많이 갖고 들어왔는데. 월남전 끝나고 나서 휴전선 백오십오 마일에 식스틴이 좌악 보급됐다는 거 아니야? 그전에 우리나라 군인들 총은 새 잡는 에무원이었다고. 뭐 전부는 아니겠지만 말이야.

134

어디 그것뿐이야? 육이오 이후에 애들 장난 같은 훈련만 하던 군인들이 실전 경험을 쌓았다는 것도 중요해. 이 나라를 건설하고 지킨 주역이 바로 파월 장병들이란 말이지.”

“네에, 그렇게 볼 수도 있겠지요.”

“그렇게 볼 수도 있다니? 그 무슨 말 같잖은 소리야? 우리가 귀국할 때 귀국박스란 게 있었어. 가로 세로 한 팔십 센티쯤 될라나? 귀국할 때 그랬어. 그 안에 무엇이든 빡빡 채워서 돌아가야 한다고. 챙길 게 없으면 총알 다다다다 쏘아버리고 그 탄피라도 찌그러뜨려서 가져가야 한다고 말이야. 하다 못해 고철이라도 좋으니까 뭐든 돈 될 만한 건 모조리 우리나라로 가져가야 한다는 말이었어. 귀국박스마다 빡빡 채웠다고, 알아?”

“도둑질을 한 셈이군요.”

“도둑질? 그래 우리는 도둑질로 나라를 건설했다. 그러는 자네들은 뭘 했어?”

엄종세는 장기풍과 다툴 생각이 없었다. 전혀 다른 환경에서 살아온 사람, 생각이 다른 사람과 마주 앉아 언쟁할 때는 아니었다.

“네에, 다투고 싶은 생각은 없고요. 그분들의 공로야 역사가 평가하겠지요.”

“역사의 평가? 그걸 지금 말이라고…….”

“아닙니다. 그만 하시지요. 월남전 이야기보다 아버지 이야기를 듣는 편이 저로서는 낫다는 말씀입니다."

"그렇지, 아암."

"……."

"자네 아버지와 내가 한판 싸움을 벌인 적이 있지. 이 이빨이 그때 나간 거라고."

장기풍은 바람 새는 소리를 해대며, 검지로 자신의 앞니 자리를 가리켰다. 바람 새는 소리도 그랬지만 그는 그 흉한 몰골로도 전혀 꺼릴 게 없는 사람처럼 말하고 웃었다.

"보자, 그날이 언제였던가. 그러니까, 그게 자네 아버지가 함바집 미스 정하고 동업을 시작하고 얼마 안 됐을 때일 거야. 그날도 일 끝내고 함바집에서 막걸리를 마셨지. 나는 벽돌 디모도 하다가 그 무렵 목수 디모도로 바뀄어. 한기철이 따라다니며 일했다고. 이야기했지? 인심 좋은 전라도 목수 말이야. 아무튼 목수 디모도는 힘도 덜 들고 일당도 셌어. 뭐 눈썰미가 좀더 필요한 일이기는 했지. 하지만 눈썰미라면 또 나를 따라올 사람이 없었지. 월남에서 내가 특등 사수였지. 아무튼 새로 들어온 잡부 둘하고 나 이렇게 셋이서 막걸리 한 말 정도는 너끈하게 마셨어. 나는 그날 많이 안 마셨어. 천천히 마실 생각이었지. 화장실 가려고 나가는데, 밖이 컴컴한 거야. 전깃불이 귀한 시절이었어. 함바집 화장실에 불을 켜두는 건 상상도 못하던 시절이었다고. 화장실까지 가기가 귀찮더라고. 그래봤자 엎어지면 코 닿을 데지만 귀찮더라고. 그래서 마당 앞 채소밭에다 오줌을 갈겼지. 늘 그랬어. 사시장철 흙먼지 날리는 공사장 함바집에서 굳이 화장실을 가릴 건 또 뭐야. 천지가 화장실이지, 안 그래? 큰 것도 아니고 오줌이야 아무 데다 갈기면 그만이지. 함바집 미스 정은 못마땅해했지만 남자들이 오줌 싸대는 것까지 이래라 저래라 하기엔 너무 젊은 여자였지. 그런데 그때 밥을 우적우적 썹으며 자네 아버지가 함바집 밖으로 나오더군. 주방에 쪼그리고 앉아 저녁을 먹다가 열린 문틈으로 내가 오줌 싸대는 걸 본 모양이야.

자네 아버지가 대뜸 '이봐 장 씨! 화장실 놔두고 왜 길바닥에 오줌을 싸고 지랄이야?' 그러는 거야. 기가 막혔지. 곱살하게 생긴 사람 입에서 도무지 나올 것 같지 않은 거친 말투였어. 자네 아버지는 그러니까 좀 극과 극이었어. 얌전한 샌님 같다가도 인정머리라고는 찾아볼 수 없는 흉악한 싸움꾼이 되고, 또 그러다가 다시 착한 아저씨가 되는 거야. 아무튼 나로서는 기가 막혔어. 우리가 공사판에서 함께 굴러먹던 사이기는 하지만 이제는 입장이 바뀐 거 아냐? 어쨌든 나는 손님, 자네 아버지는 손님을 왕으로 모셔야 하는 함바집 주인. 안 그래? 함바집 주인이란 놈이 술이나 팔면 되지 손님한테 상소리를 해대는 건 웃기잖아. 게다가 한때 우리가 공사판에서 한솥밥 먹던 사이라고 막걸리 한잔 서비스로 내놓은 적이 없는 인간이 말이지. 그러니까 그때 자네 아버지와 나는 허물없고 막역한 동료 사이가 아니라는 말이야. 그저 손님과 술집 주인이었어. 처자식 굶는 게 제일 고통스럽다는 말을 듣고 난 후에 내가 자네 아버지를 좀 좋게 보기는 했지만 그렇다고 상스러운 말을 듣고 넘어갈 만큼 좋아하지는 않았어. 그래도 내가 참았어. 그런데 자네 아버지가 한마디 덧붙이더군.

'당신이야 오늘 한번 오고 다시는 안 와도 그만이지만, 난 여기서 밥벌이를 해야 하는 사람이야. 남의 밥벌이 터를 화장실로 만들면 쓰겠어? 당신은 당신 집 안방에서도 그렇게 오줌 싸갈겨?'

내가 그랬어.

'엄 형님, 오줌 한번 갈긴 것 갖고 뭘 그래요? 미안하게 됐소.'

나는 뭐 대충 이야기하고 들어갈 생각이었어. 그런데 자네 아버지는 완전히 시비조로 나오는 거야. 그러니 한주먹 하는 나도 슬슬 화가 치미는 거야. 그래서 뭘 그러냐고. 뭐 별것도 아닌 걸 가지고 쪼잔하게 구느냐고 내가 쏘았지.

'당신 같으면 아무 데나 오줌 질질 갈기고, 지린내 풍기는 술집에 술 마시러 오겠어? 누구 밥줄을 끊으려고 지랄이야?'

'지랄? 이거 왜 이래, 오줌 지린내 좀 나면 뭐가 어때서? 비 오고 바람 불면 날아갈 것이고, 그냥 둬도 거름 되니 좋지.'

자네 아버지는 물러서지를 않더군. 지금 당장 물 퍼다가 오줌

싼 자리 깨끗하게 씻어놓고 남은 술을 처마시든지 숙소로 돌아가서 처자든지 마음대로 하라는 거야. 시비가 아니라 완전히 싸움을 걸어온 거야. 나도 한가닥 하던 사람이었어. 월남에서 돌아온 후에도 전국을 돌아다니면서 싸움질깨나 했지. 한때는 술집 기도를 봐준 적도 있다고. 그래서 한마디 했지.

'한 몇 살 많다고 내가 형님 형님 해줬더니, 너 지금 뒈지고 싶어 환장했어? 엇다 대고 이래라 저래라 훈계야? 내 돈 내고 내 술 퍼마시다가 내가 내 오줌 쌌는데 네가 왜 지랄이야? 오늘 한번 죽어볼래?'

자네 아버지는 피식 웃었어. 뭐 꼭 비웃었다고 볼 수는 없어. 어쩌면 '죽어볼래?' 하는 내 말투가 어린애 말투처럼 느껴졌나 봐. 하긴 지금 생각해보면, 아무리 화가 나도 어른들이 주고받을 말은 아니지.

'우물에 가서 물 퍼다가 깨끗이 씻어놓고 들어와서 남은 술 처마셔! 그냥 들어오면 가만 안 돼.'

그리고 가게를 향해 돌아서는 거야. 내가 하도 기가 막혀서 할 말을 잠시 잊었지. 내 얼굴을 봐. 사실 흉측하게 생겼지. 이렇게 얼굴에 칼자국이 길쭉하게 나 있는 사람을 똑바로 쳐다보는 사람도 잘 없어. 굳이 뭐 주먹을 쓸 것도 없었어. 그냥 척 보면 한 수 접고 들어온다고. 어쩌다가 눈이라도 마주치면 얼른 눈을 피하는 게 보통 사람이었어. 여간한 읍내 왈패들도 내가 목청을 낮추고 노려보면 기가 죽었어. 그런데 자네 아버지는 그게 아닌 거야. 대뜸 달려가서 주먹을 내질렀지.

자네 아버지는 내가 달려드는 걸 눈치 채고 고개를 획 돌리다가 내 주먹을 맞았어. 내가 이래봬도 한방으로 끝내주는 사람이었어. 잇봉 부루스 알아? 잇봉 부루스였다고. 그때는 지금보다 몸집도 컸지. 몸무게가 실린 주먹에 걸리면 다 무너지기 마련이야. 자네 아버지는 내 일격에 무너지면서도 눈을 감거나 내 눈을 피하지 않았어. 몸이 뒤로 획 나자빠지는데도 눈만은 내 눈을 빤히 쳐다보고 있더라고. 그때 나는 내가 자네 아버지 상대가 안 된다는 걸 직감했어. 몸집으로 보나 더러운 인상으로 보나 힘으로 보나 내가 자네 아버지한테 꿀릴 것은 없었어. 막가는 성질로 봐도 내가 자네 아버지한테 꿀릴 게 없었지. 난 일단 일 한번 벌이면 뒷걱정을 별로 안 하는 사람이거든. 그런데 자네 아버지는 돈에 벌벌 떠는 사람이었어. 돈에 벌벌 떤다는 게 무슨 말인 줄 알아? 뭔가 챙겨야 할 게 많고, 미련이 많다는 거 아냐? 그러니 이건 해보나마나 한 싸움이라고 생각했는데, 그게 아닌 거야.

우리가 월남에 있을 때 말야, 군인들 사이에서 돌던 말이 있어. 부대의 강함은 승리한 전투에서가 아니라 패전 후 퇴각할 때 보면 확실히 알 수 있다는 거야. 싸움에서는 이길 수도 있고, 질 수도 있어. 승패는 대부분 실력에 따라 결정되지만 우연한 승리나 우연한 패배도 얼마든지 있거든. 그런데 말이야, 잘 훈련된 군대든 오합지졸이든 간에 승리할 때는 모두 기세가 등등하다는 거지. 아무리 오합지졸이라도 이길 때는 일사불란하게 움직이고 누구나 용감해. 하지만 패하고 후퇴할 때는 훈련된 군대와 오합지졸은 전혀 달라. 오합지졸인 부대는 패하고 퇴각할 때 제멋대로야. 그저 눈앞에 보이는 대로 허겁지겁 도망치기 바빠. 그래서 오합지졸들은 도망치다가 오히려 적들이 쳐놓은 올가미 속으로 기어드는 경우도 많아. 제정신이 아니니까 어디로 가는지도 모르고 일단 눈앞에 보이는 대로 도망치다 보니까 그런 일이 생기는 거야. 하지만 잘 훈련된 부대는 달라. 패해서 후퇴할 때도 일사불란하게 조직적으로 움직여. 쫓아오는 적을 분명하게 살펴가며, 어디로 가야 하는지 철저하게 계산하고 움직이거든. 아무튼 자네 아버지는 잘 훈련된 부대 같았어. 내 이 주먹(장기풍은 오른손 주먹을 꽉 움켜쥐고 가볍게 흔들었다)에 맞고 무너지면서도 내 눈을 빤히 노려봤어. 내가 먼저 일격을 가했고 우세해 보였지만, 그 싸움은 내가 지는 싸움이었어. 나 말이야, 월남서 한 스무 번 가까이 크고 작은 전투를 치렀어. 전국을 떠돌며 왈패들과 싸움도 많이 했고……. 주먹에 맞아 넘어지면서도 눈을 피하지 않는 자네 아버지를 보면서 이 싸움은 내가 진다는 것을 알았어.

자네 아버지의 돌려차기 한방에 무너지고 말았어. 주먹을 휘두른 내가 다시 자세를 잡기도 전에 자네 아버지가 땅바닥에 등을 대고 누운 그대로 내 무릎 아래를 걸어찼어. 설마 그럴 수 있다고 예상을 못했지. 누운 자세로 찼으니 힘이 실린 발차기는 아니었어. 그런데 너무 예상 밖 일격이라 나도 모르게 휘청했어. 그 순간 자네 아버지가 반쯤 일어선 자세로 내 입을 차버린 거야. 그때 내 이빨이 네 개나 부려졌어. 한 개는 반쯤 부러졌는데, 나중에 그럭저럭 자리를 잡더라고."

"아버지가 그렇게 싸움을 잘했나요? 금시초문입니다. 강단 있는 분이기는 했지만 한번도 싸움하시는 걸 본 적은 없습니다."

"흐흐. 자식 앞에서 싸움질하는 꼴을 보이는 아비라면 제대로 된 아비일 리 없지. 그런데 조문객들은 좀 왔다가 갔어?"

"예. 회사 동료들이 왔다가 갔습니다. 아침 일찍 출근해야 하는 사람들이니 밤을 새울 수는 없지요."

"그렇겠지. 다들 처자식이 있고 직장이 있는 사람들이니까 말이야."

"아버지가 운영하던 술집을 내놓으려고 하는데, 요즘 이 동네 시세로 얼마쯤 될까요? 장사가 꽤 되던 집 같은데, 권리금은 어느 정도로 하면 적당할까요?"

엄종세는 장기풍의 판단이 기준이 될 수 있다고 생각하지는 않

았다. 다만 이 동네에 오래 살아온 사람이라면 동네 분위기 정도
는 알고 있으리라는 생각에 참고할 요량이었다.

"장사가 되던 집? 장사는 무슨 장사. 한때는 장사가 됐지만 나
중에는 말이 술집이지 밤마다 노름판이나 벌이는 곳이라고 봐야
지. 자네 아버지나 되니까 그만큼 끌어왔지 다른 사람은 그 가게
열어놓아야 돈 한푼 못 벌어. 요즘 누가 그런 집에서 술을 마셔?
예쁜 마담이 있어서 엉덩이를 흔들기를 해, 오고가는 사람들이
많아? 옛날에야 좋았지만 요새는 완전히 죽은 거리야. 자네 아버
지도 사실 술 팔아서 돈을 번 것은 아니었고."

"술 팔아서 돈 번 게 아니면 무얼 해서 모았을까요? 저금하신
돈도 꽤 많던데요?"

"그래? 돈이 얼마나 있던데?"

"글쎄요. 정확하게는 모릅니다. 경찰들이 통장을 모두 가져갔
거든요. 다시 돌려주기는 하겠지만요."

"지독하게 굴었으니깐 돈이야 모았겠지."

"어떻게, 얼마나 지독하게 구셨는데요?"

"글쎄 그게 좀 길고 복잡해……."

"밤새 술이나 한잔하시면서 이야기나 나누시지요."

"술 좋지. 술은 소주가 최고야."

엄종세가 마른안주와 소주 한 병을 냉장고에서 더 내오는 동안

장기풍은 또 노래를 시작했다. '월남에서 돌아온 새까만 김 상사. 첫눈에 반했어요. 우리 아들 왔다고 온 동네 잔치하네…….'

"한잔하세요."

엄종세는 문상객이 없는 덕분에 한참 동안 냉장고에서 차가워진 소주를 따랐다. 흥얼흥얼 「월남에서 돌아온 김 상사」를 부르던 장기풍은 반가운 얼굴로 소주잔을 들었다.

"노름꾼들은 자네 아버지 가게에서 새벽이 훤하게 밝아올 때까지 일어날 생각을 안 했지. 어떤 사람은 이기는 재미에, 어떤 사람은 자꾸 잃는 바람에 분통이 터져서, 어떤 사람은 딱 본전만 할 생각으로 말이야. 노름판에 본전이 어디 있어? 일단 앉았다 하면 누구나 다 잃는 게 노름판이야. 그 덕분에 자네 아버지만 돈을 벌었지. 노름판에서 밤을 새우고 아침에 비척거리며 일어서는 사내놈들이 얼굴이 시커멨지. 밤새 담배 연기와 술에 찌들었으니 말이야. 아침에 시커먼 얼굴로 일어서는 노름꾼들한테 자네 아버지는 뜨거운 물에 적신 하얀 수건을 공짜로 내주었어. 밤새 노름에 시달린 농사꾼들이 시커먼 얼굴로 신작로를 걸어가게 하지는 않았던 거지."

"그건 또 왜 그랬을까요?"

"남들 일하러 나가는 시간에 시커먼 얼굴로 집으로 기어 들어가면 동네 부끄럽잖아. 밤새 노름을 하더라도 얼굴이라도 매끈하면 욕을 덜 먹지 않겠어?"

"고양이가 쥐 생각해주는군요."

"아무튼 날마다 자네 아버지 가게를 찾는 사람도 있었고 두번 다시 안 오는 손님도 있었어. 여섯 달이나 일 년 만에 평생 모은 돈을 다 잃은 사람도 있었지. 엄 형님은 그 사람들 인생을 동정하지 않았어. 그 노름꾼의 처자식들한테는 좀 미안해했지만 말이야. 자네 아버지는 노름판을 열어놓고 집문서와 땅 문서를 현금으로 바꾸어주고 수수료를 받았어. 현금이든 문서든 안 가렸어. 일 할 또는 이 할이 수수료였는데 어처구니없이 비싼 거지. 그래도 노름꾼들은 돈을 못 바꿔서 안달이었어. 엄 형님은 밤에 돈을 꾸어주고, 날이 밝으면 원금과 이자를 받았어. 밤새 돈을 몽땅 잃은 사람일지라도 이자나 수수료에 대해 손톱만큼도 인정을 베풀지 않았지. 그 노름판에서 재산을 모조리 잃고 동네를 아주 떠난 사람도 많아. 얼굴이 빤한 동네에서 소작을 할 수 없고, 장사를 할 수도 없었던 거지. 말이야 대처로 나가서 아이들 공부도 제대로 시키고, 한번 잘 살아보겠다고 했지만 더 이상 고향에 머물 수 없었기 때문에 떠난 거였지."

"결국 저희 아버지 때문이군요?"

"뭐 그렇다고 볼 수도 있지만 꼭 그렇지는 않아. 노름판을 열기야 했지만 억지로 불러들인 것은 아니니까."

"싸움은 없었어요? 노름빚 그거 고소하면 빚도 아닐 텐데……."

"왜 없었겠어. 밤새 제 손으로 잃었지만 날이 새고 보면 아까운 게 노름빚이지. 논밭과 집까지 훑어가는 노름빚이 어디 있느냐며 날뛰는 사람들도 있었어. 낮에 집안사람들 우르르 끌고 자네 아버지 가게로 찾아와서 문서 내놓으라는 사람들이 더러 있었지. 자네 아버지가 노름을 한 것은 아니지만, 논밭을 현금으로 바꿔주는 수수료가 워낙 큰 데다 한 며칠 노름을 하다 보면 결국 이 사람이 땄다가 저 사람이 땄다가 하는 동안 논밭이 고스란히 수수료로 날아가기도 했으니까. 그래서 자네 아버지 가게로 찾아와서 문서 내놓으라고 악을 쓰는 사람들이 있었지."

"못할 짓이었군요……."

"하룻밤 만에 밭뙈기 다섯 마지기를 다 날린 박만길이 자네 아버지를 찾아와서 무릎을 꿇고 통사정을 했지. 박만길이 울면서 사정했는데 자네 아버지는 쳐다보지도 않았어. 만길이 그 사람 힘깨나 쓰는 사람이었는데 거의 반나절 동안 사정을 해도 안 먹히니까 벌떡 일어서더구만. 그 사람 군민 씨름대회에서 이 등을 했던 사람이야. 벌써 몇 해 지났다고 해도 그 힘과 기술이 어디 가겠나?"

"그래서 어떻게 됐어요?"

"내놔라, 못 준다, 실랑이를 벌였지. 자네 아버지는 땅 문서 돌려받고 싶으면 바꿔준 돈을 갖고 오라고 했지. 다 잃었으니 당연히 없지. 말로 해서는 안 되겠다 싶었는지 박만길이 자네 아버지의 허리를 붙들려고 덤볐지. 박만길이 그 사람 참 놀랐을 거야. 힘이라면 자신 있다 싶어서 허리를 잡으려고 했는데 자네 아버지를 붙잡지도 못하고 선 채로 두들겨 맞고 주저앉았지. 워낙 맷집이 좋았기 때문에 더 많이 맞았어. 일어섰다가 또 맞고, 또 일어섰다가 맞고 넘어지고……. 그 큰 덩치의 박만길 얼굴이 온통 피투성이었어. 참 가관이었어."

"사람을 그렇게 두들겨 패고도 아버지는 무사했습니까?"

"당시만 해도 남자들끼리 주먹질하는 걸 고소하는 일은 드물었어. 그런데 그때는 상황이 좀 달랐지. 밭을 날린 것도 모자라 두들겨 맞고 돌아온 남편을 만길이 집사람이 두고 볼 수 없었던 거지. 그 자그마한 여자가 덩치 큰 남편을 어린애처럼 끌고 읍내로 나가 진단서 끊고 자네 아버지를 고소했지. 경찰이 박만길을 불러 조사하고, 자네 아버지를 불러 조사했지. 두어 시간 동안 형식적인 조사를 마친 경찰 말이 가관이었어.

'양쪽 말이 서로 다르니 먼저 시비를 건 쪽을 가중 처벌할 수밖에 없다.'

그렇게 결론내더군."

"어떻게 그런 일이!"

"자네 아버지가 공연히 경찰들한테 술 사고 경조사 챙겼겠나? 다 그런 일 때문이지. 박만길은 풀 죽은 얼굴로 고개를 숙이고 지서를 나가버렸어. 박만길이 나가고도 그 집사람은 이런 법은 없다고 고래고래 고함질렀지만 달리 대책이 있나? 요즘 같으면 어림없지. 하지만 그때만 해도 경찰이 최고였어. 경찰서에서 고함치는 여자한테 경찰들이 공무집행 방해와 고성방가를 들먹이며 으름장을 놓았지. 그걸로 끝이었어. 공무집행 방해니 당장 유치장에 넣겠다느니 그런 말 들으면 무섭잖아. 그날 밤에 지서장과 순경 세 사람이 자네 아버지 가게로 와서 밤새 떡이 되도록 마셨지."

"그렇게 돈을 벌었다니…… 어이가 없네요."

"흐흐, 어이없는 일이 그뿐이야? 자네 아버지가 말이야, 술 팔아 번 돈, 노름판 벌여 번 돈, 판돈 빌려주고 이자 챙긴 돈, 색시 붙여주고 번 돈으로 논밭을 사 모았어. 그러고는 논밭 문서를 비닐봉지에 싸서 호주머니 깊숙한 곳에 찔러 넣고 다니면서 틈만 나면 펼쳐서 보는 거야. 자기랑 싸우다가 이빨이 부러져 입이 합죽한 내 앞에서 보아란 듯이 말야. 당시만 해도 정부가 인정하는 문서 없이 그저 편지지에다 누가, 누구에게 어디 밭 몇 평을 팝니다. 혹은 넘깁니다는 식의 글자를 쓰고 도장 꽉 찍으면 그만이던 시절이었어. 문서 없는 땅이 없어진 게 몇 년 안 됐어. 아마 천구백구십일년인가 언젠가 부동산 특별 조치법이 시행된 다음일 거야.

그때 남의 땅 자기 앞으로 등기해 먹은 놈들도 많았지. 사람들이 살길 찾아서 너도나도 우르르 도시로 떠나면서 토지를 정리하지 못하고 몸만 빠져나가는 경우가 허다했거든. 그래서 그냥 빈 땅을 촌에 남은 사람들이 부쳐 먹거나 놀리는 식이었는데, 부동산 특별 조치법이 시행되면서 등기 안 된 땅은 서너 사람 증인만 세우면 누구나 제 땅으로 등기할 수 있었어. 말하자면 이 땅은 누구 땅임을 우리가 보증합니다, 하고 세 사람이 도장 꽉 찍어서 내기만 하면 되는 거야. 등록된 문서가 없었으니 그런 일이 생길 수 있었지. 그때 촌에 남은 작자들 중에 남의 땅을 자기 앞으로 등기한 사람들이 많았어. 세상이 어수룩했던 거야. 나는 그때 뭐 했는지 몰라. 주인 없는 땅이 수두룩했는데 말이지. 그때 자네 아버지도 한 몇백 평 해먹었을걸? 돈 벌어서 산 땅도 많았지만, 자기 땅 주변의 주인 없는 땅을 꿀꺽한 거지. 엄밀히 말하면 주인 없는 땅이 아니고, 주인이 있기는 한데 도시에 나가서 사느라고 부동산 특별 조치법이 시행되는 걸 몰랐던 거야. 나중에 그 사실을 알고 도시에 사는 사람들이 내려와서 땅 내놔라, 소송할 거다, 난리를 쳤는데, 헛일이었어. 어차피 문서가 없으니 자기 땅이라고 증명할 방법이 없는 거야. 그저 자기네들끼리 도장 찍어 만든 문서 쪼가리를 들고 오는 정도였어. 그게 또 진짜란 걸 증명할 방법이 없잖아? 그러니 일단 등기하고 나면 끝이야. 몇푼 안 되는 촌구석 땅

찾겠다고 몇 백만 원, 몇 천만 원이 들어가는 소송을 거는 사람도 없고, 소송해봐야 이긴다는 보장도 없었지. 법이란 게 그런 거거든. 일단 문서 쥐고 있는 사람이 유리한 거라고. 그때 자네 아버지를 찾아와서 도둑놈입네, 날강도네 어쩌네 하면서 욕지거리를 늘어놓은 사람들도 있었어. 엄시헌이 저 쳐죽일 놈을 이 마을에서 쫓아내야 한다고 고래고래 고함치면서 자네 아버지 가게로 쳐들어온 사람들도 있었는데, 언성이 좀 높아지는 듯하다가도 한참 있으면 술에 떡이 돼서 조용하게, 웃으면서 떠나는 사람들이 많았지. 자네 아버지가 그런 사람들을 어떻게 다 구슬렸는지는 나도 몰라."

"아버지가 원한을 많이 샀겠군요."

"그렇다고 볼 수 있지. 하지만 뭐 따지고 보면 세월이 그랬어. 자기 땅 옆에 주인을 모르는 땅이 있는 거야. 면사무소에서 사람이 나와서 그 옆의 땅은 왜 등기 안 하느냐고 하니까 자네 아버지가 냉큼 등기한 거지. 어차피 정확한 측량 따위를 안 했던 시절이야. 그러니 자네 아버지는 그 옆의 땅이 어쩌면 자기 땅인지도 모른다는 생각도 있었고, 설령 자기 땅이 아니더라도 주인이 없는 땅이라서 국가에 귀속될 땅이라면 자기가 먹겠다는 거였지. 돈이라면 자다가도 벌떡 일어나는 사람인데 공짜를 마다할 리 없잖아? 자네 아버지한테 술 좋게 얻어 마신 사람들이 너도나도 자네 아버지 땅이 맞다고 도장 꾹꾹 찍어줬지. 동네 이장들, 공무원들이 이구동성으로 자네 아버지 땅이 맞다는데 누가 뭐라고 하겠어. 말이 났으니 말이지, 나는 그때 주인 모르는 땅 몇백 평 왜 못 챙겼는지 답답해."

"네에……."

"땅문서 집문서 싼 비닐봉지를 호주머니에서 꺼내 펼쳐볼 때 자네 아버지 표정이 어땠는지 아나? 정말이지 눈 뜨고는 못 봐줄 정도였지. 흐뭇한 얼굴, 행복한 얼굴, 감동에 겨워 어쩔 줄 모르는 얼굴이었어. 그 얼굴로 문서를 들릴락 말락 하게 주절주절 읽는 거야. 한번 읽는 게 아니야. 읽고 또 읽고, 거의 외우다시피 했어. 살살 소리가 들릴락 말락 하게 읽었어. 그러고는 신주단지 모시듯이 곱게 비닐봉지에 싸서 다시 호주머니에 넣고 다니는 거야. 나는 자네 아버지가 그걸 읽을 때마다 속으로 욕을 했지. 이빨이 없어 입이 합죽한 몰골로 자기 앞에 앉은 나는 뭐냔 말이야? 그렇게 돈을 벌었으면 자기가 부러뜨린 이빨이라도 해 넣어주면 좀 좋아? 지독한 인간이었지. 절대로 이빨 해주겠다는 소리는 안 했지. 생각해보면 참 지독한 양반이었어. 하긴 뭐, 자네 아버지는 돈을 벌어야 했지. 자네와 자네 형을 보살펴야 했으니까."

"제 형을 아세요?"

"잘은 모르고, 병원에 있다는 정도만 알지. 자네 아버지가 자네 형 밑으로 돈을 쏟아 부었을 거야. 무슨 수술인가 검사를 여러 번 했다고 들었어. 근래에는 그런 수술이나 검사를 했다는 이야기를 못 들었어. 아마 이제는 검사나 수술로 차도가 있을 것 같지 않았던가 봐."

"아버지가 형을 자주 찾아가셨나요?"

"그럼, 자주 가셨지. 아무리 바빠도 일주일에 한 번은 꼭 가셨지. 자네 아버지가 오토바이를 산 것도 그 때문이야. 읍내에서 움직이는 데야 짐자전거 한 대만으로 충분했거든. 자네 아버지는 짐자전거에 막걸리 여덟 말을 싣고도 끄떡없었어. 엄 형님이 이른 아침에 자전거에 커다란 막걸리 통 주렁주렁 매달고 포플러 이파리들이 바람에 좌르르 떨리는 신작로를 달리는 모습은 볼 만했지. 좋은 시절이었고 보기 좋은 풍경이었지. 아무튼 한푼이 아까워 벌벌 떠는 엄 형님이 기름을 때야 달리는 오토바이를 산 건 순전히 자네 형을 보러 가기 위해서였어."

"경찰이 말한 그 오토바이 말씀이군요."

"엄 형님은 그 오토바이를 타고 어디든 다니셨어. 비가 오나 눈이 오나, 바람이 부나 오토바이를 타고 다녔어. 중고를 샀는데, 사들인 지 한 십오 년 넘었을 거야. 오토바이 짐칸에는 늘 함바집에서 쓸 배추, 파, 쌀, 당근, 고춧가루가 가득 실려 있었어. 요즘은 귀때기 새파란 애들도 자동차를 끌고 다니는 세월이지만 자네 아버지는 오토바이 한 대로 충분했지."

"자동차가 군이 필요 없었던 모양이죠?"

"뭐 있으면 좋겠지. 그래도 자네 아버지는 오토바이를 고집했어. 어쨌거나 자네 형한테 갈 때는 늘 오토바이를 타고 가셨지. 여기서 충청도 청주까지 삼백 리, 왕복으로 육백 리가 넘는 길이니까 자전거로 왔다 갔다 하기는 무리였지. 오토바이 뒤에 짐칸을 떼어놓은 날은 어김없이 자네 형을 찾아가시는 날이었지. 컵라면 두 개를 딱 싣고서 말이야. 자네 형이 컵라면을 좋아한다고 하시더만."

"그렇군요."

"그런데, 자네 형한테는 알렸나?"

"……."

엄종세는 형이 어디에 있는지 모른다고 말할 수 없었다. 그가 입을 다물자 장기풍이 혀를 찼다.

"하긴 자네 형이 무슨 말을 알아듣겠나. 또 모르지 핏줄끼리 일은 알아들을지도."

"죄송한 말씀입니다만, 형이 어느 병원에 있는지 아십니까? 청주 어디에 있다는 것은 알지만요."

장기풍은 뜨악한 눈으로 엄종세를 보았다. 엄종세는 그의 눈을 피해 방바닥을 보았다. 형이 청주 어디에 있다는 사실도 좀전에 장기풍이 말하지 않았다면 몰랐을 것이다. 문득 향냄새가 나지 않았다. 찾아오는 문상객이 없었고 피워둔 향불은 꺼지고 차가운 재만 남았다. 라이터를 꺼내 얼른 향 세 개를 피우고 돌아와 앉았다.

"최근엔 저도 회사 일로 외국출장이다 뭐다 돌아다니느라 형이 있다는 병원엘 한참 동안 못 가봤거든요. 대기업에서 부장 노릇 한다는 게……."

장기풍은 난처한 질문 따위는 하지 않았다. 그는 엄종세가 형이 입원해 있는 병원조차 모른다는 사실을 대수롭지 않게 넘겼다.

"청주 어디라더라……. 영해, 병해, 그래 영해병원이라고 한 것 같아. 자네 아버지가 일주일에 한 번씩은 꼭 다녀오셨지."

"네에……. 그런데 그 미스 정이란 분 말인데요……."

엄종세는 아픈 형에게 무심했던 자신이 낯부끄러워 말을 돌리고 싶었다. 게다가 문득 어쩌면 이복형제가 있을지 모른다는 생각도 들었다. 아버지와 동업하던 여자 사이에는 단순한 동업자 이상의 관계가 있었던 것만은 분명한 사실이었다.

"미스 정은 왜?"

"그분이 임신한 아이를 어떻게 했는지는 혹시 들어보셨는지요?"

"나야 모르지. 엄 형님은 알았는지도 몰라. 어쩌면 엄 형님도 몰랐을 거야. 설마 아이를 낳았다면 엄 형님이 그 여자한테 연락 한 번 안 취했을 리 없을 테니까 말이야."

154

"그 뒤로 두 분이 연락을 안 한 것은 분명합니까?"

"연락을 안 한 것은 분명해. 그 정도는 내가 알지."

"그분은 처녀였습니까?"

"나중에 알았는데 이혼한 여자였어. 아이도 있었나 봐. 미스 정이 함바집을 떠나기 이 년쯤 전에 남편이란 작자가 찾아온 적이 있어. 이혼한 사이라고 하더라고. 봄비가 꽤 많이 내린 다음 날이었지 아마. 이름이 뭐였더라, 김 뭐라는 작자였는데, 한눈에 보기에도 공사장에서 일할 사람은 아니었지. 성질깨나 더러워 보이는 사람이라고 하더라고. 함바집에 들어오자마자 난리를 피웠다는구만."

"아버지와 다툼이 있었겠네요?"

"아니야, 그 작자가 함바집에 와서 행패 부릴 때 자네 아버지는 읍내에 장 보러 나가고 없었지. 자네 아버지가 들어오기도 전에 경찰들이 먼저 들이닥쳤어."

"누가 신고라도 했던 모양이죠?"

"그런 건 아니고, 자네 아버지와 친한 경찰들이 낮술 한잔 걸치려고 우연히 들렀다가 그 작자와 맞닥뜨린 거지."

"네에."

"그래 생각났다! 이름이 김광식이었어. 아무튼 그놈도 여간 아니었다고 하더군. 경찰들이 들이닥치자 대번에 주방으로 뛰어가

더니 식칼을 들고 나왔다는 거야. 칼을 마구 휘둘러대는데 젊은 순경 두 사람이 어쩔 줄 몰라 쩔쩔맸다고 하더라고. 결국 박경남 경장이 실탄을 김광식의 다리에 쏘고 나서야 겨우 붙잡았지. 김광식은 붙잡혀서도 악다구니를 썼는데 세상에 그런 왈패가 없었다고 하더구만. 미스 정이 어쩌다가 그런 남자와 결혼했는지 몰라."

"김광식은 어떻게 됐나요? 단순 폭력이라면 경찰에 잡혀가도 금방 풀려났을 텐데, 그 뒤로는 말썽을 일으키지 않았어요?"

"나중에 들었는데 지명 수배자였다나 봐. 한 십 년은 콩밥을 먹어야 할 것이라고 하더라고. 박경남은 운이 좋은 사람이었지. 근무시간에 해장술 마시러 들어왔다가 수배자를 잡았으니 말이야. 아무튼 김광식은 그렇게 잡혀간 뒤로 소식이 끊어졌어. 십 년이 지나도 소식이 없더라고. 출소를 했는지, 아니면 감방에서 더 살았는지, 어디서 죽었는지, 그것도 아니면 아직도 미스 정을 찾아 또 어딘가를 헤매는지도 모르지."

"아무튼 그 뒤로는 미스 정도, 김광식도 다시는 나타나지 않았군요."

"그랬지. 영 소식이 끊어졌지. 왜?"

"아니요. 혹시…… 해서요."

"왜? 배다른 형제라도 있을까 봐?"

장기풍은 엄종세의 속내를 빤히 들여다보고 있었다.

"……."

"그런 걱정은 안 해도 될 거야. 아이가 있었다면 엄 형님이 그렇게 무심하지는 않았을 테니까."

"예에……."

"그런데 자네는 무슨 일 해? 좋은 대학 나왔으니 돈도 잘 벌겠구먼."

엄종세는 희미하게 웃음지었다.

"무슨 문제 있어? 아니면 자네가 번 돈을 마누라 펑펑 써? 자네가 버는 만큼 쓰는 게 아니고, 마누라가 쓰는 만큼 벌어야 해? 마누라하고 사이가 안 좋아?"

"그런 게 아니라…… 실은 회사를 그만두었습니다. 여섯 달 돼 갑니다."

"……."

"애들 엄마는 아직 모릅니다."

"그렇겠지. 엄 형님 피를 받았으니, 자네도 실직했네 하고 집사람한테 날름 알릴 위인은 못 되겠지. 클클. 말 안 해도 알겠구먼."

"……."

"그럼 생활은 어떻게 하나?"

"퇴직금을 월급처럼 까먹고 있습니다."

"딱하구먼 딱해."

"사실 지쳤습니다. 아침마다 일없이 나갔다가 종일 공원이나 서점에서 빈둥빈둥 시간을 보내고, 저녁에 시간 맞춰 집으로 들어온 게 벌써 반년입니다. 사람이 할 짓이 아닙니다. 게다가 쥐새끼처럼 부지런히 퇴직금을 갉아먹고 있으니 이런 생활을 계속하다가는 진짜 옴짝달싹 못하는 지경으로 몰리겠다 싶기도 하고요. 어째야 좋을지 모르겠습니다. 아버지 장례가 끝나면 아내한테 툭 털어놓을까 생각 중입니다. 툭 털어놓고 새 길을 모색해볼까 싶어요. 아내가 그걸 어떻게 받아들일지 걱정됩니다. 참, 지겹습니다. 하루하루가 지옥 같아요. 미칠 지경입니다."

"사내가 징징대기는……. 자네가 배운 게 없나, 경험이 없나? 가진 것 하나 없이 어느 날 갑자기 천지를 알 수 없는 낯선 세상에 떨어진 사람도 있어. 자네 아버지가 그랬지 않았나. 산골짜기 동네에서 농사짓던 사람이 온 식구들 거느리고 생전 처음 가보는 서울로 갔다고 생각해봐. 낯설고 배고픈 땅에서 가진 것이라고는 부양해야 할 가족밖에 없는 사람이 무얼 할 수 있겠어. 거기 비하면 자네는 완전무장을 한 사람이야, 완전무장. 안 그래?"

"그렇기는 하지만. 휴우……. 한숨이 절로 나옵니다."

"자네 아버지가 내게 하신 말씀이 있다네. 평생 일할 일자리를 구하라고. 내가 평생 동안 제대로 된 일 한번 안 했으니 그런 말을 할 만도 했지. 뭐든 가리지 말라고, 그저 오래 할 수 있는 일이면 뭐든 하라고 하셨지. 자네 아버지는 손님을 왕처럼 모셨어. 일단 가게로 들어오는 손님은 귀때기가 새파란 애라 할지라도 굽실거렸어. 생각해봐. 자네 아버지가 어떤 사람인가? 남들한테 그렇게 살갑게 인사를 건넬 만한 위인은 못 됐지. 내가 알기로는 그럴 위인이 못 됐어. 낯을 가리는 사람이라 사람 사귀기를 힘들어하는 양반이었지. 그래도 손님을 가리지는 않았다네. 자네 아버지가 왜 그러셨다고 생각하나? 자네 아버지가 그렇게 번 돈으로 자네는 먹고 자고 입고, 대학교까지 다니지 않았나. 감사해야 하네."

아버지의 입장을 모르지 않았다. 아버지가 그처럼 인색하고 비굴하게 굴었던 것은 도움을 청할 만한 데가 없었기 때문일 것이다. 다 큰 어른들 사이에 '도와달라'는 말은, 담 너머로 넘어간 축구공을 던져달라고 담 저쪽에서 놀고 있는 아이에게 건네는 말처럼 간단한 말이 아니다. 상대가 도울 수 없는 것을 도와달라는 말은 세상을 아는 어른이 할 수 있는 말은 아니었다. 베트남 프로젝트가 안 되는 쪽으로 기울기 시작했을 때 엄종세는 알았다. 어른들 사이에는 주고받는 '비즈니스'가 아니라 인간적인 '부탁'으로 해결할 수 있는 일이 많지 않았다.

"아버지랑 잘 통했던 경찰서장이란 사람이 저 사람인가요?"

엄종세가 빈소 한쪽에 쓸쓸하게 서 있는 화환을 가리켰다. 화환에는 '근조'라는 글씨와 '주흘 경찰서장 이기동'이라는 글씨가 큼직하게 씌어 있었다.

"이기동이? 흐흐, 이기동이하고도 자네 아버지가 잘 통했지. 뭐 역대 경찰서장이나 파출소장 중에 잠시 머물다가 떠난 한두 사람을 빼면 모두 자네 아버지와 친했지. 얼마나 구워삶았는지…….아가씨가 새로 들어오면 맨 먼저 서장과 차석을 모셨지. 이 동네에서는 최고 권력자라고 할 수 있는 사람들이야. 그다음에는 면장과 면서기를 불러서 대접했어. 촌 동네 함바집인 줄 알았는데, 버들가지 같은 아가씨들이 착 달라붙어서 온갖 아양을 떨어대니 입이 딱 벌어질 수밖에. 서장이 어지간히 술에 취했다 싶으면 아가씨들을 붙여서 보냈어. 읍내에서 나온 택시가 함바집 앞에 대기했지. 서장과 아가씨들을 태운 택시가 가는 곳이야 뻔하지. 물론 자네 아버지가 벌써 연락을 해뒀겠지. 택시에 오르면서 서장들이 그랬어.

'어이, 엄시헌이, 엄시헌이 너, 오늘부터 내 동생이야. 니 사람만 안 죽이면 내가 다 알아서 한다. 어려운 일 생기면 언제라도 찾아와라. 형이 동생 챙기는 거는 당연한 거다. 내 말 무슨 말인지 알재?'

'아이고, 여부가 있겠습니까, 형님. 그라고 저야 술 팔고 돈 받는 사람인데, 뭘 잘못 하고 말 게 있습니까? 그저 새로 오셨으니 인사나 드릴라꼬 카는 기지요. 자주 좀 찾아주시소. 형님이 자주

찾아주시는 것만으로도 저한테는 힘이 됩니다. 모쪼록 자주자주 좀 찾아주이소.'

그때 자네 아버지는 정말 감읍한 얼굴이었어. 뭐랄까. 비루먹은 말 같은 저를 이렇게 찾아주시니 그저 감사할 따름입니다, 하는 얼굴이었지. 그 감읍한 얼굴로 서장과 함께 자동차에 오르는 아가씨들에게 당부했어.

'너그들 어르신 잘 모시라. 어르신이 다시 안 찾아오시면 다 너그들 잘못이다. 오늘밤에 너그들이 어떻게 하느냐에 따라 어르신이 이 동생을 생각하시는 마음이 정해지시는 기다.'

택시가 출발하면 자네 아버지는 이마가 땅에 닿을 정도로 허리를 굽혔어. 택시의 미등이 저 멀리 어둠 속으로 사라질 때까지 고개를 들지도 않았어. 서장이고 차석이고 면장이고 면서기고 간에 자네 아버지 성심에 감복하지 않을 사람은 없었어. 나는 아직도 모르겠어. 그게 자네 아버지의 진심이었는지 세상살이의 방편이었는지 말이야. 낯빛을 보면 절대로 그런 아첨을 떨 위인이 못 되는데 하는 짓을 보면 아첨이 아니라 진심도 그런 진심이 없었어. 그렇게 경찰들하고 친하게 지냈으니 일이 술술 풀렸지. 그렇다고 뭐 경찰들한테 특별한 부탁을 하지는 않았어. 그저 경찰들과 돈독하게 지낸다는 소문만으로 충분했지. 누구라도 술 마실 일이 생기면 자네 아버지 가게를 찾았고, 어떤 작자는 소소한 민원을 해결해달라고 자네 아버지를 붙잡고 부탁을 늘어놓기도 했고."

"그렇게까지 경찰들과 가까워질 이유가 뭡니까? 촌 동네 허름한 가게에서 막걸리나 파는 사람이 경찰들과 그렇게까지 친분을 유지할 필요가 있었습니까?"

장기풍의 말대로라면 아버지는 악당이었다. 노름판을 열어 남의 논밭을 가로채고, 술집을 차리고 아가씨들까지 고용해 성실한 농부들을 술꾼과 노름꾼으로 만들었다. 게다가 시비에 휘말리고도 경찰과 결탁한 덕분에 미꾸라지처럼 요리조리 빠져나갔다. 어쩌면 그렇게 사느라 처자식 앞에 모습을 드러내기가 부끄러웠는지도 모른다.

"남자들이 하는 일이 그런 거 아닌가? 처자식 앞에서야 세상에 둘도 없는 호인이지만 세상에 나가서도 어디 그런가? 처자식 대하듯 살갑게 세상을 대하는 놈이 몇 푼이라도 돈을 벌어서 집에 가져갈 수 있던가? 세상이 그렇게 만만한 데던가? 자네도 그만큼 나이를 먹었으니 알겠지만. 나는 말이야, 세상 걱정을 혼자 다 하는 작자들을 좋게 생각하지 않아. 제 밥벌이도 못하는 주제에 골방에 처박혀서 정치가 어떠네, 나라가 어떠네 하는 작자들 말이야. 처자식도 못 먹여 살리는 주제에 온갖 세상 고민 다 하고, 온갖 푸념을 다 늘어놓는다는 게 말이나 돼? 그리고 조금만 힘들면 세상에서 도망쳐버려. 처자식이야 굶어죽든 말든 제 갈 길만 가는 거야. 그러면서 돈 생기면 술 퍼마시고 담배 피우지. 돈 없으면 처박혀서 종일 굶어. 밥은 굶어도 술을 안 마시고는 못 산다고 지랄을 떨어. 그래? 정말 그래? 지놈은 안 처먹고도 살아? 개 폼 잡는 소리 하지 말라고 해. 그런 놈들은 말이야, 처자식이 굶든 떨든 세상 걱정이나 하면서 일년 삼백육십오일 개지랄을 떨어. 그게 사내놈이 할 짓이야? 세상 고민 따위를 하기 전에 처자식 먹이고 입힐 고민을 먼저 해야 해. 나라걱정? 개빽다구 같은 소리 하지 말라고 해! 엄 형님은 담배도 안 피웠어. 고향에서 서울로 이사하면서 끊었다고 하더군. 술집 주인이라는 작자가 술을 입에 대지 않고, 담배도 안 피우고, 한 달에 만 원도 안 썼을 거야. 엄 형님은 담배 피울 돈을 아껴서 자식 공책을 샀던 사람이야."

"그렇게 가족을 생각하는 사람이 어째서 집에는 자주 오지 않았을까요? 저라면 보름만 출장을 떠나도 아이들이 보고 싶던데요?"

"나잇살이나 먹어가지고……."

"어릴 때 아버지를 많이 그리워했습니다. 학교 친구들이 아버지와 축구를 할 때, 친구가 그렇게 부러울 수 없었어요. 그에 비하면 우리 아버지는 미남 아닙니까? 면도를 할 나이가 되고, 거울 앞에서 제 턱선을 보면서 아버지의 턱선이 얼마나 미끈한지 알게 됐어요. 운동회 때 아버지들이 나와서 달리는 모습을 볼 때, 소풍 가는 날 아이들이 제 아버지 손을 잡고 깡충깡충 뛰듯이 걸어가는 꼴을 볼 때마다 아버지가 없는 게 정말 싫었습니다. 사실 저는 아버지와 어떤 추억도 만들지 못했어요. 돈요? 돈이 그렇게 중요합니까? 적당히 벌고 가족과 함께 사는 게 더 소중하다는 것쯤은 저도 압니다. 돈 버는 이유가 뭡니까? 아버지 삶은 주객이 전도됐던 셈이지요."

"자네 아버지인들 처자식이 안 그리웠겠나. 일부러 안 한 게 아니야. 못 한 거야. 내가 월남에 있을 때 말이야, 행군하다가 월남군들이 이동하는 것을 본 적이 있어. 그놈들 참 개판이야. 슬리퍼 질질 끌고 가는 놈, 맨발로 걷는 놈, 정규군복 입은 놈은 몇 안 되고 월맹군 옷을 벗겨 입은 놈, 한국군 옷 얻어 입은 놈, 미군 옷 입은 놈, 군복이 아니라 민간인 옷을 입고 다니는 놈들도 많았어. 쌀자루는 물론이고 살아서 펄떡거리는 닭을 배낭 위에 매달고 다니는 놈이 없나, 돼지를 지고 다니는 놈이 없나. 그거야 식량이니까 그럴 수 있다고 치더라도, 정말 웃기는 건 군인들 뒤에 그 군인 가족들이 줄줄줄 따라다니는 거야. 갓난아기는 업고, 걸을 수 있는 놈들은 걷게 하고, 이불에 밥솥에……. 그놈들이 걸음을 옮길 때마다 달그락달그락 냄비 부딪치는 소리가 났어. 그래가지고 무슨 전쟁을 하겠어? 참 나. 저놈들이 저래가지고 무슨 전쟁을 하겠나 싶었어. 완전히 개판이었어. 내 참, 그렇게 썩어빠진 놈들을 지켜주겠다고 내가 이 더운 나라에 와서 목숨 걸고 싸우나 싶었어."

"그러니 월남이 망할 수밖에 없었죠."

"자네 아버지한테도 내가 이 이야기를 한 적이 있어. 자네 아버지가 그러더군.

'장 형, 누군들 처자식을 주렁주렁 달고 전쟁터를 헤매고 싶겠소? 설마하니 처자식이 살 수 있는 안전한 장소가 있는데도 주렁주렁 데리고 전장을 헤맸겠소? 전쟁이 한창일 때 월남은 민간인보다 군인이 있는 곳이 더 안전한 땅 아니었소? 월남군들이 원한 것은 전쟁의 승리가 아니라 가족의 안전이었을 거요.'

전쟁 통에 가족을 줄줄 달고 다녀야 하는 월남군이나 전쟁 중이 아닌데도 가족들과 떨어져 살아야 하는 사람은 같다는 말이야. 월남 군인들이 전장에 가족을 주렁주렁 매달고 다니고 싶었겠나? 자네 아버지인들 자네들과 떨어져 살고 싶었겠나? 가족을 지키려니 그럴 수밖에 없었다는 말일세."

엄종세는 장기풍의 말이 옳음을 알고 있었다. 산골짜기 촌 동네에서 서울로 이사 와서 셋방살이 삼 년 만에 작지만 집을 장만할 수 있었던 것은 아버지의 피나는 노력 덕분임을 엄종세는 부정하지 않았다. 그러나 그렇더라도 아버지의 삶이 자랑할 만한 것이 아니었음을 부인할 수는 없었다.

"어쨌거나 그렇게까지 경찰들에게는 굽실거리고, 다른 사람들의 피땀을 빨아먹었다는 것은 부끄러운 이야기네요. 차라리 좀

가난하게 살더라도 정직해야지요."

장기풍은 허허 웃었다.

"아버지의 방식을 자네 마음대로 생각하지 말게. 아버지의 자식 사랑이란 게 뭔가. 제대로 된 아버지 역할이란 게 뭔가. 그런 게 어디 딱 정해져 있는 건가? 진짜 아름다운 것들은 우중충한 색깔을 띠는 법이야. 자네가 아무리 못마땅하게 생각해도 아버지는 아름다운 분이었네. 나는 자네가 무엇을 확인하고 싶은지 아네. 그렇지만 자네도 알 걸세. 적어도 엄 형님이 천성이 비루한 사람은 아니었다, 이 말이야. 그저 아버지 된 자의 손이 할 일을 했을 뿐이네."

아버지 된 자의 손은 궂은일과 마른일을 가리지 않는다. 자식의 머리를 쓰다듬는 아비의 손과 궂은일을 하는 손은 별개가 아니다. 너도 이제 아버지가 됐으니 네 손이 마땅히 해야 할 일을 가리지 마라. 그리고 네 손이 하는 수고에 대해 이러쿵저러쿵 말하지 마라. 아버지 된 자, 남편 된 자가 처자식을 먹이고 입히는 일은 칭찬이나 상 받을 일이 아니다. 처자식이 네 평생의 상장임을 잊지 마라.

엄종세가 결혼하고 첫 아이를 낳았을 때 아버지가 보낸 축하 편지였다. 축하한다는 내용은 짤막했고 당부가 대부분이었다. 편지에는 자식을 너무 귀엽게만 여겨 망치지 말라는 충고도 있었다. 엄종세가 대학을 졸업하고, 직장을 구한 뒤로 처음 받아본, 그리고 마지막 편지였다.

"자네 아버지는 깨끗하게 산 사람은 아니었어. 더럽게 살았지. 그렇지만 그 삶을 자네가 더럽다고 말하면 안 돼. 적어도 자식이 그렇게 말한다는 것은 도리가 아니야."

"제가 어떻게 보든 아버지의 부도덕한 삶이 달라질 수는 없죠."

꼭 그런 투로 말하고 싶은 것은 아니었는데 말투에 빈정거림이 묻어났다. 장기풍은 엄종세를 힐끗 쳐다보고 소주잔을 비웠다. 그리고 '자네는 영 술을 안 마시는구만'이라고 중얼거리듯 말했다. 다소 못마땅한 억양이었다. 엄종세가 마지못해 술잔을 비웠고 장기풍은 생각에 빠진 듯, 빈 술잔을 채워줄 생각은 않고 한동안 말이 없었다. 그리고 눈을 끔뻑거리다가 자신의 술잔을 연거푸 채우고 비웠다. 술에 취한 듯 보이기도 했고, 무슨 불만을 애써 누르는 사람처럼 보이기도 했다. 그리고 입을 열었다. 참았던 말을 작정하고 쏟아내는 듯 느리지만 격정적이고 거친 말투였다. 술에 취해 흐리멍덩하던 눈빛은 갑자기 불타듯 이글거렸다. 그는 마치 주먹을 움켜쥐듯 술잔을 단단히 말아 쥐고 있었다.

"사람들이 자네 아버지, 엄 형님을 두고 개뼈다귀까지 갉아먹는 백정이라고 말한다. 그 사람들 말 맞다. 그런데 자네는 엄 형님이…… (장기풍은 여기서 크게 숨을 들이켜고 뱉으며 잠시 쉬었다.) 자네 아버지가 돈이라면 개차반 같은 일을 서슴지 않았던 게 무엇 때문인지 아나? 돈을 벌 수 있다면 어떤 일도 가리지 않았던 이유가 무엇 때문인지 아나?"

장기풍이 갑자기 공격적으로 말을 쏟아내는 바람에 엄종세는 움찔했다. 이 영감이 왜 이러나 싶은 마음에 그는 대꾸하는 대신 물끄러미 바라만 보았다.

"자네는 울지 않더군. 아버지 초상이 났는데도 울지를 않아. 그래…… 워낙 오래 떨어져 살았다고 했지? 갑자기 당한 일이라 경황이 없는지도 모르겠다. 그래도 그러면 안 돼. 자네는 울어야 해. 통곡을 해야 한다고. 엄 형님이 자네들을 어떻게 먹이고 입혔는지 알아야 해. 그런 아버지를 원하지 않았다고? 굶더라도, 추위에 덜덜 떨더라도, 설령 학교를 다닐 수 없었더라도 그런 아버지를 바라지는 않았다고? 그게 자식이 할 소리야? 부정해도 좋을 게 있고, 부정해서는 안 될 게 있어. 자네는 아버지 빈소 앞에서 울어야 해. 그런데 안 울더군."

빈 소주병이 세 병이었다. 장기풍은 감정에 휩싸이는 듯했다. 말투는 갈수록 거칠어졌다. 술잔을 들이켜는 속도도 빨라졌다. 그는 많은 말을 두서없이 쏟아냈다. 그리고 탁자 위에 이마를 박고 코를 곯았다. 엄종세는 장기풍을 깨워서 집으로 보낼까 생각했지만 술에 취해 곯아떨어진 사람을 깨우기는 힘들 것 같았고 그의 집이 어디인지도 몰랐다. 초상집을 혼자 지키는 것도 내키지 않았다. 상주들이 묵는 방에서 담요를 꺼내 잠든 장기풍의 오그라진 몸뚱이를 덮어주었다. 그리고 그가 격정적으로 쏟아내던 말들을 되새겼다.

'자네 아버지는 단 한번도 텔레비전을 안 봤어. 손님들을 위해 늘 켜놓기는 했지만 텔레비전 앞에 앉아 있었던 적은 없어. 텔레비전에 제아무리 유명한 가수가 나와서, 제아무리 인기 있는 노래를 불러도 그 노래에 귀 기울이거나 눈길을 주지 않았어. 늘 손에 무엇을 들고 주방과 홀, 함바집과 밖을 분주하게 들락거렸지. 박정희 대통령이 서거했다는 소식이 온 텔레비전에 도배를 할 때, 공사장 일꾼들도 모두 일손을 놓고 텔레비전 앞에 앉아 눈을 크게 뜨고 귀를 쫑긋거렸을 때도 자네 아버지는 무심하게 감자를 깎고 파를 다듬었어. 엄 형님은 세상 모든 일에 철저하게 무관심했어. 엄 형님이 관심을 가졌던 것은 오직 먹고사는 일, 처자식을 먹이고 입히는 일이었어. 그런 사람이 정의를 가져다가 어디에 쓸 거야? 세상 돌아가는 일에 무관심한 사람들이 뭘 모르거나 부도덕해서 그런 줄 알아? 먹고살기 바빠서야. 자네 아버지가 그런 사람이었어. 자네가 그런 아버지를 부도덕하다고? 입에서 나오면 다 말인 줄 알아? 그게 자식놈이 할 소리야?'

　　　　　　　　* 　* 　*

　박 형사는 전화통화와 팩스자료만으로도 엄종석이 범인이 아
님을 알았다. 그러나 그물망을 가능한 넓게 펼치는 것이 그의 수
사 방식이었다. 수사망을 넓게 펼치다 보면 의외의 수확이 생기
곤 했다. 이번에도 예외는 아니었다. 엄종석이 범행 당사자는 아
니더라도 그가 범행과 어떤 연관이 있을 가능성은 여전히 남아
있었다. 예컨대 엄종석을 아는 사람, 또한 사망한 엄시헌이 일주
일에 한 번씩 병원으로 온다는 사실을 아는 누군가가 연루됐을
가능성은 얼마든지 있었다. 충청도 청주까지 가는 출장이 다소
성가시다는 생각을 했지만 박 형사는 출발했다.

　담당 간호사는 키가 크고 몸매가 늘씬한 여자였다. 박 형사는
그것만 해도 먼 길 온 보람이 있다고 생각했다. 출발 전에 미리 전
화를 해두었기에 간호사는 대번에 박 형사를 알아보았다.

　"금방 알아보시는 걸 보니, 엄종석을 찾아오는 사람이 별로 없
었던 모양이죠?"

　"누가 있겠어요. 아버님을 빼면 찾아오는 사람은 없었어요. 오
래전에는 엄종석 어머니도 자주 다녀가셨다고 하는데 저는 잘 모
르고요."

　박 형사가 운동장에 세워둔 자동차 주변으로 수용자들이 야릇

170

한 얼굴로, 비틀거리거나 꼬이는 몸짓으로 다가와 구경했다.

"수용자들을 가두지는 않나요?"

"잠 잘 때 빼고는 자유롭게 돌아다닐 수 있도록 하고 있어요. 특별히 문제를 일으키지 않는 한 말이죠."

"그럼 수용자들이 건물 밖으로 몰래 나갔다가 올 수도 있다는 말이군요?"

"그렇지는 않아요. 두 시간마다 인원점검을 하고, 사방이 벽으로 막혀 있어서 나갈 수 없어요. 정문에는 경비원이 두 명씩 늘 상주하고요."

"인원점검 일지 같은 게 따로 있습니까?"

"아뇨, 없어요. 그저 간호사들이 둘러보고 문제가 생기면 따로 보고하는 형식이죠."

"수요일엔 어땠습니까? 별 문제 없었나요?"

"그러지 않아도 전화 받고 그날 무슨 일이 있었나 생각해봤는데, 아무런 문제도 없었어요. 그날 엄종석은 종일 방에 있었고요. 늘 그렇지만……."

"여기 입원시키자면 돈이 꽤 들겠군요?"

"여기 좋은 시설이에요. 그만큼 비싼 곳이고요. 사실 이만한 시설에 가족을 맡길 정도면 웬만큼 돈이 있는 집안이에요. 웬만한 대학병원 입원비만큼 비싸죠. 대신 시설이 좋고 치료가 전문적이라는 장점이 있어요. 전문의만 해도 세 명이 상주합니다."

"사망한 엄시헌 씨가 일주일에 한 번씩 병원에 들렀다고 하던
데……."

"극성인 분이셨죠. 매주 오셨으니까요. 식구를 맡겨놓고 일 년
에 한 번도 찾아오지 않는 사람이 태반이거든요. 일 년에 한 번이
뭡니까. 맡긴 그날로 잊어버리는 사람들도 많아요. 정기적으로 돈
을 꼬박꼬박 보낼 뿐이지요. 직접 찾아오시는 분은 거의 없어요.
사실 집안에 이런 병을 앓는 사람이 있다는 것은 자랑거리가 못
되죠."

"엄종석은 정확히 언제 여기에 들어왔습니까?"

"글쎄요. 기록을 봐야겠지만…… 아주 오래됐어요. 어디 다른
데 있다가 들어왔는데, 우리 시설이 생길 때 첫 입소자였어요. 당
시만 해도 전국에서 가장 좋은 시설이었죠. 아무튼 우리 시설이
생기자마자 들어왔다고 하니까, 여기 온 지도 벌써 십오륙 년 됐
을 거예요."

엄종석의 방은 복도 맨 끝에서 두 번째 방이었다. 세면장이 가
깝고 건물 바깥으로 통하는 출입구와도 가까웠다. 엄종석의 아버
지가 특별히 그 방을 고집했다고 간호사는 말했다.

"그런데, 간호사 선생님은 결혼했습니까?"

"왜요?"

"아니오. 그냥 참고삼아……."

"했습니다. 남편은 충주시청에 근무해요."

"아, 그래요?"

박 형사는 개인적인 질문을, 쓸데없는 질문을 마치 수사에 필요한 사항처럼 묻고 수첩에 기록했다. 건물은 오래됐지만 복도와 유리창은 깨끗했다. 간호사의 몸에서는 향수 냄새가 났다.

"인삼비누! 인삼비누! 손님 오셨어."

간호사가 방문을 열고 인삼비누를 외치며 엄종석을 불렀다.

"인삼비누는 뭡니까?"

"아, 별거 아녜요. 엄종석이 별명이죠. 몸에서 늘 인삼비누 냄새가 난다고 우리가 붙인. 엄종석이 아버지 엄시헌 씨가 늘 인삼비누로 목욕시켰거든요."

"지극 정성이었군요."

엄종석은 고개를 들었지만 일어서거나 앉은 자세를 바꾸지 않았다. 다만 히죽 웃었다. 그는 침을 흘리고 있었다. 엄종석의 손목 부위가 벌겠다. 박 형사는 엄종석의 벌건 손목을 유심히 살폈다. 그 상처가 어떻게 생긴 것인지 살피는 중이었다. 간호사는 해명이나 변명이 아닌 설명을 덧붙였다.

"의자에 앉혔을 때는 손을 늘 묶어둬야 해요. 인삼비누는 늘 입으로 손가락을 물어뜯고 빨기 때문에 습진이 나을 날이 없어요.

그래서 의자에 앉힐 때는 언제나 묶어둡니다. 물론 보호자께서 동의하셨고요."

엄종석 옆에는 나무 의자가 놓여 있었다. 평범한 나무 의자에 발판과 손목을 감을 헝겊으로 된 줄, 안전벨트처럼 가슴과 배를 묶는 벨트가 달려 있었다.

"엄종석이 사람은 알아봅니까?"

"글쎄요. 자주 보는 사람은 알아보는 눈친데……."

"엄종석과 이야기를 나누는 사람은 누굽니까? 수용자든 의료진이든 간에."

"없어요. 엄종석은 종일 한마디도 안 합니다. 그저 으으으 소리를 내는 정도에 불과합니다."

"그럼, 이곳에서 엄종석 씨 부친과 이야기를 자주 나누는 사람은요?"

"글쎄요. 저와 부장님 정도……."

"주로 무슨 이야기를 나눴습니까?"

"그야 환자의 상태에 대한 이야기죠."

"그래요? 손을 한번 내보시죠."

"왜요?"

"아뇨, 그저 참고삼아……."

박 형사는 여간호사가 내민 손을 앞뒤로 뒤집어가며 요리조리 살폈다. 손이 예쁘다는 생각을 했다. 수사와는 아무런 관련이 없었다. 그는 그저 몸매가 늘씬하고 인물이 좋은 여간호사의 손을 만져보고 싶었다.

"왜 그러시죠?"

"아닙니다. 그저 참고삼아……."

"엄시헌 씨 사망과 제가 무슨 상관이라도 있다는 건가요?"

"전혀, 아직은."

'아직은'이라는 박 형사의 애매한 말끝에 간호사의 얼굴이 순간 굳어졌다.

하얀 가운을 입은 남자는 자신을 엄종석을 담당하는 문 부장이라고 소개했다. 가운 가슴에 부장 문갑식이란 검은 글씨가 실로 박음질돼 있었다. 부장은 박 형사에게 자리를 권하며 '여기 차 좀 내오지' 하고 여직원에게 말했다.

"엄종석은 정확하게 어떤 상태입니까?"

"복합적입니다. 뇌성마비에 정신지체, 약간의 자폐 증상과 간질 증상도 보이고요."

"그 정도라면 혼자 움직이거나 무엇인가를 생각하기는 어렵습니까?"

"생각이야 있겠죠. 그렇지만 그 생각이란 게 일정한 질서가 있는지, 의미가 있는지는 현대의학으로는 설명하기 힘들죠."

"혹시 여기 수용자들 중에 엄시헌 씨와 접촉한 사람이 있습니까? 엄종석이 부친 말입니다."

"글쎄요. 거의 없을 겁니다. 엄시헌 씨는 여기 오면 엄종석과 종일 앉아 있었죠. 사무실에도 가끔 들르는 정도였습니다. 우리야 그저 오토바이 소리가 나면 엄시헌 씨가 왔구나, 생각하는 정도였죠."

"환자 보호자인데 자주 안 만나시고요?"

"만나봐야 별로 할 말이 없었습니다. 어차피 엄종석이 상태는 나아지는 게 아니거든요. 저러다가 그냥 죽는 거죠. 여기 환자들 중에 엄종석이 같은 사람 많아요. 그냥 저렇게 살다가 때 되면 가는 겁니다."

그때 박 형사 휴대폰 벨이 울렸다. 전화를 낸 사람은 박 형사의 콤비 양 형사였다. 양 형사는 다소 상기된 목소리였다.

"비엠더블유 한 대가 떴어. 앞 범퍼가 심하게 찌그러져 있는데?"

"시간대는?"

"사망추정 시간대야."

"오케이! 지금 간다."

내 인생의 승부

　박 형사는 오후에 빈소로 엄종세를 찾아왔다. 전날까지만 해도 엄종세를 유력한 용의자로 몰아세우던 박 형사는 오후 네 시가 넘어 빈소에 불쑥 나타나 범인을 잡은 것 같다고 말했다. 박 형사는 지난밤 빈소에서 나간 뒤 곧바로 사고가 발생한 지방도로와 연결된 교통감시 카메라를 모조리 확인하고, 용의 자동차를 확보했다고 했다. 당일 사건 추정시각을 전후에 인근 교통감시 카메라에 찍힌 자동차를 모두 조사했다는 것이다.

　교통감시 카메라를 확인하던 중 비엠더블유 승용차 한 대를 발견했는데, 앞 범퍼가 심하게 찌그러져 있었다. 그 외에 과속으로 단속된 자동차 두 대를 비롯해, 사고가 발생한 지방도로와 직접 연결된 도로 곳곳의 자동차 세 대를 용의 차량으로 확보했다. 그 중에 세 대는 이 근처 주민의 자동차로 곧 무혐의를 확인했다. 나머지 세 대 중 두 대 역시 별 문제는 없어 보였는데, 예상대로 범퍼가 심하게 찌그러진 비엠더블유 승용차가 사고를 낸 자동차였다.

박 형사는 오전에 서울로 가서 용의자를 체포했다. 또 애프터서비스 업체가 아니라 개인이 운영하는 작은 자동차 정비공장에서 수리 중이던 사고 자동차의 깨진 범퍼와 앞 유리, 일그러진 천장을 증거물로 확보했다. 증거물을 바탕으로 당일 자동차 주인의 행적과 자백도 확보했다. 사건은 거의 해결된 셈이었다. 다만 그 자동차 소유주가 사고 당시 운전을 한 사람인지, 또한 그가 누군가의 사주를 받았는지 여부를 조사 중이었다.

박 형사는 밤을 꼬박 새웠다고 말하면서도 피로한 기색을 보이지 않았다. 엄종세는 사건이 의외로 쉽게 해결됐다는 생각에 안도했다. 박 형사는 지금까지 확인된 사건 정황을 전하면서도 엄종세의 표정변화를 관찰했다. 그는 최후 순간까지, 그물을 갑판 위로 끌어올리는 순간까지 가능한 조심스럽게 끌어당기는 사람이었다. 박 형사는 아직도 엄종세의 혐의를 완전히 배제하지는 않았다. 엄종세에 대한 혐의를 완전히 씻을 수 있었다면 사건 정황을 그처럼 세세하게 이야기하지도 않았을 것이다.

삼십대 중반 남자 세 명이 서울에서 김천으로 나들이를 왔다.

나들이를 겸해 이 도시의 특산품 생산지인 포도밭 몇 군데를 둘러보았다. 포도재배를 생각해서가 아니라, 칠레산 포도가 들어오면서 포도산업이 별 재미가 없고 땅값이 떨어진다는 소문 때문이었다. 세 남자 중 두 사람은 벤처사업으로 큰돈을 벌었다. 나머지한 사람은 이름만 대면 알 만한 컴퓨터그래픽 아티스트로 이번에천만 관객을 돌파한 영화 〈우주인〉에 등장하는 미지의 동물을 디자인한 사람이라고 했다. 용의자들은 낮에 이 일대 부동산 사무실을 몇 군데 둘러보고 포도밭도 둘러봤지만 소문과 달리 땅값에아직 큰 변화는 없었다고 했다. 다만 이제 포도농사는 그만 지어야 하는 것 아니냐는 분위기는 감지할 수 있었다고 한다. 낮에 볼일을 마친 남자들은 이왕 김천까지 내려온 김에 잠시 직지사에들러 고찰을 구경했다. 근처에 술집들도 많아 틀림없이 술도 한잔했을 것으로 보이지만 현재로는 물증이 없다. 아무튼 남자들은직지사를 둘러보고 식사를 마치고 서울로 출발했다.

　컴컴한 국도였지만 다니는 자동차는 드물었다. 길도 곧았다. 평화로운 시골길의 밤이었다. 그때 갑자기 휘어진 길이 나타났고동시에 앞에 물체가 나타났다. 눈앞에 뭔가 있다는 것을 알았을때는 이미 늦었다. 자동차에 부딪힌 오토바이와 사람이 삼사 미터쯤 앞으로 날리듯 밀려났는데, 브레이크를 밟았지만 차는 멈추지 않았고, 쓰러졌다 통기듯 일어나는 사람을 또 치었다. 그 충격으로 사망자는 도로 옆으로 밀려났다. (박 형사는 아마도 복부를 찌르고 들어와 간과 장을 뚫은 나뭇가지는 두 번째 타격 후 길 가장자리로 밀려날 때 찔린 것으로 추정된다고 했다.) 용의자들은 분명히 사람을 치었다는 것을 알았지만, 그 순간에는 사람이 아니라 고라니나 멧돼지를 친 것은 아닌가 하는 착각이 들었다고 했다. 워낙 시골길에 야생동물을 치는 사건이 많이 발생한다는 뉴스를 들었던 터라, 눈앞에 나타났다가 사라진 물체는 사람이 아니라 야생짐승이 아닐까 하는 터무니없는 기대를 했다는 것이다. 역시 사람이었다.

세 사람은 두려웠다. 한산한 도로였고 한참 서 있었다고 생각했는데 지나가는 자동차는 없었다. 사람은 이미 죽었다. 세 사람은 오토바이를 도로 위 숲으로 끌어올린 다음 나뭇가지를 덮어 숨겼고, 부서진 잔해를 되는 대로 끌어 모아 길 아래로 흩뿌렸다. 또 시신을 길 위에서 아래로 굴렸다. 마침 지방도로와 그 아래 논바닥은 높이 차이가 컸고, 적당히 숨기면 당분간 시신이 발견될 일은 없겠다고 생각했다. 시신을 아래로 굴린 후 세 사람이 함께 아래로 내려가 콘크리트 배수관 안에 시신을 감췄다. 강도로 위장하기 위해 지갑을 빼갔다. 그 안에 돈이 얼마나 있는지, 무엇이 들어 있는지는 확인하지 않았다고 했다. 서울로 돌아오는 고속도로에서 창밖으로 던졌다고 했다.

"용의자들은 엄종세 씨랑 비슷한 연배의 잘나가는 벤처사업가와 첨단 컴퓨터그래픽 아티스트이더군요."

비슷한 연배라는 박 형사의 말에 엄종세는 묘한 느낌을 받았다.

"범인들이 지금까지 진술한 내용입니다. 음주운전인 듯한데, 확인이 불가능합니다. 이미 시간이 지났고, 사건 당시 혈액을 확보하지는 못했으니까요."

"음주운전이 아니면 도망칠 이유가 없었겠죠."

"꼭 그렇게만 볼 수는 없습니다만, 현재로서는 그저 뺑소니 사망사고라고 결론 내릴 수밖에 없습니다. 직지사 근처에서 그들이 썼던 카드내역을 조사해 맥주 두 병을 주문한 사실을 확인했지만, 얼마나 마셨는지 알 수 없죠. 게다가 운전자는 마시지 않았다고 하니 별 도리도 없고…… 외제차를 굴릴 정도의 사람들이 교통사고를 냈다고 굳이 도망친 걸 보면 다른 이유가 있었는지도 모르고…… 나름대로 잘나가던 사람들이니 그 사람들 입장에서는 운이 무지하게 나빴다고 볼 수밖에요. 아무튼 조사를 해보면 다 밝혀지겠죠."

박 형사는 곧바로 아버지 금고를 인수할 수 있다고 했다. 박 형사는 아버지 휴대폰에 기록돼 있던 통화기록은 발신기록일 뿐 실제 통화가 이루어진 것은 아니라는 말도 전해주었다. 통신사 통화내역을 확인해봤는데, 발신만 됐을 뿐 통화는 이루어지지 않았다는 말이었다. 엄종세가 한 번도 아니고 여러 번이나 어째서 그런 일이 있었을까요? 하고 묻자, 박 형사는 자신도 그 점이 의문이라고 답했다.

"전화를 걸기는 했는데 통화를 하지는 않았다. 그것도 한두 번이 아니라 한 달에 두세 번 이상……. 알다가도 모를 일이죠? 그점은 엄 선생이 좀 풀어줘야겠습니다. 나도 조사를 더 해보겠지만……."

'나도 조사를 더 해보겠지만'이라는 박 형사의 말에 엄종세는 또다시 불쾌감을 느꼈다.

엄종세의 아내와 아이들은 박 형사가 빈소를 떠난 후에 도착했다. 할아버지가 돌아가셨다는 말을 이미 들었겠지만 장례식장이 처음인 아이들은 어리둥절했다. 일곱 살인 인성이는 제 누이를 따라 의미 없이 절했다. 아내는 장례업자가 마련해둔 상복을 내키지 않는 얼굴로 겉옷 위에 걸쳐 입었다. 친척들이 저녁 무렵에 한꺼번에 나타났다. 집집마다 대표로 어른이나 장손들이 참석했다. 동화개발의 노조위원장이 예상치 못한 화환을 보내왔다. 또 몇몇 동료들과 거래업체 사람들이 늦게 소식을 들었다며 도착했다. 엄종세는 고맙다고 일일이 인사했다. 인사를 하는데 공연히 눈물이 날 것 같았다. 아버지가 돌아가셨다는 소식을 듣고도 눈물이 나지 않는데, 예상치 못한 문상객을 보자 울컥한 기분에 젖었다.

아버지 금고가 빈소에 도착했고, 엄종세는 내용물 목록과 실제 내용물을 비교하고 인수 확인서에 도장을 찍었다. 김경한이 도장보다 자필 사인을 원하는 바람에 별 쓸모가 없을 줄 알았던 도장인데, 새긴 보람이 있었다. 장례식장에서 내준 여분의 상복으로 금고를 덮어 한쪽으로 밀쳐 두었다.

＊　＊　＊

동화개발 총무국 총무부장 최종기가 밤 아홉 시가 넘어 빈소로 찾아왔다. 그는 엄종세보다 입사 사 년 선배였다. 엄종세가 동화개발에 입사할 당시 최종기는 인사과 말단 직원으로 신입사원 입사수속과 교육과정관리를 담당하고 있었다. 두 사람은 같은 부서에서 일한 적은 없지만 입사 초기부터 각별히 친한 관계를 유지하는 드문 사이였다.

"전화 좀 하지 그랬어. 퇴근할 무렵에 소식 들었어. 내일 발인이라면서?"

"갑작스러운 일이라 경황이 없었어요."

"사람들 별로 안 왔지? 멀기도 하지만 몰라서 못 왔을 거야. 섭섭하게 생각하지는 마라."

"그럼요. 제가 안 알렸는데요, 뭘."

"부모님 상을 당했는데 왜 안 알려? 회사 문제는 회사 문제고, 큰일은 또 큰일이지."

"죄송합니다. 생각이 짧았어요."

말은 그렇게 했지만 엄종세는 내심 섭섭했다. 내가 회사에 다니고 있고, 전도유망한 부장이라도 사람들이 이랬을까? 집안에 초상이 났다고 지인들과 회사 사람들에게 전화통 붙들고 일일이 알리는 사람이 어디에 있는가. 한두 사람에게만 소식을 전하면, 사람들이 연통을 돌리고, 관련 있는 사람들 대부분 소식을 접하게 된다. 특별히 외따로 떨어진 사람이라면 모를까, 같은 회사 안에서 매일 부딪히는 사람들이 소식을 몰라서 못 왔을 리는 없다. 외국출장으로 사람이 자리에 없는 경우에도 옆자리 직원이 대신 부조라도 전하는 게 관례가 아닌가.

최종기는 소주 두어 잔을 마시는 동안 이런저런 회사 사정을 이야기했다. 승진인사에 대해서, 또 새로운 프로젝트들에 대해서, 김경한의 복직에 대해서 이야기했다.

"김경한이 복직하게 됐다는 이야기는 들었지?"

"예……. 각서를 써달라기에 써줬어요."

"그래, 김경한이도 사정이 딱했을 거야. 다르게 생각하지는 마. 사정이 딱한 친구야. 그 집 둘째가 선천성 심장 판막증이야. 올해 들어와서도 또 수술했다고 하더라."

"나도 대충 알고 있습니다. 걱정 마세요. 김경한의 복직에 대해서는 다행스럽게 생각하고 있습니다. 잘된 일입니다."

"그래, 그렇게 생각하는 게 좋아."

"따지고 보면 경한이는 잘못한 게 없죠. 베트남 프로젝트는 처음부터 끝까지 내가 밀었던 것이고, 경한이야 그저 내가 팀원으로 지목했으니 자기 의지와 무관하게 참여한 셈인데, 오히려 나 때문에 피해를 봤다고 봐야죠. 경한이 사람이 좋아서, 저 혼자 복직한다 싶으니 괜히 미안해하는 거죠. 그럴 필요 없는데."

"여기저기 알아봐도 네 문제는 안 풀릴 것 같다. 석 달짜리 대기 발령을 거쳐 퇴사시키는 게 회사 입장에서도 부담스럽기는 하지. 프로젝트 실패를 명분으로 사람을 쫓아냈으니 이제는 누구도 새 프로젝트를 시작하려 하지 않을 거야. 회사가 그런 걸 뻔히 알면서도 널 이렇게 처리한 것은 다른 뜻이 있었을 거야."

"간부들한테 밉보인 거겠죠."

"그래서 어렵다는 거야. 실패야 누구나 할 수 있어. 비서실장을 봐. 그 친구가 해외전략팀에 있을 때 굵직굵직한 프로젝트를 두 번이나 말아먹었어. 그것도 정책 실패가 아니라, 어처구니없는 실수로 말이야. 그런데도 요직이란 요직은 다 거치고 있잖아. 서로 데면데면한 사이처럼 보이지만 곽 상무의 오른팔이라는 말도 들려. 곧 구조조정 본부장으로 간다는 말도 있고. 아마 확실할 거야. 그 친구의 성공비결은 업적이 아니라 인간관계야. 너는 거기에 실패했고."

최종기는 더하거나 빼지 않았다. 문제는 프로젝트 실패가 아니었다. 엄종세는 실세 이사들의 반대를 무릅쓰고 프로젝트를 감행했다. 회의실에서 전개했던 화려한 프레젠테이션이 그에게는 무덤이 됐다. 이른바 곽 상무의 억지를 엄종세는 정확한 수치로 격파했다. 그는 의기양양했다. 갖가지 우려의 목소리 속에서도 통계와 명분을 등에 업고 사장의 동의를 얻었다. 제일 회의실에서 사장이 박수를 쳤을 때 얼마나 기뻤던가. 사장의 박수소리에 묻혀 사라진 이사진의 침 삼키는 소리를 엄종세는 듣지 못했다. 그들은 분노와 불안과 긴장이 뒤섞인 침을 삼켰을 것이다.

엄종세는 전의를 불태웠다. 늙은이들, 세상이 얼마나 빠르게 돌아가는지도 모르고 그저 결재 서류에 사인만 하는 뒷방 늙은이들의 코를 납작하게 해주겠다. 몸보신에 빠진 늙은이들, 회사를 좀먹는 인간들을 눌러버릴 것이다. 그는 민첩하고 분명하게 움직였다. 넥타이를 풀어 던지고, 와이셔츠 소매를 팔꿈치까지 걷어붙인 모습이 당시 엄종세의 일상적인 모습이었다. 엄종세가 밤낮을 가리지 않고 땀을 흘리는 동안 간부들은 단결했다.

간부들은 베트남 프로젝트의 성공을 바라지 않았다. 사장은 간부들에게 신뢰할 수 없다는 눈빛을 던졌지만, 간부들 전부를 이길 수는 없었다. 사장은 '이 회사가 간부들만의 회사냐!'고 고함을 지르기도 했지만 단결한 간부들을 이기지 못했다. 늙고 경험 많은 간부들은 애사심을 명분으로 사장을 설득했다. 사소한 위험성을 과대 포장했다. 회사는 마땅히 투입해야 할 자금 투입을 꺼렸다. 언제나 필요한 액수보다 적은 액수가, 적절한 시기보다 늦게 투입됐다. 오천억 원 이상을 투입해야 할 사업이었다. 하노이에 베트남의 랜드마크가 될 육십 층짜리 빌딩을 짓고 백화점과 극장, 고급 식당과 오피스텔, 국제 비즈니스 센터를 유치할 계획이었다. 빌딩 전체의 실내 면적을 합하면 축구장 스물다섯 개만큼 넓었다. 그만한 프로젝트에 허약한 사내벤처를 믿고 투자할 사람은 없었다. 투자자들은 모회사인 동화개발의 보증을 원했지만 회사는 애매한 태도를 취했다. 동화개발이 뒤늦게 보증을 서겠노라고 했을 때는 투자자들이 애매한 태도를 취했다. 투자자들이 애매한 태도를 취하자 회사의 늙은 간부들은 일제히 일어나 사장을 압박했다.

"계산이 빠한 사람들인데, 안 되는 사업이란 걸 아는 거죠."

사장의 책상 위에 쌓인 산더미 같은 보고서는 대부분 위험과 불가능을 알리는 내용이었다. 엄종세가 진척 상황을 알리기 위해 올린 보고서는 산더미 같은 보고서들 맨 밑바닥에 깔려 있었다.

베트남은 외화가 넘치는 나라였다. 그들은 자기 주머니로 들어온 돈을 쓰지 않았다. 국가가 보유한 공식 외화는 빈약했다. 그러나 베트남인들의 장롱 속에는 국가가 보유한 달러의 수백 배에 달하는 돈이 잠자고 있었다. 베트남은 국민의 근면과 절약, 교육열로 십 년 안에 동남아시아 제일 국이 될 나라였다. 베트남의 비약적 발전과 더불어 동화개발 역시 지금까지와 다른 반열에 들어서게 돼 있었다. 국제 자본이 그걸 모를 리 없었다. 국제 자본은 덤벼들 기회만 노리고 있었다. 엄종세는 그들에게, 그들의 입맛에 맞는 자리를 펴주고 돈을 벌 생각이었다. 그러나 결과는 참담한 실패였다.

제대로 시작도 하기 전에 회사는 베트남 프로젝트 중단을 선언했다. 엄종세의 벤처팀은 일주일 후 해체됐다. 곧이어 후속 인사가 이어졌다. 사내벤처팀원 인사와 더불어 몇몇 실·국에서도 소규모 자리이동이 있었다. 벤처팀 해체 후 엄종세는 자재관리부에 배치됐을 때 실망했다. 그러나 그것은 사장이 내린 최대의 선처였다. 사장은 공개적으로 말했다.

"회사가 정책을 추진하다가 중단했다고 담당자를 징계할 수는 없지 않소?"

"누군가는 실패의 책임을 져야 합니다."

"사업을 추진하다가 중단했는데, 책임을 묻는다면 앞으로 누가 신규사업을 시작하겠나?"

"사업중단의 원인은 초기 전망분석 잘못에 있습니다. 이는 분명히 책임을 물어야 할 부분입니다."

간부들은 거듭거듭 징계를 요청하는 결의문을 올렸다. 지방의 지사 부사장단까지 연대 서명한 결의문이 사장의 책상 위에 올라왔고 엄종세의 자리는 다시 바뀌었다. 계약직 사원, 아르바이트 사원들로만 구성된 고충처리 콜센터에 배치됐을 때 사표를 냈어야 했다. 지금까지 정규직원이 콜센터에 부장도 아니고, 팀원으로 배치된 적은 없었다. 콜센터는 소비자들의 항의와 제안을 접수하고 정리해 보고하는 곳이었다. 그 자리는 승급을 앞둔 고참 부장들이 회사 각 부서를 두루 살펴보는 기회를 갖는다는 의미로 일 년쯤 배치되는 곳이었다. 콜센터로 발령받은 후 두 달도 지나지 않아 엄종세는 총무국 대기발령을 받았다. 대기발령. 사규대로 하자면 대기발령 삼 개월 후 자동퇴사였다. 이전에도 종종 대기발령은 있었다. 그러나 대기발령 기간이 끝날 무렵이면 상무와 면담이 이루어졌고, 약간의 감봉이나 형식적인 자기 반성문 따위를 작성하면 현업에 복귀하는 게 일반적이었다. 그러나 엄종세의 경우에는 달랐다. 대기발령 기간 만료일이 닥쳤지만 어떤 면담 제의나 새 국면을 알리는 징후는 없었다. 엄종세, 김경한, 서봉우 이른바 전직 베트남팀 핵심간부들은 회사를 떠나야 했다.

베트남 프로젝트를 기획할 때까지만 해도 엄종세는 땀 흘려 일하고 대가를 받는 곳이 회사라고 생각했다. 세상이 성실과 재능으로만 살 수 없는 곳이라는 것쯤은 진작에 알았지만 그 이외의 방법을 쓰기는 싫었다. 사리사욕을 채우겠다는 생각은 없었다. 투명하고 정직하고 치밀하게 일만 처리하면 결국 잘될 것이라고 믿었다.

엄종세는 생존에 필요한 것이 땀과 더불어 정치임을 실패한 후에 깨달았다. 외부고객과 치르는 전투는 땀과 성실로 충분했다. 그러나 내부의 적은 달랐다. 회사 내부의 동료이자 적들은 다른 방식으로 다뤄야 했다. 엄종세는 논리와 수치로 나타나는 결과물로 내부 구성원들을 설득할 수 있다고 믿었다. 착각이었다. 선의와 대의명분, 결과물이 분명했지만 구성원들은 자기편이 돼주지 않았다. 엄종세는 손자병법이 요구하는 여러 가지 전략을 다 갖췄지만 이기지 못했다.

내부의 적, 이들은 아군이기도 하고, 적군이기도 했다. 심지어 그들 자신도 자신이 어떤 입장인지 몰랐다. 그들의 입장은 변화무쌍했고 유리하고 강한 쪽을 따른다는 게 최종 입장이었다. 엄종세의 위치에 따라 내부 사람들의 입장은 수시로 바뀌었다. 그들은 적이기도 하고 우군이기도 했다. 성안의 적은 성밖의 적보다 강력하며 분명한 실체도 없었다. 그들은 방관자처럼 흩어져 있다가 뭉쳐서 엄종세의 적이 됐다. 내부 구성원을 적으로 분명하게 규정하지 않았던 것은 잘못이었다.

"회사가 잃은 초기 투자자본이 문제가 아니야. 너처럼 위험인물을 미리미리 자르지 않으면 자기네들 설자리가 없어. 곽 상무 눈에 베트남 벤처팀은 회사에 돈을 만들어주는 팀이 아니라 자신들을 죽이러 오는 암살자처럼 보였을 거야."

"암살자요? 재미있네요. 눈치로 그 자리까지 오른 늙은이들이니 잘도 꿰뚫어 보았겠지요. 하긴 그런 의도야 없었지만 내가 베트남 프로젝트로 돈을 긁어들였다면 그들은 목을 내놓아야 했을 겁니다. 적어도 결정권을 가진 자리에서는 물러나줘야 했겠죠. 자연스러운 세대교체라고 해두는 편이 서로 편리하겠지요."

곽 상무는 세대교체를 인정할 수 없었다. 그는 비가 오나 눈이 오나 바람이 부나 매일 한강변을 따라 한 시간 이상 달리기로 건강을 다졌다. 곽 상무는 죽는 순간까지 청춘이고 싶었다. 그는 죽는 순간까지 해야 할 일이 많았다. 그래서 제 목을 겨누고 달려드는 후배의 싹을 잘라놓아야 했다. 곽 상무는 엄종세를 쫓아낸 후에도 단속을 게을리 하지 않았다. 제이, 제삼의 엄종세가 나타나지 않으리란 법은 없었다. 곽 상무는 손해배상 청구니 고소니 하는 말을 무시로 흘려 황야로 쫓겨난 낭인의 숨통을 조이는 한편 내부에서 고개를 들지도 모르는 싹을 짓밟았다.

"계수씨한테는 알렸어?"

"아직……. 집에 알리기 전에 어디 적당한 자리를 구할 생각이었는데, 쉽지 않네요. 무슨 눈에 딱 띄는 기술이 있는 것도 아니고, 내가 하는 일이란 게 자금이 바탕이 돼야 하는데, 그럴 만한 기업도 드물죠. 게다가 프로젝트 실패로 쫓겨난 꼴이니 어딘들 받아주기도 쉽지 않을 것이고요."

"짐작은 하고 있는 거 같아?"

"글쎄요. 짐작하고 있는지도 모릅니다. 내가 먼저 말할 때까지 기다리는지도 모르죠. 내가 말할 준비가 될 때까지 말입니다. 예민한 여자니까 그럴 수도 있겠지요."

"실업급여는?"

"아직 신청 안 했어요. 곧 일자리가 생기려니 했어요. 그런 걸 신청하면 집에서 금방 눈치를 챌 것 같기도 하고."

"그래도 해야지."

"이제는 해야죠."

최종기는 실업급여에 필요한 내용을 엄종세에게 알려주었다. 구직 노력을 증명하기 위해 업체를 찾아다녀야 한다고 했다. 자신의 대학친구가 운영하는 업체 몇 군데를 소개해주겠노라고 덧붙이기도 했다.

"빨리 자리 잡아야지. 나도 알아볼게……."

일없이 지내는 몇 달이 불편하고 지루했다. 하릴없이 시간을 보내는 자리는 자신의 자리가 아니었다. 서점과 미술관과 박물관을 오가며 그는 많은 생각을 했다. 자신의 어제와 오늘에 대해, 그리고 각자의 자리에 대해 생각했다.

사람이든 동물이든, 사물이든 제자리에 있어야 한다. 제자리가 아니면 불편하거나 지루하다. 제자리를 잃은 사물은 별 쓸모가 없다. 지금 이 자리가 불편하거나 지루하다면 이 자리는 내 자리가 아니다. 내가 누구이고, 어디에 있어야 하는지 알아내는 방법은 간단하다. 지금 이 자리가 아늑하고 편안한가? 하다못해 무난한가? 하는 일이 힘에 부치거나 지루하지는 않은가, 남들만큼 적당한 업적을 내고 있는가를 살펴보면 분명해진다. 그렇게 보면지금 이 자리는 내 자리가 아니다. 공원과 피시방, 서점과 지하철역사는 아무리 생각해도 내 자리가 아니다.

엄종세는 십삼 년에 걸친 회사생활이 피로했지만 지루한 적은없었다. 출근하면 저녁이었고, 퇴근하면 아침이었다. 월요일이다싶으면 토요일이었고, 한 해를 시작했구나 싶으면 송년을 맞았다. 한 가지 프로젝트를 끝냈다 싶으면 어느새 다른 일을 손에 쥐고있었다. 그는 민첩하게 움직였고 제대로 움직였다. 그가 일하는방식과 과정에는 낭비가 없었다. 엄종세가 이사급 대리, 이사급과장, 이사급 부장이라는, 말하자면 칭찬과 비아냥거림이 섞인 소리를 들었던 것은 당연했다. 그는 입방아를 찧는 쪽보다 입방아의 대상이 되는 쪽이 주체적으로 살아가는 쪽이라고 생각했다. 느린 강물을 따라 흘러가는 사람은 입방아에 오르지 않는 법이다. 엄종세는 입방아를 두려워하지는 않았다. 입방아 소리가 높아질수록 자신이 전선에 다가서고 있음을 알았고, 전율했다.

"당분간 학원에서 일해보는 것은 어때?"

"입시학원 강사 같은 거 말입니까?"

"미안해. 그저 당장 몸 두기는 그런 데가 쉽지 않을까 해서 해본 말이야. 미안해……."

최종기는 엄종세의 대꾸를, '나더러 지금 학원 강사를 하란 말입니까?' 하는 말로 이해했다. 그러나 엄종세는 그렇게 생각하지는 않았다.

'오라는 데는 없다. 학원 강사. 나는 여태 왜 그 생각을 못했을까? 유명학원이나 도심의 잘 나가는 입시학원이라면 어렵겠지만 어디 변두리 작은 학원이라면 나를 써주지 않을까. 영어나 수학이라면 아직 해볼 만하지 않을까. 한두 달 정도만 열심히 입시관련 책을 들여다본다면 아이들 가르칠 만한 수준은 될 것이다. 어디 유명한 강사의 강의를 찾아다니며, 가르치는 요령이나 유머 따위, 진도를 나가는 정도를 익힌다면 당장 자본을 투자하지 않고 일을 시작할 수 있을 것이다.'

최종기를 비롯한 회사 동료와 거래업체 사람들은 물론이고 친인척들도 죽은 아버지에 대해 구체적으로 묻지 않았다. 그저 올해 연세는 얼마나 되셨는지⋯⋯, 어쩌다가 이런 큰일을 당하셨는지⋯⋯, 너무 일찍 가셨네⋯⋯, 상심이 크겠네⋯⋯, 라고 의례적인 인사를 했다. 사람들이 아버지에게 대해 이런저런 이야기를 묻지 않는 것은 다행이었다. 아버지의 근황에 대해 아는 것이 없었다.

　손님들이 떠나고, 아이들이 잠들자 아내는 상주들을 위해 따로 마련된 방으로 건너갔다. 엄종세가 저녁을 먹으라고 했지만, 입맛이 없다고 했다. 아이들 먹을 음식을 따로 준비해 온 아내는 아이들이 저녁을 먹을 때 옆에서 조금 먹었을 뿐이었다.

　문상객이 모두 떠나고 아내가 상주 방으로 들어간 후에도 장기풍은 나타나지 않았다. 밤 열 시를 넘기고 있었다. 엄종세는 장기풍이 다시 찾아와주기를 바랐지만 오지 않았다.

아버지 엄시헌

아버지의 금고 위에 덮어놓았던 상복을 걷어냈다. 금고에는 상
표명과 모델명에 디지털식 이중 잠금장치, 경보기 장착, 무게 칠
십삼 킬로그램이라는 라벨이 붙어 있었다. 자신의 주민등록번호
뒤 일곱 자리와 샤프 단추를 누르자 잠김 해제를 알리는 낮은 모
터 소리가 났다. 금고는 엄종세가 처음 본 그대로였다.

맨 먼저 눈에 들어온 게 보험가입증서였다. 일 년짜리 무료 보
장보험과 사망을 전제로 찾을 수 있는 보험, 만기환급형 보험, 무
배당 보장성 건강보험 따위였다. 대충 계산해도 법적 상속인인
자신이 받게 될 보험 금액은 사억 원이 넘는 듯했다. 보험증서 아
래에는 예금통장이 얌전하게 놓여 있었다. 낮에도 본 누런 메모

공책과 편지 묶음도 그대로 있었다. 편지는 대부분 어린 시절 자신이 아버지에게 보냈던 것들이었다. 공책에는 아버지가 이곳 김천에 정착한 이후의 일이 기록되어 있었다. 한두 줄로 된 간단한 감상에서부터 페이지를 넘겨가며 쓴 내용들도 있었다. 마음에 들었던 문장을 출처와 함께 밝혀놓기도 했다.

내가 생각해야만 하는데도 생각하지 않은 것과 말해야만 하는데도 말하지 않은 것. 행해야만 하는데도 행하지 않은 것. 그리고 내가 생각하지 말아야 하는데도 생각한 것과 말하지 말았어야 하는데도 말한 것. 행하지 말았어야 하는데도 행한 것. 그 모든 것들을 용서하소서. – 페르시아 조로아스터교 경전 기도문 중에서

경전 기도문은 언젠가 아버지의 편지에도 인용돼 있던 문장이었다. 엄종세가 대학생이던 시절 보내온 편지에서 아버지는 '네가 저질렀던 과오보다 네가 마땅히 해야 했지만 하지 않았던 일과 말에 대해 반성해라'고 쓰고 있었다.

엄종세는 중학교 일 학년 때 자신이 아버지에게 썼던 편지를 금고에서 꺼내 읽었다. 오래전 자신이 보냈던 편지를 다시 읽는 기분이 묘했다. 편지는 여러 번 접고 폈던 자국이 선명했고, 너덜너덜했다. 자신이 보낸 편지를 읽고 또 읽던 아버지의 모습을 상

상해보려고 했지만 좀처럼 그림이 그려지지 않았다.

두한이가 제 짝입니다. 김두한과 이름은 같지만 정두한입니다. 이 아이는 우리 반 꼴찌입니다. 우리가 짝이지만 너무 다르다고 선생님들이 자주 말씀하십니다. 저는 이번 중간고사에서도 일 등을 했습니다. 전교에서는 이 등을 했고요. 제가 두한이를 가르쳐주고 공부도 같이 했는데, 두한이는 통 성적이 오르지 않습니다. 아마 두한이는 공부시간에도 딴생각을 하는 모양입니다. 교과서와 공책엔 온통 만화만 그립니다. 책장을 좌르르 넘기면 무협 드라마가 펼쳐집니다. 만화영화 같습니다.

　두한이가 그저께 학교에 공구를 가져왔습니다. 펜치도 있고, 망치, 쇠로 만든 자, 드라이버와 몽키 스패너도 있었습니다. 은색으로 반짝반짝 빛나는 새 공구들인데 아이들이 몰려와서 구경했습니다. 두한이는 저더러 마음에 드는 것을 하나 가지라고 했지만 저는 손도 대지 않았습니다. 제가 무슨 거지도 아닌데 남의 물건을 공짜로 얻겠습니까. 저는 몽키 스패너를 갖고 싶습니다만 그래도 말을 하지는 않았습니다. 두한이는 아이들한테 공구를 하나씩 팔았는데, 몽키 스패너는 맨 마지막까지 팔지 않고 갖고 있었습니다. 저한테 주려고 했던 모양이지만 어제 결국 그 몽키를 오백 원에 상철이한테 팔았습니다. 작고 귀여운 몽키입니다. 은색으로 반

짝이는 정말 좋은 몽키 스패너인데, 아쉽게도 이제는 상철이 물건이 돼버렸습니다. 상철이는 그 몽키 스패너를 잃어버릴까 걱정이 되었는지 학교에 가지고 오지도 않습니다. 한번 만져보면 참 좋겠습니다.

며칠 후 엄종세가 학교에서 돌아왔을 때 그의 책상 위에 아버지가 보낸 편지와 몽키 스패너가 놓여 있었다. 은색으로 빛나는 아주 앙증맞은 몽키 스패너였다. 엄종세는 그 몽키 스패너를 꽤 오랫동안 가방에 넣어 다니곤 했다. 장화를 새로 장만한 아이가 비 오는 날을 기다리듯, 풀거나 조여야 할 나사가 없나 공연히 두리번거렸다. 걸핏하면 책걸상의 나사를 풀고 조이기도 했다. 세월이 지나고 생각해보면 그다지 재미있을 일이 아니었는데, 그 시절 그는 은색 몽키 스패너를 들고 사춘기 한때를 즐겁게 보냈다.

몽키 스패너를 보내주신 아버지에게 답 편지를 썼는지 안 썼는지 기억나지 않았다. 아버지의 금고에서 나온 편지 뭉치 중에 몽키에 관한 답 편지가 없는 것으로 보아 답 편지를 쓰지 않았던 모양이다.

아버지는 내가 그 몽키 스패너를 쥐고 기뻐하는 모습을 보고 싶었을 것이다. 어째서 이제야 그걸 알았는지 모르겠다. 그때 아버지에게 몽키 스패너가 정말 마음에 든다고 편지를 썼더라면 얼마나 좋았을까. 이걸 쥐고 있으면 온 세상을 다 가진 것 같다고 편지에 썼더라면 얼마나 좋았을까. 조금도 과장이 아니었다. 그 시절 은빛 몽키 스패너를 손에 쥐면 온 세상을 다 가진 듯 기뻤다.

어른이 된 후에도 엄종세는 고속도로 휴게소에서 트럭 좌판에 공구를 펴놓고 파는 상인들을 발견하면 휴게소 매점에서 사온 커피를 다 마실 때까지 공구를 구경하곤 했다. 그렇게 공구를 구경하면서 두한이가 학교로 가져왔던 공구세트를 떠올리곤 했다. 두한이는 제 아버지의 공구세트라고 했지만 새것이 분명한 공구를 헐값에 마음대로 처분한 것을 보면 훔친 게 분명했다. 단 한번도 점심 도시락을 싸오지 않았던 두한이, 일 년 내내 이런저런 물건을 가방에 넣고 와서 친구들에게 헐값에 팔던 두한이. 그 아이는 공부가 싫다며 고등학교에 진학하지 않을 것이라고 했다. 입시원서를 쓰던 날 두한이의 부모 중 누구도 학교에 오지 않았고 두한이 역시 원서를 쓰지 않았다. 그 아이에게 아버지와 어머니가 있는지 없는지조차 나는 알지 못했다. 생각해보면 두한이는 공부가 싫었다기보다 공부할 형편이 아니었다. 사내답지 않게 속눈썹이 길고 얼굴이 흰 아이였다. 중학교를 졸업한 뒤로도 반 아이들에 관한 소식이 이따금 들렸지만 어디에도 두한이 소식은 없었다. 결혼을 했을까, 아이는 몇 명일까, 어디서 어떤 일을 하며 살고 있을까. 가끔 두한이를 떠올릴 때마다 나는 그 아이가 도둑이나 사기꾼이 되지 않았을까 생각하곤 했다.

아버지의 금고는 타임캡슐 같았다. 분량이 들쭉날쭉한 데다 알아먹기 힘든 글씨로 무엇인가를 끼적거려 놓은 글이 많았다. 워낙 휘갈겨 쓴 데다 간단한 메모들이라 그것들이 무엇을 말하는지 짐작할 수 없었다. 어쩌다가 한두 군데 자신이 알 만한 이야기도 있었지만 토막토막 씌어진 글 대부분은 그가 이해할 수 없는 말들이었다. 엄종세는 마치 암호를 해독하는 기분으로 떠듬떠듬 메모를 읽어나갔다.

금고에서 나온 사진 석 장 중에는 엄종세의 가족이 모두 등장하는 사진도 한 장 있었다. 서울로 이사 오던 날 이삿짐을 내리고 대충 짐 정리를 끝낸 어머니는 당시까지 유일한 가족사진이었던 바로 그 사진을 꺼내 화장대 위에 놓았다.

고향에 살던 시절 찍은 사진이었다. 엄종세가 형과 남강에서 놀고 있었을 때 이웃집 형이 그들을 부르러 왔다.

"사진사가 왔어. 네 아버지가 너희들을 찾아. 얼른 집에 가."

아버지는 일 년에 한두 번 들를까 말까 한 사진사를 집에 붙들어놓고 자식들을 불렀다. 종세와 종석을 가운데 두고 아버지와 어머니가 양쪽에 나란히 서 있는 사진이었다. 종세와 종석은 바지를 무릎까지 둥둥 걷어 올린 모습이었다. 엄종세 자신은 무엇이 못마땅했는지 다소 뚱한 얼굴이었고, 형은 히죽 웃고 있었다.

아마 그날 모래사장에서 한창 재미있게 놀던 중이었을 것이다. 사진 속의 뚱한 표정은 사진 찍기보다 훨씬 재미있는 놀이가 그 앞에 있었음을 말해주는 것 같았다. 강가에서 함께 즐겁게 놀다가 억지로 불려왔을 게 분명한데도 형은 웃고 있었다. 사실은 웃는 게 아니라 입을 다물지 못해 히죽 웃는 것처럼 보였을 뿐이다. 그때 이미 형은 누구라도 금방 알아볼 정도로 몸이 비틀리고 있었다. 침을 흘리고 있었을 게 분명하지만 흑백사진 속에 침은 보이지 않았다. 사진 속 아버지는 늘씬하게 키가 크고 이목구비가 뚜렷한 미남이지만 약간 겁먹은 얼굴이고 어머니는 살짝 미소를 머금었지만 눈을 감고 있었다. 카메라 플래시에 놀라 눈을 감았을 것이다. 아버지는 그때 무엇을 두려워했을까. 종세는 알 수 없었다. 사진 속의 아버지는 분명히 겁먹은 얼굴이지만 살아오는 동안 한번도 두렵다는 내색을 하지는 않았다.

엄종세는 아버지의 금고 속에서 사진을 발견하고 나서야 어머니 화장대 위에 놓여 있던 그 사진이 어느 날부터 보이지 않았음을 알았다. 경북 김천에 정착한 후 아버지는 집에 있던 가족사진을 따로 챙겨간 듯했다.

삼십대 중반을 지나면서 엄종세는 자신이 인생에서 가장 강한 시기를 살고 있다고 믿었다. 삼십대 중반에서 마흔 중반까지가 인생에서 가장 강한 시기라고 판단했다. 실제로도 그는 강했다.

세상을 알 만큼 알았고, 경험도 있었으며, 좋은 교육을 받았다. 특별히 관리를 잘한 것은 아니지만 육체는 어떤 나쁜 신호도 보내지 않았다. 밤을 새워 일해도 끄떡없었다. 상대를 몰랐기 때문에 하룻강아지처럼 덤빈 게 아니었다. 엄종세는 진정으로 강했다. 그래서 인생의 승부를 걸고 싶었다. 인생에서 가장 강한 시기를 맞이한 사내로, 정신과 육체를 담보로 모든 것을 걸고 한판 승부를 벌이고 싶었다. 베트남 프로젝트는 이른바 인생을 건 한판 승부였다. 그런 그였기에 더욱 아버지를 이해하기 어려웠다.

아버지 통장에는 꽤 많은 돈이 있었다. 얼마나 되는지 알 수 없지만 땅 문서도 몇 장 있었다. 장기풍은 아버지가 비굴한 짓을 서슴없이 행했다고 했다. 악한이라고 불리는 것만 보아도 아버지 엄시헌이 어떻게 세상을 살았는지 알 만했다. 아버지는 돈을 쓰지도 않았고, 그 돈을 자본으로 사업을 불리지도 않았던 것이다.

'아버지는 마땅히 인생의 승부를 걸었어야 했다. 통장에 든 돈이면 작지만 무엇인가를 해볼 만했다. 늘 비굴한 얼굴로 굽실거리거나 야비한 짓을 하지 않아도 됐을 것이다. 그럴듯하게 살아서 자식들에게 자랑이 될 만한 아버지가 될 수도 있었을 것이다.'

지난밤 엄종세는 장기풍에게 어째서 아버지가 사내답게 인생의 승부를 걸지 않았느냐고 따지듯 물었다. 그 정도 돈이면 다른 일을 할 수 있을 것이고, 그랬더라면 적어도 비굴하고 야비한 삶, 남의 손가락질이나 받는 삶에서 벗어날 수는 있지 않았던가 말이다.

장기풍은 혀 꼬부라지는 소리로 대꾸했다.

"자네는 몇 살이고?"

"서른아홉입니다."

"서른아홉……. 서른아홉이라면 세상을 알 만한 나이가 됐나?"

"남자가 인생의 승부를 걸 만한 나이는 됐지요."

"마흔 언저리가 인생의 승부처라고 생각하나?"

"뭐 꼭 마흔이 승부처는 아니지만, 아버지는 승부를 걸어볼 충분한 조건이 되지 않았나 싶습니다. 그런데 굳이 남들의 손가락질이나 받는 일을 계속 하셔야 했나 싶은 생각이 듭니다. 자식들보기에도 안 좋고……."

장기풍의 말대로라면 '우리 아버지는 이런 분이다' 하고 남들에게 말하기에는 부끄러운 면이 있었다. 문상객 중에 누가 아버지에 대해 물었다면, 엄종세는 주저했을 게 틀림없다. 어떻게 내가 우리 아버지는 이런 일을 하며 살았습니다, 하고 말할 수 있다는 말인가. 엄종세는 고개를 저었다.

"자네 아버지 재산이 얼마쯤 되더나? 한번 들어간 돈이 나오는 꼴을 못 봤으니까 많이 벌었겠지? 모르겠다. 일억이면 어떻고, 이억이면 어떻고, 십억이 넘으면 어떻겠나. 그렇지만 자네 아버지는 그걸 밑천으로 인생승부를 걸 사람이 못 된다. 도박장을 열어놓고 도박판을 키우고, 돈벌이를 했지만, 자네 아버지가 화투장 잡는 것을 나는 본 적이 없다. 자네 아버지가 왜 화투장을 안 잡았는지 모르겠나? 그게 돈 놓고 돈 먹는 것이야. 한방에 잃을 수 있기 때문이다. 자네 아버지는 절대로 모든 걸 걸 사람이 아니었다. 한방에 따고 잃는 짓을 할 사람이 아니었다는 말이다. 부끄러운 일이라고 했나? 자네는 사나이라면 모름지기 모든 것을 걸어야 사내다운 걸로 보는 모양인데, 자네 아버지는 모든 걸 걸지 못했다. 단 하나도 걸기 싫어했다. 그저 남의 돈을 아귀처럼 긁어모았을 뿐이다. 왜 그랬는지 아나? 자네들 때문이었다. 자네 아버지는 처자식을 지키는 걸 자기 인생의 전부로 알았다. 자신이 살아야 처자식이 살 수 있는데, 무얼 걸 수 있었겠나? 운명아 비켜라, 모두를 걸었다! 이랬어야 했다고? 내 장담하지만 그런 말을 지껄이는 자식은 아버지 자격이 없는 놈이다. 책임을 아는 사내는 모든 것을 걸지 않는다. 절대로 걸 수 없다. 아무리 구미가 당기는 사업이라도, 아무리 좋은 패가 손에 들어와도 판돈 전부를 걸 수는 없다. 자네 아버지는 그런 사람이었다.

자네 말대로 엄 형님은 쪼잔한 사람이었지만 아버지 노릇이 무엇인지는 아는 사람이었다. 자네는 아버지가 살아온 방식이 못마땅한지 몰라도, 그러면 안 돼. 세상 사람들이 모두 자네 아버지 이름에 침을 뱉어도 자네는 아버지 앞에서 울어야 해. 내 말 무슨 말인지 알겠어? 자네 아버지가 정의로운 사람이었다는 말이 아니다. 그래 나쁜 놈이었다! 그렇기 때문에 세상 사람들은 누구라도 침을 뱉을 수 있다. 그래도 자식인 너는 그러면 안 돼! 자식된 놈은 마땅히 제 아버지 주검 앞에서 눈물을 흘려야 해! 너 말이야, 너는 네 아버지 앞에 엎드려 울어야 해! 내 말 알아들어? 너 말이야, 너는……."

장기풍의 말투는 어느새 자네에서 너로, 하게체에서 해라체로 변해 있었다. 그는 술에 취했고, 감정에 취했다. 취기가 감정을 과장했는지도 모른다. 장기풍은 멈추지 않았다. 그런데 어찌된 영문인지 그의 거친 말들이 꽉 막힌 속을 후련하게 씻어준다는 느낌이었다. 어쩌면 엄종세는 아버지의 삶을 비난함으로써, 장기풍에게서 아버지를 위한 변명을 듣고 싶었는지도 모른다. 아버지가 좋은 사람이 아닌 것은 분명해 보였지만 이제 와서 아버지를 원망하고 싶은 마음은 없었다. 진정으로 그랬다. 그럼에도 엄종세의 혀는 여전히 정의에 대해 이야기하고 있었다.

"정의? 도대체 네놈이 말하는 정의가 뭐야? 네 아버지의 정의는 처자식을 먹이고 입히는 거였다. 그 나머지는 아무래도 좋았다. 처자식이 딸린 아비한테 세상이 말하는 정의 따위가 도대체 무슨 소용이야! 처자식도 건사하지 못하는 놈이 무슨 놈의 세상 걱정을 해!"

장기풍의 눈은 술에 취한 듯 흐리멍덩했지만, 내용을 떠나 그의 말투는 취한 사람이 허투루 쏟아내는 일그러진 말이 아니었다.

"정의롭게 살고 싶지 않은 놈이 세상에 어디 있어? 자존심 세우며 우아하게, 폼 나게 안 살고 싶은 놈 있으면 여기 나와보라고 해! 제 자식 먹이고 입히는 일보다 정의를 더 따지는 놈이 뭐 그리 대단한 놈이야? 처자식 나 몰라라 하고, 정의니 자존심이니 명예니 하는 걸 찾는 개똥 같은 사내자식을 어디다 쓸 거야! 그런 놈들이 제 낯을 챙길 때 처자식들은 제 몫이 아닌 죄를 저질러야 한다는 걸 몰라? 진짜 정의로운 사내는 제가 해야 할 일을 아는 사람이야. 정의? 순 거짓말쟁이들, 비겁한 놈들, 무책임한 놈들이 제 못난 몸뚱이를 숨기는 그늘이 정의란 개똥이야. 알기나 해?"

지난밤 장기풍은 그런 식의 말을 되는 대로 마구 쏟아냈다. 엄종세는 장기풍의 말에 백 퍼센트 동의할 수는 없었다. 정의의 가치를 그처럼 깎아내릴 수는 없었다. 그렇다고 장기풍의 말을 궤변으로 치부하고 싶지도 않았다. 정의가 모든 가치에 우선한다고 말하고 싶지도 않았다. 장기풍이 말하는 정의가, 사회 일반의 정의와 같은 개념이 아니란 것쯤이야 충분히 짐작하고도 남았다.

　　　　　　　　* 　* 　*

　아버지는 일찍부터 일기를 쓴 모양이었다. 금고에는 남강가 고
향에 살던 시절에 관한 기록도 있었다. 엄종세가 지금까지도 잊
을 수 없는 행복했던 순간에 관한 이야기도 담겨 있었다.

　종세에게 돼지 한 마리가 생겼다. 경운기를 장만하느라 집에서 키
우던 소와 돼지를 모두 팔았다. 나는 소보다 경운기가 내게 더 어
울린다고 생각하지 않는다. 이것은 어울리고 안 어울리고의 문제
가 아니다. 선택의 문제도 아니다. 이른 아침부터 늦은 밤까지 탱
탱탱 시끄럽게 굉음을 쏟아내는 경운기 소리가 마음에 드는 것도
아니다. 마음에 들고 아니고의 문제도 아니다. 동네 어른들이 보
내는 곱지 않은 시선이 아무렇지 않은 것도 아니다. 그러나 소보
다 경운기가 적게 먹고 많은 일을 하는 것은 분명하다. 경운기는
기름을 대기만 하면 새벽부터 늦은 밤까지 불평 없이 일한다. 지
치는 법도 없다. 지금 내게는 그것이면 족하다.
　시골집치고 개 한 마리 키우지 않는 집은 우리 집뿐일 것이다.
시골의 사내아이에게 가축은 재산을 넘어 친구 같은 면이 있다.
가축 한 마리 없다는 사실이 마음에 걸렸는데 돼지를 많이 치는
정철이 이번에 자기 집 돼지가 새끼를 낳았다며 한 마리 주었다.

아직 눈을 못 뜨는 놈이라며, 종세더러 한번 키워보게 하라고 했다. 암컷이었다. 따로 돈을 치르지는 않았고 이놈이 자라서 새끼를 낳으면 한 마리 갚기로 하고 받았다. 내가 돼지를 안고 마당으로 들어섰을 때 종세는 뛸 듯이 기뻐했다. 환호하며 달려오던 종세의 얼굴, 바람에 아이의 흰 이마가 드러나는 순간 세상을 다 얻은 것처럼 행복했다.

아직 젖을 떼지 못한 돼지여서 읍내에서 분유를 한 통 샀다. 새끼 때 귀엽지 않은 짐승은 없겠지만 종세는 특별히 새끼 돼지를 귀여워했다. 종세는 하루 세 번씩 분유를 진하게 타서 숟가락으로 떠먹인다. 쪼그리고 앉아 돼지에게 분유를 먹이면서 종세는 말했다.

"아빠, 우리 돼지 코가 세상에서 제일 매끈한 코일 거예요."

그럴 것이다. 아직 눈을 뜨지 못할 뿐 매끈하게 젖은 코는 녀석이 건강한 돼지임을 증명하고 있었다. 돼지 코에 조심스럽게 손을 갖다 대는 종세를 보노라면 아이가 얼마나 행복해하는지 알 수 있다. 새끼 돼지에게 분유를 배불리 먹이고 일어서며 웃는 종세의 삐딱한 대문 이가 유난히 희게 느껴졌다.

종세에게 돼지는 가축이 아니라 친구 같은 존재다. 녀석은 돼지 목에 새끼줄을 묶어 산과 들로 돌아다녔다. 동네 아이들과 전쟁놀이를 할 때도 돼지를 데리고 다녔다. 얼마 전에는 녀석이 동네 아이들 앞에서 자랑스럽게 이야기하는 것을 들었다.

"내 돼지는 보통 돼지가 아니야! 오늘 전투에 군견으로 나랑 함께 참가한 거야."

순간 웃음이 나왔다. 모른 척 지나쳤지만 녀석의 천진함이 귀엽기도 하고 한편 걱정도 됐다. 돼지는 어차피 가축이다. 우리 가족을 위해 키우는 것이다. 종세가 그런 것을 자연스럽게 이해하려면 시간이 얼마나 더 지나야 할까.

종세는 돼지를 데리고 마을을 쏘다녔다. 다른 집 개와 맞닥뜨리게 하기도 했다. 돼지와 마주 선 개들은 컹컹 짖기도 하고 슬슬 피하기도 했다. 종세는 자기 돼지가 개들처럼 컹컹 짖기를 바랐고 신발을 물고 이리저리 흔들어대기를 바랐다. 돼지가 개처럼 도둑을 지켜주기를 바랐고 자신이 집에서 나갈 때는 꼬리를 흔들며 따라 나오고, 자신이 학교에서 돌아오면 달려 나와 마중해주기를 바랐다. 녀석은 돼지에게 짖는 법을 가르치려 애썼다. 돼지 앞에 엎드려 개처럼 컹컹 짖어 보이기도 했다. 땅바닥에 두 손을 짚고 강아지처럼 짖는 종세 앞에서 돼지는 심드렁했다.

차라리 강아지 한 마리를 사다 줘야 하는 게 아닐까. 아무리 가르친다고 해도 돼지가 개처럼 짖거나 도둑을 지킬 수는 없다. 돼지는 오직 꿀꿀거리기만 했다. 그럼에도 종세는 실망하지 않았고 가르치기를 중단하지도 않았다. 돼지는 결코 개가 될 수 없다는 것을 종세가 모를 리 없다. 아이는 다만 자신의 바람을 고집스럽게 실천하는 중이었다.

　동네 조무래기들이 구렁이 한 마리를 잡았다. 아이들이 작대기를 들고 빙 둘러섰고 구렁이는 오지도 가지도 못한 채 혀만 날름거렸다. 놈은 기회를 틈타 도망칠 궁리를 하고 있었으리라. 동네 개들은 뱀을 보고 슬금슬금 피하거나 컹컹 짖을 뿐 다가서지 못했다. 밖에서 놀다가 후닥닥 집으로 뛰어 들어온 종세가 얼른 새끼줄로 돼지의 목을 매고 끌고 나갔다. 돼지는 원래 뱀을 두려워하지 않는다. 종세의 돼지는 망설임 없이 구렁이 앞으로 다가가서 두 발로 구렁이를 짓이겼다. 그리고 날카로운 이빨로 구렁이를 뜯어먹었다. 그날 동네 조무래기들은 누구나 종세가 기르는 돼지의 특별함에 대해 인정했다. 아직 돼지와 뱀의 관계와 습성을 모르는 아이들이었다. 어쨌거나 종세는 그 일로 한껏 더 신바람이 난 듯했다. 비록 개처럼 짖지는 못하지만 개도 두려워하는 뱀을 단번에 짓이겨 버렸으니 말이다. 돼지를 팔아 강아지를 사 주려던 내 생각도 차츰 무디어졌다.

　종세는 학교에 가기 전에 돼지의 아침을 챙겼고, 돌아오면 저녁을 챙겼다. 녀석은 돼지먹이를 먼저 준 후 두 살 위인 제 형을 챙겼다. 형을 먼저 챙겨야 한다고 여러 번 당부했지만 녀석에게는 돼지가 우선이었다. 종석은 벌써 손이 곱아들고 몸이 삐딱하게 굽고 있다. 걱정이다.

종석은 날 때부터 온전치 않았다. 어떤 사람들은 제 엄마가 임신 중에 외양간에 오줌을 눴기 때문이라고 했고, 어떤 사람들은 삼신 할머니가 섭섭해하기 때문이라고 했다. 둘 중 어떤 경우에 해당한 다고 하더라도 내게 위안이 되지 않는다. 어떤 명백하고 불가피한 이유가 있다고 해도 수긍할 수 있는 일이 아니다. 나는 다만 내 아들이 낫기를 바랄 뿐이다. 내 아이가 치료를 받고 다른 아이들처럼 자랄 수 있다면 나는 어떤 일이라도 마다하지 않을 것이다.

종석을 데리고 부산의 대학병원엘 갔다가 왔다. 가는 데만 시외 버스와 시내버스를 네 번이나 갈아타야 했다. 넙데데한 얼굴에 금 테 안경을 쓴 의사는 호주머니에 두 손을 찔러 넣고 말했다.

"뇌성마비, 정신지체, 간질 증상이 복합적으로 섞여 있어요. 통 상 이런 아이들은 스무 살을 넘기기 어렵죠. 현재까지 의학으로는 그래요. 물론 예외는 있겠지만⋯⋯."

의사는 난처한 표정을 짓지 않았고, 말을 어렵게 하지도 않았 다. 원인을 알 수 없고, 선천성이라고 알아두면 된다고 간단하게 말했다. 의사는 언제 다시 와야 한다고 못 박아 말하지 않았다. 일 년이든 이 년이든 지나서 시간 날 때 오라고 했다. 그 말이 병원에 와도 소용없다는 말처럼 들려 기운이 빠졌다.

읍내 용하다는 침술원을 모조리 찾아다녔다. 상황버섯 달인 물 을 먹이고, 유황 먹인 오리를 먹이고, 지네와 굼벵이를 먹였다. 좋다는 말이 들리면 가리지 않고 먹었다. 아이는 나아지지 않았다. 세상살이를 아는 동네 어르신들은 말했다.

"이 사람 시헌이, 사람살이에 끼어들기 마련인 액이라고 생각하게⋯⋯."

나를 위로해주려는 어른들의 마음이었다. 그들의 마음을 안다. 그러나 나는 내 아들이 스무 살이 되기도 전에 죽어야 한다는 말을 사람살이에 끼어들기 마련인 액으로 받아들일 수는 없었다. 내가 소를 팔고 돼지를 팔아 경운기를 산 것도, 내 아이들에게 가축한 마리 없는 썰렁한 집을 만든 것도, 경운기를 몰고 이른 아침부터 밤까지 남의 집 일을 거드는 것도 그 때문이다. 밤늦게까지 남의 집 타작을 하느라 제사에 늦어 집안 어른들께 며칠 동안 언짢은 이야기를 들은 것도 그 때문이었다. 종석은 사 학년이지만 아직 가슴에 코 수건을 달고 다녔다. 일 학년 아이들이나 다는 수건이지만 일 학년 때부터 한번도 수건을 떼지 않았기 때문에 어색해 보이지 않는다. 언제까지 이럴 수는 없다. 의사는 이런 상태마저도 오래가지 않을 것이라고 했다. 이대로 내 자식에게 닥칠 가혹한 운명을 얌전하게 기다릴 수는 없다. 사람 많은 도시에 나가 살다 보면 방도가 생길 것이다. 돈을 더 많이 번다면 치료방법이 있을 것이다. 떠나야 한다.

아버지의 메모는 밤늦도록 타작 일을 거들어주고도 받지 못한 노임에 대한 아쉬움도 토로하고 있었다. 어른 아이 가릴 것 없이 동네 사람들이 모두 모여 남강에서 잡아 올린 물고기를 회쳐 먹던 날 풍경에 대해서는 기분 좋게 쓰고 있었다. 엄종세 자신도 어렴풋이 기억하는 어린 시절의 풍경이었다. 세숫대야마다 손질한 물고기가 넘치고 초장과 소주병을 든 어른들이 삼삼오오 모여 앉거나 서서 떠들며 먹고 마시던 날이었다.

그가 어른이 된 후에도 상처로 남아 있는 기억, 그토록 아끼던 돼지를 잡던 날에 대해서도 아버지는 쓰고 있었다. 자신에게만 아픈 기억으로 남아 있을 뿐 아버지는 까맣게 잊고 지내는 줄 알았던 옛 일이었다. 날려 쓴 글씨지만, 그날 일은 종세도 또렷하게 기억할 수 있었다.

아래 홍만철이 집에 가서 솥을 빌려왔을 때 종세가 생각보다 일찍 집에 와 있었다. 종세가 기르던 돼지는 네 다리를 묶인 채 마당에 누워 꾸르륵 꾸르륵 고함을 질러대고 있었다. 그 앞에서 종세는 새파랗게 질린 얼굴로 서 있었다. 종세에게 돼지를 선물로 준 정철이 난처한 얼굴로 아이를 달래는 중이었다. 종세는 막무가내였다. 동네 어른들한테 함부로 반말을 퍼붓기도 했다.

"왜 내 돼지를 죽이려는 거야. 왜 내 돼지를 잡는 거냐고?"

돼지도 마당에 널브러진 채 꽥꽥 소리를 질러댔다. 홍식이 아버지가 돼지 목에 칼을 대 목 부위 가죽을 조금 잘라냈다. 종세가 갑자기 달려드는 바람에 하마터면 칼을 들고 있던 그는 크게 다칠 뻔했다. 어른들이 종세의 팔과 어깨를 눌러 잡았다. 돼지는 죽는다고 소리를 질러댔다. 붉은 피가 조금씩 흘러나왔다. 홍식이 아버지가 돼지 목 깊숙이 칼을 밀어 넣어 이리저리 헤집었다. 피가 더 빨리 나오게 하려는 것이었다.

내가 뒤에서 종세를 안았다.

"종세야, 종세야, 종세야."

"아버지, 아버지!!!"

두 팔을 붙잡힌 종세가 발버둥쳤다.

"아버지, 내 돼지가 죽어요. 어른들이 내 돼지를 죽이고 있어요!"

종세는 나와 돼지를 번갈아 쳐다보며 외쳤다. 그때 본 종세의 눈물 젖은 얼굴을 잊은 적이 없다.

"아버지, 내 돼지가 죽어요!"

종세를 돌려세워 껴안았다. 뒤통수를 감싸 아이의 얼굴을 끌어당겼다.

"종세야, 생각보다 일찍 왔구나."

훌쩍이는 종세를 안고 집밖으로 나가는 동안 아이는 발버둥쳤다. 집에서 멀찍이 떨어진 곳, 더 이상 돼지의 울음소리는 들리지 않는 동네 가운데 마당까지 나온 후에야 아이를 내려놓았다. 종세의 작은 어깨를 잡고 달랬다.

"종세야. 우리는 서울로 이사 간단다. 그런데 서울에서는 돼지를 키울 수가 없단다."

"이사를 왜 가요!"

"가야 하니까."

"나는 가기 싫어요!"

"돼지를 키우고 싶어도 도시에서는 키울 수 없단다. 무슨 말인지 알겠니?"

"몰라요."

"도시에서는 여러 가족들이 한 집에 모여 산다. 그래서 돼지를 키울 장소가 없다. 우리가 서울에서 돼지를 키우면 다른 사람들이 냄새 때문에 살 수가 없단다. 돼지는 시골에서나 키울 수 있다."

"이사 안 가면 되잖아!"

"네 형은 많이 아파. 너도 알지 않니? 여기서는 치료받을 수 없다. 너는 네 형이 매일매일 아파서 힘들면 좋겠니?"

"아니요."

"그래. 형은 도시에 있는 큰 병원에 가야 해. 여기 있으면 많이 아파. 매일 아파서 울지도 몰라. 형은 커갈수록 더 아플지도 몰라. 그러니 도시에 가서 치료를 받아야 해."

우리는 서울로 이사했다. 비 내린 뒤 화창한 날이었고 아카시아 꽃향기가 진했다. 이삿짐을 실은 트럭은 울퉁불퉁한 길과 매끈하게 포장된 길을 번갈아 오래 달렸다. 고향을 떠나 낯선 곳으로 가는 길은 불안했다. 오전 일찍 출발했는데도 새로 살게 될 서울 집에 도착했을 때는 해가 지고 노을이 물들고 있었다. 낯설고 해 진 거리는 불안하고 서글펐다. 트럭 운전수 김씨는 시간이 생각보다 훨씬 더 걸렸다며 끝내 삼천 원을 더 달라고 했다. 핏대 올리던 그는 삼천 원을 더 받고 나서야 사람 좋은 웃음을 남기고 떠났다.

아버지를 생각하면 맨 먼저 떠오르는 기억, 언제나 우울하게만 여겨지던 그 장면이 어쩌면 아버지와 함께 한 추억이라는 생각도 들었다. 나쁜 기억을 꼭 나쁘게만 기억해야 할 이유가 있을까. 내게도 아버지에게도 그날의 기억은 아프고 슬픈 기억이었다. 서울로 이사 오고 아버지는 한동안 해 질 무렵이면 어두운 낯빛으로 앉아 있곤 했다. 서울 집으로 이사 오던 그날의 서글픔 때문이었는지도 모른다.

오늘 종세의 학교에서 운동회가 열리는 날이다. 아이 엄마는 종세가 나를 닮아 달리기를 잘한다고 했다. 종세가 다른 아이들보다 멀찍이 앞서 달리는 모습은 참 볼 만하다고 했다. 그 모습이 고향에 살던 시절 아이들 운동회날 학부형 달리기에서 내가 달리던 모습과 똑같다고 말했다. 두 손을 칼날처럼 세우고 앞뒤로 흔드는 모양까지 닮았다고 했다. 그렇게 말하지는 않았지만 아내는 내가 운동회에 참석해서 종세가 달리는 것을 구경하기를 바랐을 것이다.

종세가 달리는 것을 보고 싶다. 나를 닮았으니 달리기를 잘할 것이다. 종세가 달리는 모습은 생각만 해도 행복하다. 아이가 바람을 가르며 골인 지점으로 달려 들어올 때, 번쩍 안아줄 수 있다면 얼마나 좋을까. 아이가 상으로 받은 공책을 자랑할 때 그 머리를 쓰다듬고 칭찬의 말을 덧붙여줄 수 있다면 얼마나 행복할까. 만약 도시 학교에도 학부형 달리기 대회란 게 있어서, 종석과 종세가 보는 앞에서 내가 달리는 모습을 보여줄 수 있다면 얼마나 기쁠까. 그래서 종세가 제 친구들에게 아버지인 나를 자랑하는 모습을 볼 수 있다면 얼마나 행복할까. 그런 날이 꼭 올 것이다.

운동회에 관한 아버지의 메모를 읽는 엄종세의 눈에 눈물이 맺혔다. 새삼 서럽다는 생각도 들었다. 어머니는 아버지가 운동회에 참석할 수 없다고 며칠 전부터 단단히 못을 박았다. 그러나 그는 운동회날 아침까지, 아니 달리기 출발선에 서서도 학부모들이 앉아 있는 관중석을 두리번거리며 아버지를 찾곤 했다. 아버지는 끝내 오지 않았다. 일 등으로 골인했을 때, 선생님이 일 등이라고 손등에 도장을 찍어주었을 때도 아버지는 보이지 않았다. 다른 아이들이 참가상으로 공책 한 권을 받았을 때, 그는 다섯 권이나 받았다. 그러나 자랑할 만한 사람이 없었다. 어머니는 그저 웃기만 했다. 그런 날들이 못마땅하고 서러웠다. 그러나 아버지의 메모를 읽으면서 달리기 솜씨를 뽐내지 못한 자신보다, 일 등으로 들어오는 자식을, 다른 아이들보다 훨씬 잘 달리는 제 자식의 귀여운 모습을 볼 수 없었던 아버지의 젊은 날들이 더 서러웠다.

* * *

장기풍의 전화를 받은 것은 밤 열두 시가 지나서였다. 늦은 밤이었지만 술 취한 목소리는 아니었다. 장기풍은 대뜸 백만 원을 달라고 했다. 그 백만 원으로 비석을 만들 것인데, 이미 제작이 다 됐다고 했다. 엄종세는 자기한테 물어보지도 않고 어째서 그런 일을 했느냐고 따졌지만 장기풍은 웃기만 했다. 엄 형님의 뜻을 자신이 잘 알고 있다는, 다소 엉뚱한 말도 했다. 납득하기 힘들었다. 아무리 두 사람이 친한 사이였다고 해도 장례만큼은 자식이 알아서 결정할 일이었다. 매장한다는 생각은 처음부터 없었다. 매장을 하면 누가 철마다 찾아가서 엎드려 절하고 관리할 것인가. 사람이 찾지 않아 잡풀이 무성한 무덤을 만들 바에야 차라리 무덤이 없는 편이 나왔다. 장기풍이 전화를 내기 직전까지만 해도 엄종세는 화장을 한 후, 납골을 할 것인가 수목장을 할 것인가 정도로 생각을 정리하던 중이었다. 마침 얼마 전 신문에서 본 수목장 기사를 생각해냈고, 전화로 대충 가격과 상황까지 알아본 후였다.

"벌써 화장장 예약까지 마쳤습니다. 비석이라니요?"

"화장이야 해도 돼. 화장해서 봉분을 만든다고 나무랄 사람 있나? 벌써 비석까지 다 만들었다니까 그러네. 자네 어머니 무덤 옆에 모시게. 그게 도리야."

엄종세는 못마땅했지만 딱히 반박할 말이 없었고, 말할 기운도 없었다. 장기풍은 아버지를 어머니 곁으로 모시라고 했지만 어머니 무덤 옆에 얼마간이라도 여유가 있는지조차 기억나지 않았다. 장기풍은 발인 때 관을 멜 사람들이 있느냐고 물었다. 조문객마저 뜸한 마당에 발인 때 관을 멜 사람이 있을 리 없었다. 엄종세는 장례식장 측에 이야기해서 사람을 구할 작정이라고 했다. 장기풍은 그 문제 또한 자신에게 맡기라고 했다. 돈을 따로 내지 않아도 된다는 말도 덧붙였다.

장기풍은 또 '내일은 또 내일의 일을 해야 하니, 슬픔을 접고 잠을 좀 자두라'는 말도 했다. 그가 '슬픔을 접고'라는 말을 했을 때 엄종세는 좀 기막히다는 생각을 했다. 술에 취해 '너는 네 아버지의 무덤 앞에서 울어야 한다'고 주절거리던 그의 말도 떠올

랐다. 전화기 너머의 장기풍은 마치 작은아버지라도 된 사람처럼
굴었다.

* * *

장기풍은 아직 어둑어둑한 새벽에 빈소로 왔다. 대학생쯤으로
보이는 청년 다섯 명이 뒤를 따랐다. 엄종세는 그들이 누구인지,
아버지와는 어떤 관계인지 묻지 않았다. 아버지와 어떤 관계가
있어 보이지도 않았다. 어쩌면 장기풍이 자신에게서 받아낼 것이
라고 생각한 백만 원을 믿고, 고용한 사람들인지도 모른다. 그들
이 해야 할 일은 많지 않았다. 장례식장 영안실에서 영구차가 있
는 자리까지 기껏해야 삼십 미터 정도 관을 메고 걷기만 하면 그
만이었다.
영구차가 화장장에 도착했을 때는 먼저 도착해 차례를 기다리
는 사람들이 많았다. 화장장 직원은 족히 두 시간은 기다려야 할
것이라고 했다. 이미 예약했다고 말했지만 통하지 않았다. 모두
예약한 주검들이며, 도착한 순서대로 작업할 것이라고 했다. 모두
예약돼 있지만 도착하는 순서대로 떠나는 것은 죽음의 법칙이나
화장터의 법칙이나 같아 보였다. 기다리는 동안 엄종세의 가족과
장기풍은 화장장에 딸린 매점에서 간단히 아침을 먹었다. 일회용

밥그릇에 국밥을 담아 팔았다. 한 그릇에 사천 원이나 했지만 반찬은 일회용 플라스틱 그릇에 담긴 김치 쪼가리가 전부였다. 장기풍은 국밥을 두 그릇이나 먹었다. 그는 화장 차례를 기다리는 동안 소주를 마셨다. 엄종세도 함께 마셨다. 소주 맛이 유난히 썼다. 아내는 매점에서 귤과 사과를 사서 아이들에게 먹였다.

"밥을 먹이지 그래?"

"아침은 과일을 먹는 게 좋대요."

아내는 화장장에 딸린 가게에서 파는 밥을 아이들에게 먹이고 싶지 않은 눈치였다. 아침으로 과일이 좋으면 매일 아침마다 과일을 먹이지, 어째서 평소에는 밥을 먹이느냐고 쏘아붙이고 싶은 것을 참았다. 장례식이라고 하지만 문상객이 없었고 특별히 아내가 할 일은 없었다. 공연히 짜증을 내고 싶었던 것은 아버지의 죽음 앞에 시종 소극적으로 일관하는 아내의 태도에 대한 불만 때문이었다.

"엄마, 나 밥 줘."

"그냥 과일 먹어. 좀 있다가 나가서 맛있는 거 사 먹자."

밥을 달라는 인성이를 아내가 달랬다. 엄종세는 인상을 찌푸렸을 뿐 밥을 먹이라고 말하지 않았다. 아버지와 아내 사이에는 특별한 정도, 함께 나눈 추억도 없었다. 그러니 아내에게 시아버지를 화장하는 장소는 슬픈 장소라기보다 불결한 장소로 생각될 수도 있었다. 평소 엄종세의 태도 역시 그랬다. 가족 이야기를 별로 꺼내는 편이 아니었고, 가족 문제로 얽히는 것을 싫어했다. 친인 척들의 결혼식이나 장례식에도 부조금만 전하거나 가더라도 얼굴만 슬쩍 보이고 돌아오기 일쑤였다. 제사에는 거의 참석하지 않았다. 출장이나 회사 일을 핑계로 몇 푼의 제사비용을 냈을 뿐이었다. 그런 생활방식은 엄종세가 원하는 방식이었다. 물론 아내가 원하는 방식이기도 했다. 엄종세는 처자식인 네 명의 식구 외에 다른 어떤 가족적인 문제에 대해서도 별 관심을 기울이지 않았다. 관심은커녕 성가시게 생각했다고 말하는 편이 옳았다. 아내는 시아버지의 죽음에서조차 그런 태도를 떨치지 않았다. 박 형사에게서 처음 아버지 소식을 들었을 때 자신도 역시 먹고 난 '밥상'을 치우는 정도로 생각했다. 새삼 아내를 탓할 문제는 아니었다.

장기풍의 머리에 얹힌 모자가 삐딱했다. 머리에 반듯하게 얹혀 있어도 어울리지 않겠지만 삐딱하게 얹힌 모자 역시 어울리지 않았다. 그는 아침부터 마셔댄 소주 두 병에 기분이 좋아진 듯했다. 소주잔 든 손을 이마 높이까지 들어 올리며 마치 건배사라도 하는 것처럼 소리를 질렀다.

"에이, 잘 가라, 엄시헌! 가서 잘 먹고 잘 살아라!"

장기풍은 자리에 지긋이 앉아 기다리는 대신, 이곳저곳을 훑어보며 납골에 쓰는 항아리 가격을 묻기도 하고, 진열대 위의 항아리들을 통통 소리나게 쳐보기도 했다. 마치 외국 여행에서 남은 비행기 시간을 기다리느라 면세점에라도 들른 사람 같았다. 화장을 기다리는 사람들은 많았다. 상복을 입은 사람들 중에는 눈두덩이 벌건 사람도 있었다. 막 누군가의 관이 화로 속으로 들어갔는지, 이십 미터쯤 떨어진 작업장 쪽에서 여자들의 곡소리가 터져 나왔다. 아이들은 낯선 분위기에 압도돼 평소처럼 재잘거리지도, 까불며 뛰어다니지도 않았다.

"전부 중국산이야. 항아리 비싼 거 쓸 필요 없다고. 아무리 비싸도 벌레 먹는 것은 매한가지야. 이만 원짜리나 십만 원짜리나 백만 원짜리나 그게 그거야."

"예에……. 뭐 적당한 걸로 해달라고 이야기해놨어요."

"큰일 날 소리! 적당한 거라니! 딱 찍어서 이야기해줘야 해. 딱 찍어서 얼마냐고 묻고, 그걸로 해달라고 해야지. 가서 그렇게 이야기해. 이런 데서 믿고 거래하면 안 돼. 빨리빨리 가서 이야기해!"

술 취해서 흐리멍덩한 눈빛과 달리 장기풍의 말투는 단호했다. 어차피 한번 오면 다시 안 올 사람이니 이런 데서는 부르는 게 값이라고, 장례는 단골장사가 아니라 뜨내기장사라고, 그러니 단단히 해야 한다고 했다. 엄종세도 그 정도는 알고 있었다.

"걱정 마십시오. 딱 찍어서 해달라고 했어요."

"진작 그렇게 말할 것이지, 아무튼 잘했군. 믿을 놈이 따로 있지, 이런 데서 사람 믿으면 안 돼."

"그럼요."

"아아, 근데 내가 먼저 죽어야 하는데, 엄시헌이, 저세상에서도 형님이라고 불러야겠구먼. 아아, 참 나 더러워서."

장기풍은 농담과 진담 사이를 오고갔고, 매점 자리와 진열장 사이를 오고갔다. 그의 입은 담배와 소주 사이를 오고가느라 쉴 틈이 없었다.

"아저씨, 좀 궁금한 게 있습니다."

"뭔데?"

"아버지 휴대폰에 저한테 전화를 낸 기록이 많이 있었답니다. 처음에 박 형사가 그러더라고요. 저는 별로 아버지 전화를 받은 적이 없거든요. 박 형사는 그게 의심스러웠나 봅니다. 그래서 저를 용의자로 생각했던 모양입니다. 통화기록이 일치하지 않으니까 당연히 이상했겠죠."

"범인 잡혔다면서?"

"잡혔다고 하는군요. 교통감시 카메라에 찍힌 자동차를 조사해서 잡았다고 합니다."

"그런데?"

"저는 정말 아버지의 전화를 별로 받은 적이 없거든요. 박 형사가 통신사에 알아보니까 실제 통화가 이루어지지는 않았다고 확인해주더군요."

"그럼 됐지 뭘?"

"그러니까 아버지는 제 휴대폰으로 전화를 냈다가, 신호가 간다 싶으면 끊기를 반복했다는 말인데, 왜 그랬을까요? 전화를 걸었으면 통화를 하실 일이지, 호출 신호가 기지국에 도착하기 전에 끊은 이유가 뭘까요. 한두 번도 아니고……."

"글쎄, 아마 자네 아버지 휴대폰에는 자네 번호가 둘째 아들로 입력돼 있을걸?"

"그렇겠죠. 하지만 그거랑 발신기록이 무슨 연관이 있을까요?"

"자네 아버지는 그런 사람이야. 언제 어디서 무슨 일이 일어날지 모른다, 그런 생각을 늘 했을 거야. 자네들이 어릴 때는 자네들한테 무슨 일이 일어날지 몰라 걱정했을 테고, 당신이 늙은 뒤로는 자신한테 무슨 일이 일어날지 모른다고 생각했을 거야. 언제 죽을지 모른다는 생각에서 늘 주변정리를 했던 사람이니까. 아마 휴대폰 통화기록은 끈이었을 거야. 자네 아버지와 자네들을 잇는 끈 같은 거 말이야."

"……."

"혹시 무슨 일이 있으면 즉시 자네한테 연락이 가도록 해두려고 그랬을 거야. 휴대폰에 기록된 둘째 아들만큼 확실한 연락처가 또 어디 있겠나? 자네는 아버지 금고 비밀번호도 알고 있었다며? 자네 아버지의 모든 게 금고 속에 다 들어 있었어. 그리고 자네 아버지 휴대폰에는 무시로 자네와 통화한 기록이 있고. 생각해봐. 그것만큼 확실한 뒷정리가 어디 있어? 자네 아버지는 무슨 일이 생기더라도 자네나 주변 사람들이 헤매지 않도록 나름대로 준비한 거야. 그런 사람이니까. 자네 아버지가 휴대폰에 자네 연락처나 통화기록을 안 남겼다고 생각해봐. 그래서 죽은 지 한 달이나 두 달이 지나서 연락됐다고 생각해봐. 죽은 부모나 살아 있는 자식이나 꼴사납잖아? 요즘 세상에 뭐 그런 일이야 없겠지만, 사람 일을 어떻게 알겠나. 어쨌든 자네 아버지는 그런 것까지 염두에 두는 사람이었어."

할 말이 없었다. 아버지가 어떤 각오로 세상을 살아온 사람인지는 장기풍의 이야기와 아버지가 남긴 금고로 충분히 짐작할 수 있었다. 자라는 동안 '아버지가 그립다'는 마음 외에 자신이 어떤 생활의 곤란이나 고통을 겪지 않았다는 점은 아버지가 철두철미하게 자기 역할을 해냈음을 증명하고도 남았다. 아버지는 언제 닥칠지 모를 죽음과 뒤처리를 맡게 될 자식의 입장까지 염두에 두고 살았던 것이다.

"자네, 아직도 아버지를 원망하나?"

"아닙니다. 그 이야기는 마음에 없었던 말입니다. 정말로 그렇습니다. 그저, 누군가가 아버지를 변호해주는 마음이 고마워서 투정 부려본 것입니다. 그러니 오해하지 마세요. 제가 어떻게 아버지를 원망할 수 있겠습니까."

"그래, 그래야지. 세상 사람들이 다 욕을 해도 그만이지만 자네는 아버지를 원망해서는 안 돼."

"그런데 아버지는 사고 당일 밤에 어디를 가신 것일까요? 평소 생활습관대로라면 그 시간에 가게에 계셔야 하지 않았을까요?"

"사고가 났던 날이 수요일이지? 아마 컵라면 사러 읍내에 가셨을 거야. 목요일마다 자네 형을 만나러 가셨거든. 자네 형을 만나러 갈 때는 늘 컵라면을 갖고 가셨지. 컵라면이 떨어지면 밤늦게라도 읍내 슈퍼마켓에 나가 컵라면을 사오곤 하셨어. 자네 형이 컵라면을 그렇게 좋아한다고 하더구만……."

"네에……."

화장 차례를 알리는 안내방송이 나왔고, 일행은 작업장으로 걸어갔다. 화장시설에 도착한 지 한 시간 사십 분쯤 지났을 때였다. 예약 담당자는 두 시간쯤 기다려야 할 것이라고 했지만, 앞의 작업이 생각보다 일찍 끝난 모양이었다.

장기풍이 먼저 곡을 시작했다. 엄종세는 장기풍을 따라 어색하게 곡했다. 영문을 모르는 아이들은 눈만 끔뻑거렸다. 아내는 침울한 얼굴이었지만 곡을 하지는 않았다. 장기풍은 곡을 하다 말고 작업자의 허리를 쑤셨다. 그리고 꼬깃꼬깃 접은 만 원짜리를 꺼내 그의 손에 쥐여주었다.

"좋은 사람이 갑니다. 곱게 잘 빻아주소."

작업자가 무표정한 얼굴로 돈을 감아줬었다. 작업자는 제 손에 들어온 돈이 얼마쯤 되는지 가늠해보는 듯했다. 장기풍은 덧붙였다.

"평생을 일만 하다가 가시는 양반이오. 평생을 피로하게 서 있다가 겨우 등짝을 붙인 자리가 무덤 자리다, 이 말이오. 편히 쉴 수 있도록, 곱게곱게 잘 빻아주소."

작업자가 아버지의 관을 화로 속으로 밀어 넣었을 때 엄종세는 왈칵 눈물을 쏟았다. 눈물 때문에 화로의 벌건 불빛이 흩어져 보였다. 평생을 피로하게 서 있다가, 겨우 등짝을 붙인 자리가 무덤 자리라는 장기풍의 말이 눈물이 되었다. 눈가에 맺혔던 눈물이 흘러내리자 벌건 화로와 작업자의 손이 선명하게 들어왔다. 손에 집히는 대로 호주머니에서 지폐를 꺼내 허리를 굽히고 서 있는 작업자에게 건넸다.

"잘 좀 부탁합니다."

작업자는 그제야 빙그레 미소를 지었다.

"걱정 마소. 좋은 데 가실 겁니다."

화장을 마치고, 무덤 쓸 자리로 가는 자동차 안에서 엄종세는 장기풍이 화장터 작업자에게 수고비로 건넨 돈을 돌려주려고 했다. 장기풍은 사양했다. 절대로 받지 않겠다고 했다. 미안한 마음에 몇 번이나 돈을 돌려주겠다고 말했지만 그는 다시 그런 말을 하면 차에서 내리겠다고 했다.

고향의 어머니 무덤에 도착했을 때 인부 두 사람과 포클레인이 벌써 도착해 있었다. 장기풍이 불러 놓은 사람들이었다. 막노동판에서 뒹굴다 보니 전국에 한두 사람 모르는 사람이 없다고 했다. 예전에 어머니 장례식 때 무덤을 파준 포클레인 기사가 이번에도 와주었다고 했다. 미처 거기까지 생각을 못했던 엄종세는 고마움과 함께 하마터면 낭패를 당할 뻔했다며 안도했다. 장례를 치르는 데는 챙겨야 할 일이 많았다.

"고맙습니다. 바쁘실 텐데 이렇게 신경을 써주시고, 멀리까지 함께 와주셔서."

"뭘, 자네 아버지가 살아 계셨으면 지금 이 시간에도 자네 아버지 가게 근처에서 얼쩡거리고 있었을 거야. 그러니 이래나 저래나 마찬가지야. 오늘 이렇게 자네 아버지를 보내드리고 나면 내가 더 서운할 거야."

"정말 고맙습니다."

"정말이지 자네 아버지는 세상에 다시없을 사람이야. 사람들이 어떻게 생각할지 몰라도 나는 자네 아버지를 알아."

"그런데 아저씨는 왜 집으로 안 가시고……."

"내가 집은 무슨……."

"무슨 안 좋은 일이라도 있었습니까?"

"내가 좋고 안 좋을 일이 뭐가 있어."

"그러지 마시고 말씀해주세요. 제게 제 아버지에 대해 말씀해주셔서 얼마나 고마운지 모릅니다. 그러니……."

"할 이야기 없다니까 그러네."

"제 아버지를 이렇게 마지막까지 챙겨주신 분을 제가 조금은 알아야 하지 않겠습니까? 혹시 나중에라도……."

"나중에 뭘?"

"아닙니다. 그저 아저씨는 어째서 가족과 떨어지신 건지 궁금해서요."

"흐, 다 지난 일이지……."

"……."

"뭘 그렇게 사람을 빤히 쳐다봐?"

"죄송합니다."

"죄송할 일은 아니고……."

엄종세는 더 이상 묻지 않고 장기풍을 바라보았다. 그는 담뱃불을 붙여 깊이 빨아들였다.

"월남에서 고엽제를 맞았어. 베트남은 더운 나라야. 나무가 빼곡했지. 밀림에 들어가면 십 미터 앞도 안 보였어. 나무를 아무리

베고 산불을 질러도 그때뿐이었어. 베고 산불 지르는 속도보다 새순이 더 빨리 자랐거든. 베트콩은 그 속에 숨어 있었고······. 미군들이 어느 날부터 고엽제를 뿌리기 시작했지. 하늘에서 노란 가루가 꽃가루처럼 내렸는데 그때는 그게 무슨 약인지 몰랐어. 아무도 말 안 해주었으니까. 나무나 말려 죽이는 것으로 알았는데, 그게 아니었던 거지. 귀국할 때도 몰랐어. 나는 내가 무슨 풍토병에 걸린 줄 알았어. 베트남은 더운 나라니까. 병원에 가도 모르더라고. 나중에 알고 보니까 같이 월남에 갔던 사람들 중에 나 같은 병에 걸린 사람이 한두 사람이 아닌 거야. 조금 일찍 시작되거나 늦게 시작됐을 뿐이지."

"그렇다고 집을 나가버리면 어쩝니까? 어쨌든 식구들이 같이 풀어야지요."

"그러는 자네는 실직했다고 말했어? 사내들이란 게 그런 거야. 멍청한 건지, 뭔지 모르겠지만 그래. 처음에 나는 내 병이 가족들한테 전염되는 게 아닐까 싶어 걱정을 많이 했어. 하루에도 열두 번씩 자는 아이들 몸뚱이를 살펴보고는 했지. 혹시 내 병이 아이들한테 옮아간 것은 아닐까 싶어서 말이야. 아이들 몸이 멀쩡하면 안도했다가도 금세 또 살펴보고 또 살펴보고······. 그래서 떠났어. 몰랐으니까, 병을 옮기기 전에 도망치는 게 상책이라고 생각한 거야. 뭘 알았어야 말이지."

형을 만나다

엄종세는 형이 입원해 있는 청주의 영해병원으로 찾아가면서 스스로 물었다. 아버지는 어째서 형에 관한 이야기를 남기지 않았을까? 당신이 부재할 경우 발생할 수 있는 모든 문제를 염두에 둔 사람이 어째서 형에 대해서는 어떤 암시도 남기지 않았을까? 혼란이나 손해가 없도록 금고 맨 위에, 가장 먼저 눈에 띄는 자리에 둔 게 보험증서와 예금통장이었다. 오죽하면 휴대폰에 발신기록을 남기면서까지 자식을 배려한 사람이었다. 그런데 어째서 형에 관해서는 분명한 말씀을 남기지 않았을까. 알 수 없었다.

형이 입원해 있는 곳은 엄밀히 말하면 병원은 아니었다. 형은 병원 안의 별도 시설인 '룸비니 정원'에 살고 있었다. 말하기에 따라 입원이라고 할 수도 있고, 수용이라고 할 수도 있었다. 상주하는 의사가 세 명 있었지만, 환자들은 한 달에 한두 번씩 정기적으로 영해병원으로 가서 검진을 받는다고 했다. 수용자 대부분 정신 질환자, 지체장애자, 알코올 중독자였고, 몇몇은 마약 중독자라고 담당 간호사는 말했다.

룸비니 정원은 영해병원과 불교 단체가 공동으로 운영하는 시설이었다. 그러나 실제로 근무하는 사람들은 불교와는 별 상관없는 사람들 같았다. 이사장이라는 뚱뚱한 남자는 더구나 그런 일, 누군가를 배려하거나 돌보는 일을 할 사람처럼 보이지는 않았다. 그는 운동장과 사무실 건물 사이에 놓인 계단에 앉아 운동장에서 노는 수용자들을 향해 있는 대로 욕지거리를 쏟아내고 있었다.

늘씬한 몸매에 미인이라고 할 수 있는 간호사 역시 인상이 좋았지만 행동거지는 딴판이었다. 외부 손님인 자신이 보는 앞에서도 복도에서 만난 아이의 빡빡 깎은 머리를 사정없이 후려쳤다.

"선생님 보면 공손하게 인사하라고 했지!"

그 목소리에서 교양이나 친절한 간호사의 이미지를 찾을 수는 없었다. 사납고 경박한 목소리를 듣는 순간 간호사의 고운 얼굴과 늘씬한 몸매조차 천박하게 굴리는 몸뚱이처럼 여겨졌다.

"헤에에. 스생임 안영하세요오."

찰싹 소리가 나도록 머리를 맞은 아이는 그래도 좋다는 듯 히죽 웃었다.

"골칫덩어리들이에요. 말로 해서는 통 듣지를 않아요."

"제 형도 저 정도로 심합니까?"

"엄종석이는 말을 조금 알아들어요. 하지 말라고 따끔하게 뭐라고 하면 안 해요. 앉아 있으라고 하면 앉아 있고요."

간호사는 엄종세를 방으로 안내했다.

"며칠 전에 형사가 다녀갔어요."

"예에……."

"상심이 크시겠어요."

"고맙습니다."

방문 앞에 도착한 간호사는 노크하지 않고 문을 열었다. 문에는 밖에서 안을 들여다볼 수 있는 작은 창이 달려 있었다.

"인삼비누! 야, 인삼비누! 엄종석! 아니 죄송, 엄종석 씨 동생되시는 분이 오셨어요."

많이 보아도 서른 중반쯤 됐을 간호사는 마흔이 넘은 사람 이름을 함부로 불렀다. 어쩌면 남들이 보지 않는 곳에서는 형의 머리를 찰싹 소리나게 때릴지도 모른다. 시설은 깔끔했다. 넓은 정원과 전문의까지 갖춘 시설이었다. 흔히 아는 정신병자 수용시설처럼 지저분한 분위기는 아니었다. 바닥엔 마루를 깔았고 청소를 자주 하는지 정갈했다. 남자와 여자, 어린이와 어른이 분리돼 있었고 화장실도 수세식이었다. 수용자들을 쥐어박고 함부로 욕지거리를 해대고 있었지만 쇠창살이 달린 방에 가두는 것 같지는 않았다.

엄종세는 대번에 형을 알아보았다. 어릴 때와 그다지 달라진 것 같지 않았다. 그러나 형은 그를 알아보지 못하는 듯 멍한 눈으로 히죽 웃었다. 웃은 게 아니라 웃는 듯한 얼굴을 들었다. 형의 몸집은 무척 작았다. 별로 큰 편이 아닌 초등학교 고학년쯤 돼 보였다. 몸이 전체적으로 형편없이 말랐는데, 많이 먹지도 않지만, 먹어도 살이 찌지 않는다고 간호사는 말했다. 팔다리는 밀대자루처럼 가늘었다. 몸무게가 사십 킬로그램이 안 된다고 했다.

엄종세가 형의 손을 잡으며 앉자 방 한구석에 앉아 있던 남자아이가 비척비척 걸어왔다. 아이 역시 몸집이 무척 작았다. 아이는 다짜고짜 팔을 엄종세의 목 뒤로 둘러 껴안았다. 사람이 그리운 듯했다. 엄종세는 아이를 밀쳐내고 싶었지만 그러기도 난감했다. 간호사가 아이를 떼어서 멀찍이 앉혔다. 밀려난 아이가 다시 다가왔지만 간호사의 팔에 막혔다.

"연호는 사람을 보면 늘 그래요. 반가운 마음에 그러는 겁니다."

"이 아이는 몇 살인가요?"

"보자, 아마 연호가 스물두 살일 겁니다. 여기 들어온 이후 많이 좋아졌어요. 혼자 일어서고 걷기도 하니까요."

형 종석은 종세를 물끄러미 쳐다보았다. 얼굴을 보고 있었지만 눈을 맞추지는 않았다. 형의 눈은 어디도 아닌 곳을 바라보고 있었다. 아무런 의지도 담지 않은 공허한 눈빛이었다. 간호사가 종석을 의자에 앉히고 벨트로 가슴과 허리를 고정하고, 헝겊으로 팔목을 감아 고정하자 고개를 좌우로 흔들었다. 끊임없이 흔드는 모양이 마치 배터리가 약해진 시계추 같았다.

"어릴 때 저 정도는 아니었는데⋯⋯."

"사람에 따라 다르죠. 갈수록 조금씩 나아지는 사람도 있고, 갈수록 나빠지는 사람도 있고. 여기 사람들은 오래 못 살아요. 오래 살아야 서른 살쯤? 대부분 스무 살도 못 돼 죽어요. 엄종석 씨는 오래 살았죠. 아마 마흔쯤 됐죠?"

"사람은 알아봅니까?"

"자주 보는 사람은 알아보는 것 같은데, 잘 몰라요. 여기 사람들 다 그래요. 먹을 거 주면 좋아하고, 자기한테는 안 주고 남만 주면 눈을 흘기며 쳐다보는 게 고작이죠."

"형이 아버지는 알아봤습니까?"

"아마 그랬을 거예요. 하루종일 방바닥에 앉거나 누워 지내다가도 밖에서 아버님 오토바이 소리가 들리면 어기적어기적 걷거나 기어서 밖으로 나오곤 했거든요. 나름대로는 달려 나가는 것이었을 거예요. 아버님이 늘 오토바이를 타고 오시는 걸 알고 있었거든요. 아버님은 비가 오나 눈이 오나 오토바이를 타고 오셨어요. 밖에서 오토바이 소리가 들리면 엄종석은 어딘가 사람이 달라졌어요. 그 순간만큼은 정신이 돌아오는 것 같기도 하고, 낯빛이 밝아지는 것 같기도 하고……. 아무튼 오토바이 소리를 무척 좋아했어요. 아버지가 오시는 소리니까 그랬겠죠."

간호사는 엄종석이 이곳에서 한글을 배웠다고 했다.

"엄종석이 부정확한 발음이기는 하지만 떠듬떠듬 글자를 읽을 때 아버님은 눈물을 뚝뚝 흘리셨어요. 다 큰 어른이 눈물을 뚝뚝 흘리는데 옆에서 보고 있는 제가 공연히 눈물이 나려고 하대요. 저게 아버지구나 싶었죠. 우리는 글자를 가르칠 생각 같은 거 안 하거든요. 사실 가르쳐봐야 소용없고요. 그런데 아버님께서 엄종석한테 글을 가르쳤어요. 초등학교 저학년짜리 책을 가져와서 몇 년 동안 지치지도 않고 가르쳤죠. 그런데 정말이지 엄종석이 책을 읽는 거예요. 우리는 다들 놀랐어요. 놀랐다기보다 이해할 수 없었어요. 엄종석이 뇌 구조로는 글자를 읽을 수 없거든요. 그 점은 지금도 의문입니다. 정말 엄종석이가 문자를 익힌 것인지, 아버님이 늘 읽는 것을 따라서 습관처럼 되뇐 것인지 알 수 없어요. 물론 지금은 글을 못 읽어요. 작년부터 상태가 급속도로 나빠졌거든요. 이제 엄종석도 얼마 안 남은 거 같아요."

간호사는 환자의 동생을 앞에 세워두고 '당신 형의 생명은 얼마 남지 않았다'는 말을 아무렇지 않게 했다. 마치 손목시계를 쳐다보며 '이제 곧 저녁식사 시간이네요' 하는 투였다. 종세가 손을 잡고 다시 오겠다고 인사를 했지만 종석은 여전히 히죽 웃으며 고개만 시계추처럼 좌우로 흔들었다. 엄종세는 일어서면서 형의 손을 다시 한번 꼭 잡았지만 형은 어떤 반응도 보이지 않았다. 그는 다만 '으으으' 하고 불만에 찬 소리를 지르며 헝겊에 묶인 손을 빼내려고 안달했다.

"왜 저러는 거죠?"

"손가락을 빨려고 그러는 거예요."

엄종세는 무릎을 꿇고 앉아 헝겊으로 된 손목 끈을 풀어주었다. 간호사는 손가락이 다 짓무른다고, 안 된다고 했다.

"한 시간만이라도 좋습니다. 그래도 명색 동생인데, 동생이 찾아온 기념으로 손가락이라도 마음대로 빨도록 해주세요."

간호사는 어쩔 수 없다는 얼굴이었다. 엄종세가 일어나 방을 나오는데 연호라는 아이가 방문까지 따라 나와 방문을 잡고 섰다. 간호사가 연호를 밀어서 방바닥에 주저앉힌 다음 방문을 닫았다.

관리 사무실의 여직원이 내준 녹차를 마시며 이십 분 넘게 기다리고 나서야 엄종세는 문 부장을 만날 수 있었다. 그는 룸비니 정원의 상근 의사 세 명 중 한 사람이었고 환자의 입원과 퇴원은 그의 소관이었다. 아버지가 돌아가시고 없는 만큼 병원비를 비롯해 치료에 관한 이야기를 하고 싶었다. 사무실로 막 돌아온 문 부장은 엄종세와 마주 앉는 대신 잠시 나가서 걷겠느냐고 물었다. 그는 엄종세의 대답을 기다리지도 않고 문 쪽으로 걸어갔다.

"우리 시설은 사실 보통 수용시설과는 다릅니다. 좀 오래된 시설이기는 하지만 한국에서 이만한 시설을 찾기는 요즘도 어렵습니다. 설립한 지 오래되다 보니 건물이 낡아서 그렇지, 이만큼 전문적인 치료시설도 없고요."

"예에. 좋아 보입니다."

"방에 가셨을 때 보셨죠? 엄종석이 앉는 나무 의자 말입니다. 그 의자 값이 사십만 원입니다. 그저 밋밋한 나무 의자에 발판 달고, 안전벨트 달아서 사십만 원이나 받아요. 그만큼 비싸다는 겁니다. 우리나라는 장애인들이 살기 어려운 나라죠. 그나마 우리 시설은 불교 단체에서 지원해주니까 운영이 가능한 것이고요."

문 부장은 내내 두 손을 엉덩이 뒤로 맞잡은 채 걸었다. 그 모습이 마치 이곳에서 자신이 가장 어른임을 과시하는 듯했다. 엄종세는 잘 가꾼 정원과 제 마음대로 돌아다니는 환자들을 보면서 아버지가 신경 써서 고른 시설이라는 걸 알 수 있었다.

"이야기 들었습니다. 부친이 유명을 달리하셨다고요."

"예."

"그래, 이제 어떻게 할 작정입니까? 우리로서는 엄종석이 퇴원할 상태는 아니라고 봅니다만⋯⋯."

엄종세는 대답하지 않았다. 의사가 형을 퇴원시켜도 좋다고 한들 자신이 형을 어디로 데려갈 수 있다는 말인가? 데려가서 누가 돌보며, 어떻게 살게 한다는 말인가? 엄종세는 담배를 물었다. 수염이 희끗희끗한 남자가 다리를 반쯤 절며 두 사람이 서 있는 쪽으로 걸어왔다. 걸어오면서도 그는 엄종세의 담배에서 눈을 떼지 않았다. 그가 가까이 다가오자 문 부장이 소리쳤다.

"어이! 꼬지, 저리 가!"

꼬지라 불린 남자는 주춤했을 뿐 물러서지 않았다. 이쪽 눈치를 보다가, 별다른 제지가 없다는 걸 확인하고 조금 더 다가섰다. 문 부장은 담배꽁초를 구걸해 피우는 사람을 이곳에서는 '꼬지'라고 부른다고 했다. 그들은 연고자가 없거나 연고자가 있더라도 찾아오지 않는 사람들이다. 그들을 위해 간식비 한푼 들여보내주는 사람이 없으니 담배는 언감생심이다. 그들은 다만 주민등록이 살아 있고, 사람 머리수만큼 국가에서 지원하는 보호비로 먹고 자고 약을 타 먹을 뿐이다. 룸비니 정원과 영해병원이 보호자도 없는 사람을 수용하고 퇴원시키지 않는 이유이기도 했다. 문 부장은 그렇게 말하지 않았지만 환자가 있어야 병원이 있고 룸비니 정원이 있는 셈이었다. 꼬지라 불린 사내는 슬금슬금 눈치를 살펴가며 엄종세 앞으로 다가와 손을 내밀었다.

"좀 냉겨주시오, 좀만 냉겨주시오."

꼬지라 불린 사내는 부들부들 떨리는 손을 모아 간청했다. 며칠 동안 씻지 않았는지 얼굴이며 손은 까맸다.

"이 자식이, 너 내 말 안 들려? 저리 안 가!"

문 부장이 버럭 고함을 질렀다. 그는 손바닥을 들어 사내의 머리를 때리는 시늉을 했지만 때리지는 않았다. 폭력을 쓰기 싫다기보다 그 더러운 머리카락에 손을 대기 싫다는 눈치 같았다. 꼬지는 마치 문 부장의 손을 막겠다는 듯 두 손으로 머리를 가리고, 몸을 웅크리며 물러섰다.

"에이, 저걸 잡아 가둘 수도 없고. 저런 경우가 진짜 골칩니다. 정부 보조금을 받으니 수용은 하되 별다른 대접을 해줄 수 없는 경우죠. 정부에서 나오는 보조금은 필요한 것보다 늘 적거든요. 저 친구는 담배 없이는 하루도 못 사는 친군데, 나라에서 담배 피울 돈까지 지원해주지는 않거든요. 그저 먹고, 자고, 싸고, 간단한 진찰을 받는 정도랄까요. 큰병 걸리면 다 죽어요. 엄종석이 오늘날까지 살아 있는 것은 상당 부분 아버님이 들인 돈 덕분이라고 봐야 돼요. 아니면 진작에 죽었겠죠. 엄종석보다 상태가 양호했던 환자들도 벌써 황천길로 갔으니까요."

244

문 부장에게서 쫓겨난 꼬지는 오른쪽 식당 옆 벤치에 앉은 무리를 향해 비척비척 걸어갔다. 그들은 벤치에 앉거나 쪼그리고 앉아 담배를 피우고 있었다.

"어차피 엄종석은 병원에서 평생을 살아야 합니다. 낫는 병이 아닙니다. 알코올 중독자나 정신분열증, 조울증을 앓는 사람들은 일정 기간 치료를 받고 나면 많이 나아집니다. 그래서 퇴원도 가능하지만, 그래봐야 정상적으로 사회에 복귀하기는 어렵습니다. 대개는 일 년 안에 다시 들어오게 마련이죠. 나가서 뭘 해서 먹고 살 겁니까? 가족들도 환자가 여기 있기 싫다고, 다 나았다고 몸부림치니 퇴원은 시키지만 대책이 없는 거죠. 결국엔 또 들어옵니다. 왔다 갔다, 그러면서 한평생 보내는 겁니다. 여러 사람 속 썩이는 거죠."

"제가 어떻게 하면 좋겠습니까?"

"아버지가 돌아가셨으니 엄종석은 이제 보호자가 없습니다. 동생이 계시니 어떨지 모르겠습니다만 별 관계없을 겁니다. 아마 부친의 사망 사실이 접수되면 엄종석은 의료보호 일종이나 이종은 될 겁니다. 그러니 엄 선생이 엄종석의 병원생활에 별도로 비용을 대지 않아도 특별한 문제는 없을 것이고요. 지금까지 우리가 해온 특별한 보호나 관찰, 치료는 물론 더 이상 해줄 수 없지만요. 그 점은 우리가 규정대로 알아서 할 것이고……."

문 부장은 세상이 좋아졌다고 했다. 자신이 이 병원에서 근무를 시작한 십일 년 전만 해도 상상도 못 하던 일이라고도 했다. 나라가 잘살게 되니 옛날이라면 진작 죽었어야 하는 사람들도 죽지 않게 됐다고 했다. 세상에 우리나라만큼 굶어 죽는 사람 적고 얼어 죽는 사람 적은 나라도 드물다고, 안 해도 될 말을 했다.

"아무튼 우리나라 좋은 나라요. 덕분에 엄 선생 같은 사람은 저런 형을 두고도 별 신경을 안 써도 되고 말이오. 다음 달부터는 정부에서 목욕도우미도 파견한다니 엄종석이 몸에서 악취가 나는 일도 없을 겁니다."

엄종세는 아버지가 형에 관해 어떤 이야기도 남기지 않은 이유를 알 것 같았다. 자신이 자유롭게 판단할 수 있도록 내버려둔 것이다. 굳이 보살피지 않더라도 형이 그럭저럭 살아갈 것이라는 점도 알았을 것이다. 어쩌면 형이 살아갈 날이 이제 얼마 남지 않았음도 알았을 것이다. 아버지는 당신이 모든 것을 책임지려고 했을 것이다. 한 자식을 보살피기 위해 다른 자식이 힘겨워하는 모습을 보고 싶지도 않았을 것이다.

문 부장은 조금 전에 옆에 왔다가 식당 쪽으로 멀어진 꼬지를 바라보며 말했다.

"동생이 있는데 형을 저 친구처럼 내팽개쳐놓을 수는 없겠지요. 그렇다고 부담 가질 것은 없습니다. 부친이 하신 것처럼 매주 찾아오실 필요도 없고, 부친처럼 특별 관리비를 넣어주실 필요도 없습니다. 가끔씩 간식비나 조금씩 넣어주면 됩니다. 어차피 엄종석은 글자를 모르니 편지 같은 건 보내도 소용없고요."

다시 한번 형을 보고 싶었다. 지금 마음이야 곧 다시 찾아오겠다 생각하지만 일상으로 복귀하면 또 어떻게 될지 알 수 없었다. 치매에 걸린 부모를 버리는 자식, 날 때부터 심각한 이상이 있는 자식을 버리는 부모를 어떻게 싸잡아 비난할 수 있겠는가? 어차피 오래 살지 못할 사람인데, 그 짧은 세월 보살피는 것도 못 하겠더냐는 말은 행인의 언어일 뿐이다. 그 속에서 현재와 미래를 저당 잡힌 채 삶을 견뎌야 하는 사람들을 싸잡아 욕하는 것은 야박하다. 발병 육 개월 만에 죽고, 일 년 만에 죽고, 삼 년 만에 죽은 뒤에 사람들은 통곡한다. 그리고 이렇게 쉽게 가실 줄 알았으면 왜 그처럼 모질게 대했던가 후회한다. 그러나 이것은 어디까지나 지나온 세월밖에 알 수 없는 인간의 운명적 탄식이다. 고단한 미래가 언제 끝날지 결코 알 수 없는 인간에게는 사흘도 긴 세월이다.

혼자서는 아무것도 할 수 없는 아기들의 똥을 치우고, 젖을 먹이고, 여기저기 기어다니며 온갖 저지레를 일삼는 아기를 우리가 기쁜 마음으로 바라볼 수 있는 것은 희망이 있기 때문이다. 언젠가 저 혼자 걷고, 저 혼자 밥을 먹고, 알아들을 수 있는 말을 하고, 제 밥벌이를 하고, 어쩌면 뿌듯한 업적을 만들지도 모른다는 희망이 있기 때문이다. 그러나 아무 데나 똥을 싸고, 헛소리를 나오는 대로 지껄이고, 종일 이해할 수 없는 짓을 일삼는 인간에게 약속된 미래가 죽음이라면 누구라도 견디기 힘들 것이다. 미래가 희망적인 쪽과 미래가 절망적인 쪽은 대접이 다를 수밖에 없다. 엄종세는 자신의 형 역시 심각한 치매에 걸린 노인과 별반 다르지 않다고 생각했다. 어쩌면 지금 방으로 가서 형을 만나는 것이 마지막 만남인지도 모른다고 생각했다.

엄종세는 의자에 묶여 있던 손목을 풀고 형을 일으켜 세워 힘껏 안았다. 키가 너무 작아 아이를 안는 기분이었다. 머리카락에서 악취가 났다.

"형은 목욕을 언제 했습니까?"

"어제 했어요. 하나 마나지만……."

간호사는 아버님이 목요일마다 오셔서 목욕을 시키곤 하셨는데……. 지난주에는 안 오셨어요, 했다. 지난주 목요일이라면 아버지가 돌아가신 다음 날이었다. 어쩌면 그날 새벽에 돌아가셨는지도 모른다.

"여기 사람들은 씻는 걸 안 좋아해요. 목욕하기 싫어하는 사람들을 일주일에 한 번씩 강제로 목욕탕에 밀어 넣지만 소용없어요. 샤워기로 물만 뒤집어쓰고 그냥 나오거든요. 그렇다고 이 많은 사람들을 우리가 일일이 목욕시켜줄 수도 없고요. 그러니 목

욕을 해도 더러운 냄새가 나요. 엄종석 씨는 일주일마다 아버지
가 오셔서 따로 깨끗하게 목욕시켜주셨어요. 그래서 굳이 우리가
씻길 필요는 없었는데, 지난주에는 아버님이 못 오시는 바람
에……."

"아버지는 여기 오셔서 형과 무얼 하셨어요?"

"매주 오실 때마다 엄종석을 오토바이에 태워 운동장을 돌았어
요. 엄종석은 오토바이 소리가 들리면 일어나서 어정어정 밖으로
걸어 나와요. 걷다가 넘어지면 기어서라도 나왔어요. 안으로 들어
오지 않고 밖에서 기다리던 아버님은 엄종석을 번쩍 안아서 오토
바이에 태우고 운동장을 돌았어요. 그럴 때면 엄종석은 두 팔로
아버님 허리를 감고 코는 아버님 등에 처박고 있곤 했어요. 운동
장에서 놀던 환자들이 오토바이를 따라 달리다가 넘어져서 다치
는 일도 종종 있었어요. 오토바이 따라 달리지 말라고 주의를 줘
도 통 말을 못 알아들어요. 신기하니까요. 그래서 한번은 문 부장
님이 아버님한테, 오토바이에 엄종석을 태우고 운동장을 도는 것
을 그만두라고 말했는데, 아버님이 화를 벌컥 내셨어요. 그 표정
이 어찌나 무서웠던지 부장님도 두 번 다시 그 얘기를 꺼내지 못
했지요. 아버님은 비가 내리는 날도 오토바이를 타고 오셨어요.
비옷을 챙겨 와서 엄종석에게 입히고 질퍽질퍽한 운동장을 돌았
는데, 오토바이가 지날 때마다 오토바이 바퀴자국이 선명하게 생

겼어요. 사무실에서 창밖으로 그 광경을 보았는데, 공연히 눈물이 난 적도 있어요. 이상하죠. 제가 눈물이 없는 편이거든요. 그리고 이런 데서 일하다 보면 눈물나는 일보다 짜증나는 일이 훨씬 많아요. 나중에는 오토바이를 타고 운동장을 도는 모습이 우리 시설 트레이드마크가 되기도 했어요. 그게 벌써 몇 년인데요. 몇 년 전엔 영해병원 홍보영상에도 나온 적이 있어요. 몰래 찍고 나중에 말씀드렸는데 아버님은 별 말씀을 않더라고요."

엄종세는 창문 너머 운동장을 보았다. 운동장에 난 바퀴자국이 아버지가 형을 태우고 달리느라 낸 자국이라고 생각하자 눈물이 맺혔다. 다시 형을 쳐다보았지만 형의 눈에는 아무런 의지도 없었다.

"운동장 돌기가 끝나면 두 사람은 벤치에 나란히 앉아 이야기를 나누었어요. 무슨 이야기를 나눴는지는 몰라요. 아버님은 아주 오랫동안 엄종석의 손을 잡고, 머리를 쓰다듬고 껴안고 그랬어요. 엄종석이 어른이지만 외모나 생각은 어린아이나 다를 바 없었으니까요. 아버님이 손을 잡고 이야기하는 동안 엄종석은 마치 말을 알아듣기라도 하는 사람처럼 다소곳이 들었어요. 그리고 때때로 소리를 지르기도 했는데, 아마 나름대로는 웃음을 터뜨리느라 그랬나 봐요. 이야기가 끝나면 아버님은 엄종석을 목욕탕으로 데리고 들어가 씻겼어요. 일주일마다 한 번씩 깨끗하게 목욕을 한 덕분에 엄종석의 몸에서는 다른 환자들과 달리 악취 대신 비누 냄새가 났어요. 인삼비누 말이에요. 그래서 우리가 엄종석을 인삼비누라고 불러요. 아버님이 밖에서 사 오신 비누인데 향기가 아주 은은해요."

간호사는 아버지가 형의 손을 잡고 무수히 많은 이야기를 들려주었다고 했다. 아버지는 무슨 이야기를 그처럼 많이 하셨을까? 아마도 함바집에서 있었던 일, 마을에서 있었던 일, 어쩌면 내가 중학교 시절 반에서 일 등을 한 이야기와 몽키 스패너를 갖고 싶다고 쓴 편지에 대해서도 이야기해주셨는지 모른다. 어머니 이야기도 하셨을까? 어머니가 돌아가신 사실을 형은 알고 있을까? 아버지는 어머니가 돌아가셨다는 말씀 대신, 무슨 맹세나 다짐 같은 말씀을 하신 게 아닐까?

엄종세는 빈소를 지키면서 읽었던 아버지 메모를 떠올렸다.

'지금 내가 하는 생각, 지금 떠오른 생각, 지금 읽고 있는 이 책. 라디오에서 흘러나오는 이 음악. 여기 이 부분……. 그래 바로 이거……. 이런 것들을 기억해두었다가 내 아이들과 이야기하고 싶다. 그리고 아이들의 생각을 듣고 싶다. 요즘 들어 그런 기분이 들 때가 잦다. 단 한번만이라도 이런 느낌을 내 아이들과 나누고 싶다.'

아버지의 메모를 읽으면서 엄종세는 자신의 아이들을 생각했다. 그리고 자신이 쓰는 오만 원짜리 미국산 십년 다이어리를 생각했다. 한 페이지에 십 년 동안 매월 매일 같은 날의 짤막한 일기를 쓰도록 돼 있는 노트였다. 그래서 올해 오월 오일 페이지를 열면, 지금까지 지나온 매년 오월 오일에 자신이 무슨 일을 했는지, 무슨 생각을 했는지 알기 싫어도 알게 된다. 시중에 나와 있지 않아 인터넷으로 주문하고 우편으로 받은 제품이었다. 엄종세가 그 다이어리를 쓰겠다고 마음먹은 것은 아들 인성이 때문이었다. 제 누나는 그렇지 않았는데 인성이는 젖니가 나기 전부터 제 엄마가 잇몸을 잘 닦아주었지만, 이가 나자마자 곧 충치가 생기기 시작했다. 젖니 아홉 개를 때우고 은빛 거푸집을 씌워야 했다. 아이는 치과에 가기를 두려워했다. 치과에 한두 번 갔다 온 뒤로는 치과 이야기만 나오면 눈물부터 흘렸다. 우는 아이를 달래고 나무라며 치과에 다니는 일은 엄종세에게도 고통스러웠다. 두려움과 고통에 짓눌린 아이는 치과를 지옥처럼 싫어했고, 치과에 들어서면 나올 때까지 흐느낌을 그치지 않았다. 치과 의자에 앉아서는 잠시도 가만히 있지 못했다. 몸부림을 치고, 안간힘을 쓰느라 아이는 한겨울에도 땀을 물처럼 흘렸다.

아이가 요동치는 바람에 치료 중에 입안에 상처를 내기 일쑤였다. 아내는 몸부림치는 아이를 힘으로는 누를 수 없었다. 그래서 엄종세는 바쁜 와중에도 자신이 아이를 데리고 치과엘 다녔다.

다섯 살이던 인성이는 어린이집 수업을 마치고 집으로 돌아왔을 때 아버지가 집에 있으면 뛸 듯이 좋아했다. 번쩍 들어서 무등을 태우고, 안아서 비행기 놀이를 하고 이 방 저 방을 날아다니는 동안 아이는 잠시도 웃음을 멈추지 않았다. 함께 씨름을 하고 레슬링을 했다. 에너지가 넘치는 인성이는 제 누이와 달리 몸으로 부딪치는 장난을 좋아했고, 그런 장난을 받아줄 유일한 가족인 자신을 많이 따랐다. 그러나 치과에 다니면서부터 달라졌다. 종세가 낮에 집에 와 있는 날이면 자신이 치과에 가는 날이기도 했다. 녀석이 다니는 어린이집 앞에 엄종세가 자동차를 세우고 기다리기라도 하면 반가워하기는커녕 풀죽은 얼굴로 고개를 숙였다. 치과에 가는 동안 인성이는 한마디도 하지 않았다. '인성아, 괜찮아. 아픈 거 아니야. 가서 치료하고 우리 아이스크림 사 먹자' 하고 위로하면 울음을 터뜨렸다. 병원 앞에 도착하면 병원에 들어가지 않겠다고 떼를 쓰며 울었다. 치과 의자에 누워서는 일어나려고 안간힘을 썼다. 치료받는 동안 눈물과 콧물로 아이 얼굴은 범벅이 되었다. 그만하고 집에 가자고 떼쓰며 우는 아이를 보며 엄종세는 고통스러워했다. 그런 날 저녁이면 어김없이 십년 다이어리를 펼치곤 했다. 그런 탓에 행복한 날들이 더 많았음에도 다이어리에는 언제나 못마땅하거나 아쉬운 마음만 남아 있었다.

낮에 종일 전화통과 컴퓨터를 붙잡고 씨름했다. 오늘 들어오기로
한 자금이 들어오지 않았다. 진우토건 사장은 종일 자리에 없었
다. 내 전화를 피하는 것인지, 그도 백방으로 뛰고 있는 것인지 알
수 없다. 휴대전화도 받지 않는다. 밤 열두 시라도 좋으니 오늘 중
으로 연락을 달라고 비서실장에게 당부했다. 저녁에 인성이가 전
화를 냈다. 제 엄마가 대신 걸어준 것이리라. 오늘도 늦는다는 말
에, 인성이는 아빠 미워! 하고 소리치고 수화기를 내려놓았다. 인
성아, 미안하다. 아빠가 많이 미안하다. 잠시 저녁에 집에 들어갔
다가 다시 나올까? 아무래도 어렵다. 저녁엔 고교 동창인 박정호
부친의 빈소에 들렀다가 다시 회사로 들어와야 한다. 어쨌든 오늘
중으로 진우토건의 확답을 얻어야 한다. 곽 상무는 아직도 2차 자
금 투입을 결재하지 않고 있다. 진우토건 사장과 곽 상무가 고등
학교 선후배 사이란 게 마음에 걸린다.

인성이가 태어나서 처음으로 영화구경을 갔다고 한다. 제 엄마와
시내 메가박스로 가서 〈보그와 엘리엇〉이라는 만화 영화를 보았
다고 전화로 말했다. 일요일지만 회사에 나와야 했다. 함께 가지
못해 내내 아쉬웠다. 아내는 인성이가 극장에서 깔깔깔 소리내 웃
었고, 처음부터 끝까지 재미있어했다고 전했다. 인성이는 숫기가
없어 좀처럼 활짝 웃지 않는다. 그 웃는 얼굴이 참 볼 만했을 텐

데……. 인성이는 전화로 오늘 제 엄마가 사준 소방차를 자랑했다. 아빠한테도 특별히 보여줄게, 했다. 밤늦게 집으로 들어갔을 때 인성이는 빨간 소방차를 손에 쥔 채 잠들어 있었다. 아내는 말했다. 아빠한테 소방차 자랑한다고 많이 기다렸는데……. 잠든 인성이 얼굴에 불만이 가득하다. 미안했다. 묵직한 어깨 통증은 여전하다. 비타민을 챙겨 먹어도 통증이 좀처럼 가시지 않는다. 아내는 하루에 두 알을 먹지 그래요, 한다. 글쎄, 그러면 좀 나아질까.

엄종세는 자신이 아버지를 이해할 수 없었듯 아이들 역시 자신을 이해하기 어려울 것임을 알았다. 아버지는 자신이 이해할 수 없는 메모를 남겼고 자신의 다이어리 역시 아이들이 알 수 없는 것들이었다.

엄종세는 매주 한 번씩 형을 인삼비누로 따로 목욕시켜달라고 룸비니 정원 측에 부탁했다. 그리고 앞으로도 지금처럼 인삼비누로 불릴 수 있기를 기대한다고 덧붙였다. 목욕에 필요한 인건비와 인삼비누 값을 매달 보내겠다고 약속했다. 적어도 아버지는 형이 죽을 때까지 인삼비누로 목욕할 만한 돈은 남기셨다. 인삼비누 목욕이 아니라 형이 평생 인삼을 무처럼 먹어도 될 만큼 많은 돈이었다. 남길 수 없는 것도 많았다. 아버지가 남기고 싶었지만 남길 수 없는 것은 형을 태우고 운동장을 돌 때 터져 나오던 오토바이 소리와 벤치에 다정히 손잡고 앉아 나누던 무수한 말들일 것이다. 아버지는 살고 싶었을 것이다. 아버지는 살아서 오토바이에 형을 태워 운동장을 돌고, 벤치에 나란히 앉아 오래오래 이야기 나누고 싶었을 것이다. 그리고 어머니와 한 약속을 지키고 싶었을 것이다.

* * *

엄종세가 박 형사의 전화를 받은 것은 서울로 돌아오는 고속도로에서였다. 박 형사는 맥 빠진 목소리였다.

"단순 뺑소니 사건이네요. 조사해보니까 용의자들은 그날 밤 안으로 서울로 돌아가느라 서둘렀고, 운 나쁘게 사고를 낸 모양입니다. 범인들이 술을 마셨는지, 안 마셨는지는 알 수 없고 말입니다. 미안한 말이지만, 그 사람들과 엄 선생의 관계에 대해서도 면밀히 조사해봤는데, 별 연관이 없더군요. 학교도 그렇고, 거래 관계도 그렇고……."

박 형사는 범인들과 엄종세 사이의 '혐의점'을 조사했다고 거리낌 없이 말했다. 그리고 그들과 엄종세 사이에 별다른 혐의점이 없어 시시하다는 듯 한숨을 쉬었다.

"아직도 알 수 없는 게 있습니다. 사망한 엄시헌 씨가 엄 선생한테 무시로 전화를 냈다가 끊은 이유를 모르겠어요. 무슨 할 말이 있었을까요? 아무리 추론해도 감이 잡히지 않는다, 이 말입니다. 혹시 뭐 짐작 가는 것이라도 있습니까?"

"글쎄요. 별로……."

엄종세는 아버지 휴대폰의 발신기록에 대해 장기풍의 이야기를 전해주려다가 그만두었다. 그런 설명이 어떤 설득력을 얻을 것 같지도 않았고, 군이 박 형사의 의문을 풀어줄 이유도 없었다.

"또 하나는 범인들이 엄시헌 씨 시신을 배수로 관 안으로 밀어 넣었다고 하는데, 실제 시신이 발견된 곳은 배수로 바깥이라는 겁니다. 하긴 뭐 이 부분은 추정이 가능합니다. 아마 엄시헌 씨는 사고현장에서 즉사하지 않은 것 같습니다. 범인들은 사고 당시 경황이 없었기 때문에 사망여부를 분간할 수 없었던 모양입니다. 물론 워낙 상태가 심각했기 때문에 사고 즉시 병원으로 옮겼다 하더라도 목숨을 건졌을 거라고 보기는 어렵습니다. 안된 말씀이지만 대장과 간, 폐까지 아주 엉망이었어요. 그 정도면 즉사하는 게 일반적이죠. 어쨌거나 엄시헌 씨는 사고현장에서 바로 사망하지 않은 게 분명해요. 용의자들이 은폐할 요량으로 시신을 배수관 안으로 밀어 넣었는데 나중에 정신을 차린 엄시헌 씨가 배수로 입구로 기어 나온 모양입니다. 배수로 안쪽을 살펴보니까 몸을 끌고 나온 흔적이 남아 있어요. 안에 피가 홍건합디다.

사고 당일 진눈깨비가 오락가락했지만 배수로에 물이 흐를 정도는 아니었으니까요. 배수로 밖으로 나와서도 일정 부분 몸을 끌고 기어간 모양인데, 기껏해야 일 미터쯤 됩니다. 아마 그 일 미터가 중상을 입은 엄시헌 씨한테는 백 리보다 멀었을 겁니다. 내가 형사 생활 십오 년에 이런 경우는 처음 봅니다. 딱 보면 아는데, 엄시헌 씨는 놀라울 만큼 오래 버틴 것 같아요. 몸에 피도 거의 안 남아서 시반이 희미할 정도였으니까요. 아마 피가 몸에서 거의 다 빠져나갈 때까지 살아 있었던 모양입니다. 뭔가 꼭 해야 할 일이 남아 있었던 것 같은데, 그게 무엇인지 우리야 알 길이 없고…….”

아버지가 살아서 꼭 해야 할 일이 무엇이었냐고……. 만신창이가 된 몸으로도 아버지가 살기를 바란 이유가 무엇이었냐고? 당신이 어떻게 짐작할 수 있겠는가. 다음 날은 아버지가 형을 만나러 가기로 돼 있던 날이었다. 그래서 아버지는 죽을 수 없었다. 내가 설명을 한들 당신이 내 아버지의 절박하고 안타까운 심정을 이해할 수 있겠는가? 하물며 자식인 나도 몰랐던 것을 당신이 이해할 수 있겠는가. 엄종세는 목젖까지 솟아오르는 말을 안으로 삼켰다.

“언제 소주나 한잔합시다.”

박 형사는 기약 없는 인사로 전화를 끊었다. 통화를 끝내고 엄종세는 차를 갓길에 세웠다. 서럽고 고통스러웠다. 박 형사는 아버지가 사고현장에서 즉사하지 않았다고 말했다.

사망한 것이나 다름없는 상태로 배수관 안에 버려진 아버지는 의식을 회복했다. 그리고 만신창이가 된 몸으로 일 미터 이상을 기어서 움직였다. 다음 날은 형을 만나러 가기로 돼 있었다. 장기풍은 아버지가 읍내에서 형과 나눠 먹을 컵라면을 사서 집으로 돌아오는 길이었을 것이라고 했다. 그 시간이 얼마나 길었을까. 아버지는 얼마나 오랫동안 의식을 유지했을까.

아버지는 살고 싶었을 것이다. 그렇게 죽을 수는 없었을 것이다. 아버지는 살아서 형을 만나야 했다. 오토바이 뒷자리에 형을 태워서 운동장을 돌고, 지난 일주일 동안 아버지에게 일어난 일, 아버지가 생각한 것들을 형에게 들려주고 싶었을 것이다. 형의 곱아든 두 손을 잡고 낮은 목소리로 당신의 생각을 전하고 싶었을 것이다. 아버지는 그 길쭉한 손으로 형의 머리를 쓰다듬고 인삼비누로 깨끗이 목욕시키고, 컵라면을 후후 불며 함께 먹고 싶었을 것이다. 형의 울음에 가까운 소리를, 누구도 알아들을 수 없는 소리를 들으며 미소짓고 싶었을 것이다. 적어도 아버지는 '내가 몸을 많이 다쳐서 오늘은 너에게 갈 수 없다'고, '그러니 오늘은 기다리지 말라'고, 형에게 말이라도 전해주고 싶었을 것이다. 형이 아버지의 오토바이 소리를 하염없이 기다리도록 내버려둘

수는 없었을 것이다. 아무것도 모르는 자식이, 제 아버지에게 무
슨 일이 생겼는지 알 수 없는 자식이 하루종일 창밖을 바라보도
록 내버려둘 수는 없었을 것이다.

　눈을 감을 수 없었던 아버지가 마지막으로 본 것은 무엇일까.
마지막 순간에 아버지는 무슨 생각을 하셨을까? 오지 않을 당신
을 기다리는 형의 멍한 얼굴을 보았을까. 죽어가는 남편을 내려
다보는 어머니의 난처하고 두려운 얼굴을 보았을까. 어쩌면 나를
애타게 불렀던 것은 아닐까. 그래서 내게, '네 형을 부탁한다'고
말하고 싶었던 것은 아닐까. 아버지가 세상을 떠나시던 그 순간
에 나는 도대체 어디서 무슨 생각을 하고 있었을까. 어째서 나는
그 기막힌 순간에 내 아버지를 떠올리지 못했을까.

　병든 자식보다 먼저 죽지는 않겠다고, 죽어가는 어머니의 손을
잡고 맹세했던 아버지는 그 절망을 어떻게 견뎠을까. 식어가는
몸뚱이를 끌며 배수로 밖으로 기어 나오는 동안 아버지가 마주
섰을 절망을 생각하니 서럽고 고통스러웠다. 회사를 떠난 후 할
일 없이 공원과 서점과 미술관을 전전하던 그 많고 많은 날에 어
째서 아버지를 찾아갈 생각을 못 했을까. 박 형사는 사고가 나던
날 진눈깨비가 내렸다고 했다. 아버지는 얼마나 추웠을까? 얼마
나 안타까웠을까? 아버지가 홀로 감당했던 그 추위와 나눌 수 없
었던 절망을 생각하니 기가 막히고 억울했다. 그 순간 세상에 누

가 있어 내 아버지의 눈물을 닦아줄 수 있었을까. 자동차를 갓길
에 세우고 엄종세는 눈물을 흘렸다. 그리고 오랜 세월 잊고 지냈
던 어린 시절을, 젊었던 아버지의 모습을 떠올렸다.

에필로그

　남강 변 시골 마을의 아이들은 제 손으로 장난감을 만들었다. 새총도, 대나무 물총도, 비행기도, 연도, 배도, 활도 모두 제 손으로 만들었다. 장난감이 귀하던 시절이었고 어른들은 아이들의 장난감을 만들어줄 만큼 한가하지 않았다. 조무래기들이 만든 장난감은 볼품없었다. 썰매는 날이 비뚤비뚤해 속도가 나지 않았고, 연은 떠오르는 듯하다가도 곤두박질쳤다. 아이들이 만든 새총으로는 참새 한 마리도 잡을 수 없었다.

　엄시헌에게는 두 아들이 있었다. 누구나 그렇듯 그는 아이들을 사랑했다. 큰아이는 자기 장난감을 스스로 만들 수 없었다. 태어날 때부터 병을 앓던 아이는 그 무렵 이미 손이 곱아들고 있었다.

늘 손목을 굽히고 있었기 때문에 동네 조무래기들 사이에서 갈고
리라고 불리는 아이였다. 엄시헌은 썰매를 지칠 수 없는 큰아들
에게 날이 곧은 썰매를 만들어주었고 파란색 페인트칠까지 해주
었다. 동네 아이들 중에 앉은뱅이 썰매에 파란 페인트를 칠한 아
이는 그 아이뿐이었다.

　둘째 아들의 썰매도 만만치 않았다. 페인트칠이 돼 있지는 않
았지만 엄시헌의 솜씨 있는 손이 만들었고, 동네에서 가장 빠르
고 미끈한 썰매였다. 엄시헌의 두 아들은 동네에서 가장 멋진 썰
매를 가진 아이들이었다.

　동네 아이들은 형제의 미끈한 썰매를 타보고 싶어 했다. 썰매
를 지칠 수 없는 큰아들은 페인트칠이 된 자신의 멋진 썰매를 친
구들에게 빌려주고, 대신 그들의 조잡한 썰매를 발치에 세워둔
채 남강의 얼음 위에 멀뚱멀뚱한 얼굴로 서 있었다. 동생이 옆으
로 다가와 썰매를 지치라고 했지만 형은 히죽 웃기만 했다. 웃음
이 아니라 병이었다.

　엄시헌이 두 아들을 위해 만든 나무 자동차는 동네의 명물이었
다. 나무줄기를 깎고 구멍을 내 바퀴를 만들었고 그 위에 널빤지
를 얹었다. 손에 들고 노는 작은 장난감이 아니라 아이들이 타고
놀 수 있는 커다란 자동차였다. 동네 아이들 중에 그렇게 큰 장난
감을 가진 아이는 없었다.

엄시헌은 어린 두 아들을 나무 자동차에 태우고 동네의 골목과 아직 포장되지 않은 신작로 위를 다니곤 했다. 붉은 석양을 등진 채 엄시헌이 나무 자동차를 끌었고, 두 아이는 포플러 가로수가 줄지어 선 신작로를 바라보며 두 팔을 활짝 벌리고 환호했다. 아버지가 끄는 자동차를 탈 때 갈고리라는 별명을 가진 아이는 알아들을 수 없는 소리를 지르곤 했다. 아이가 지르는 이상한 소리를 알아들을 수 있는 사람은 앞에서 나무 자동차를 끄는 아버지뿐이었다. 아이가 소리를 지르면 아버지는 고개를 돌려 환하게 웃은 다음 달리기 시작했다. 아버지 엄시헌이 울퉁불퉁한 신작로 위를 달리기 시작하면 갈고리는 으으으 소리를 질러대며 좋아했다.

엄시헌이 자신의 어린 자식들을 나무 자동차에 태우고 줄을 끄는 모습은 그 동네에서 익숙한 광경이었다. 엄시헌은 자주 뒤를 돌아보며 웃었고 그의 어린 아이들은 환호성을 질렀다. 해가 산 뒤로 넘어가고 집집마다 저녁 짓는 연기가 오르던 무렵이었다.

저자 후기

나는 아버지를 미화하거나 복고를 주장할 생각은 없습니다. 정의의 가치를 훼손할 마음도 없습니다. 다만 아버지 된 자, 남편 된 자의 임무를 수행하느라 만 가지 슬픔과 고통을 감내해야 했던 내 아버지의 삶에 경의를 표하고 싶을 뿐입니다.

엄시헌처럼 내 아버지 역시 도시로 이사 온 후 자식인 나의 운동회에 오실 수 없었습니다. 그러나 나는 내 아들의 운동회에 갔습니다. 그리고 내 아들이 두 주먹 불끈 쥐고 바람에 흰 이마를 드러내며 달리는 모습을 보았습니다. 기뻤습니다. 내가 내 아들의 운동회에 참석할 수 있었던 것은 내가 사는 세상을 만들어낸 내 아버지의 수고 덕분일 것입니다.

많은 사람들의 지적처럼 우리 아버지 세대가 피투성이 속에서 길러낸 것이 독버섯인지도 모르겠습니다. 그러나 독버섯 그늘 아래에서 자란 우리가 약초를 기르려 애쓰고 있으니 감사하고 다행한 일이 아닙니까.

장삼철이란 남자가 있습니다.

그는 시인의 손을 갖고 태어났지만 기꺼이 트럭 운전대를 잡았습니다. 실직했던 시절 그는 '처자식을 먹이고 입힐 수 있다면 무슨 일이든 하겠다'고 말했습니다. 그리고 트럭을 끌고 밤낮으로 전국을 누빕니다. 그는 운동신경이 무딘 사람입니다. 그래서 자신의 두 아이들도 그러리라 생각했고 오래전부터 시간이 날 때마다 아이들과 캐치볼을 해왔습니다. 그 덕분에 그의 자식들은 수준급으로 야구를 합니다. 아버지란 그런 사람입니다. 장삼철 형에게 감사와 존경의 마음을 전합니다.

더불어 30여 년 전 경북 의성군의 소읍에서 술집을 운영했던 세칭 '악당'에게도 '당신을 이해할 수 있다'는 말을 전하고 싶습니다. 나는 당신처럼 살 수는 없지만, 당신 삶의 방식을 이해할 수는 있습니다.

몇 푼 안 되는 돈을 벌기 위해 종일 쉬지 않고 일하는 사람들, 상사의 부당한 지시에도 웃음 띤 얼굴로 굽실거리는 아버지들에게 존경의 마음을 전합니다. 조금도 사내다워 보이지 않는 그들이야말로 진짜 사나이임을 나는 압니다. 그들이 자존심도 없고 배알도 없어서 그런 어정쩡한 웃음을 짓는 것이 아님을 압니다. 제 좋은 일, 제 하고 싶은 일만 하면서 살 수 있는 사람이 있다면 그는 무척 강자이거나 무책임한 자입니다. 내 아버지는 강하지 않았지만 책임을 아는 사람이었습니다.

　아버지들과 남편들이 오직 근면과 재능만으로 세상을 살아가는 것은 아닙니다. 한 남자가 성실과 정직만으로 잘 살아낼 수 있을 만큼 세상은 따뜻하지도 공정하지도 않습니다. 처자식을 먹이고 입히느라 만 가지 굴욕을 감내하셨던 내 아버지께, 만 가지 고통을 감내하는 많은 아버지들께 존경과 위로의 마음을 전합니다.

2009년 6월
조두진